SCIENCE FICTION

Herausgegeben
von Wolfgang Jeschke

Ein Verzeichnis der STAR TREK®-Serien
finden Sie am Schluß des Bandes.

DIE NÄCHSTE GENERATION

STAR TREK™

DIANE CAREY

ABSTIEG

Roman

Star Trek®
The Next Generation™
Band 34

Deutsche Erstausgabe

WILHELM HEYNE VERLAG
MÜNCHEN

HEYNE SCIENCE FICTION & FANTASY
Band 06/5416

Titel der Originalausgabe
DESCENT
Übersetzung aus dem Amerikanischen von
ANDREAS BRANDHORST

Umwelthinweis:
Dieses Buch wurde auf
chlor- und säurefreiem Papier gedruckt.

Redaktion: Rainer Michael Rahn

Erstausgabe bei POCKET BOOKS,
a division of Simon & Schuster, Inc., New York

Printed in Germany 1996
Umschlagbild: POCKET BOOKS/Simon & Schuster, Inc.
Umschlaggestaltung: Atelier Ingrid Schütz, München
Technische Betreuung: M. Spinola
Satz: Schaber Satz- und Datentechnik, Wels
Druck und Bindung: Ebner Ulm

ISBN 3-453-09441-7

1

»Aber dann sagte ich: ›In einem solchen Bezugssystem wäre das Merkurperihel in die entgegengesetzte Richtung vorgerückt.‹«

Diese Worte stammten von einem Mann, in dessen Lächeln Vitalität zum Ausdruck kam – obgleich der Körper wie verwelkt wirkte und in einem speziellen Stuhl ruhte.

Von den vier anwesenden Männern hatte einer die Anekdote erzählt, und ein anderer lachte nun.

Der dritte runzelte die Stirn und dachte darüber nach. Der vierte … sah zwar wie ein Mann aus, war jedoch gar kein Mensch.

»Eine großartige Geschichte!« freute sich die zweite, hagere Gestalt. Ihr weißes Haar formte eine Art Wolke, und der Schnurrbart ließ sich mit einem hängenden Roßhaarpinsel vergleichen. Hinzu kam ein ausgeprägter deutscher Akzent.

Ein unbeteiligter Beobachter hätte glauben können, daß sich der vierte Mann amüsierte. Eine derartige Feststellung fiel nicht leicht. Das gelbe Gesicht wies gewisse Ähnlichkeit mit dem eines Narren oder Spaßvogels auf, doch die ernst blickenden Augen widersprachen diesem Eindruck. Er trug eine Hutkrempe ohne Hut, selbst ohne eine einzige Feder. Offenbar ging es ihm nur darum, die Augen vor der einen Lichtquelle an der Zimmerdecke abzuschirmen, während er glatte Karten verteilte.

»Ausgezeichnet, Dr. Hawking«, sagte der Mann mit dem gelben Gesicht. Er drehte den Kopf ein wenig und sah nach rechts. »Wissen Sie, Sir Isaac: Um den Witz zu verstehen, muß man über die relativistische Krümmung der Raum-Zeit Bescheid wissen. Wenn sich zwei Bezugssysteme ohne Trägheitsmoment in relativer Bewegung befinden ...«

Sir Isaac Newton, Professor der Mathematik und Ritter des Königreichs, schob mit einer Mischung aus Stolz und Trotz das Kinn vor, als er dem Blick des Kartengebers begegnete.

»Seien Sie nicht so herablassend«, sagte er. »Ich habe die Physik gewissermaßen erfunden. Als mir der Apfel auf den Kopf fiel... Es war einer der bedeutendsten Tage in der Geschichte der Wissenschaft.«

Er widerstand der Versuchung, auf folgendes hinzuweisen: Er hatte die Geschichte fast verstanden, doch dann hinderten ihn die Erklärungen daran, weiterhin nachzudenken. Seinen Studenten gegenüber hätte er sich nie auf diese Weise verhalten.

Auf der anderen Seite des Tisches bewegte sich der offensichtlich körperbehinderte kleine Wissenschaftler. »Nicht schon wieder die Sache mit dem Apfel.«

Sir Isaacs Kinnlade klappte nach unten. Er starrte sein Gegenüber groß an, und ihm fehlten die Worte.

»Jene Erzählung gilt als apokryph«, sagte der Mann mit dem gelben Gesicht verblüffend offen.

Sir Isaac spürte, wie es in ihm zu brodeln begann. »Wie können Sie es wagen ...«

Der Alte mit dem wolkenartigen weißen Haar deutete auf die glatten Karten. »Ich schlage vor, wir widmen uns nun wieder dem Spiel.« Er stützte sich auf den Ellenbogen und blickte zu Hawking. »Mal sehen... Nach Mr. Data haben Sie um vier erhöht, was für mich bedeutet: Ich muß sieben setzen.«

»Der Einsatz beträgt zehn!« donnerte Sir Isaac. »Sind Sie von simpler Arithmetik überfordert?«

Diese Leute sollten Genies sein?

Sie spielten mit Karten, und vor ihnen lagen Chips – auf einem runden, mit grünem Filz bedeckten Tisch. Es gab keine einzige Kerze im Zimmer. Was das Glühen an der Decke betraf ... Sir Isaac vermutete, daß es sich dabei um reflektiertes Sonnenlicht handelte.

Was gibt diesen Leuten das Recht, sich über die Vergangenheit lustig zu machen? Könnte ich über Kopernikus, Galileo und Kepler lachen – obgleich ich ihre Schlußfolgerungen korrigiert habe? Darf irgendein Wissenschaftler, der etwas auf sich hält, das Werk seiner Vorgänger verspotten?

Er zögerte, als etwas anderes in den Mittelpunkt seiner Überlegungen rückte: die Zukunft. Irgendwie verstand er, daß die anderen Männer am Tisch aus *seiner* Zukunft kamen, und doch verbarg sich keine schockierte Überraschung mit dieser Erkenntnis. Sie sprachen willkürlich über Vergangenes und Zukünftiges, als sei das eine überhaupt nicht Grundlage des anderen. Zum Beispiel Stephen Hawking: Der Stuhl, auf dem er saß, kam einer komplexen Maschine gleich, die es ihm erlaubte, über die Grenzen seines schwachen Körpers hinweg aktiv zu werden. Das war ihm nur möglich, weil andere Leute vor ihm Krücken verwendet und schließlich bessere Instrumente entwickelt hatten.

Die Zeit. Zukunft und Gegenwart ... Konnte tatsächlich alles ineinander übergehen?

Sir Isaac fühlte sich plötzlich fehl am Platz, und er betastete eine Locke des langen Haars, während er die übrigen Anwesenden musterte. Sie verwendeten keine Perücken. Und nur er trug Kleidung, wie sie einem Gelehrten gebührte. Vergeblich hielt er nach Kniebundhosen, Mänteln und Halstüchern Ausschau. Selbst Schwerter und Spazierstöcke fehlten. Vielleicht waren diese Leute bereits für die Nachtruhe gekleidet.

Der wolkenhaarige Einstein schob einige Chips zur Tischmitte.

Sir Isaac fügte ihnen ungeduldig den eigenen Einsatz hinzu. »Ich weiß gar nicht, warum ich hier bin«, murmelte er.

Er hatte dieses Spiel nie gelernt, und doch wußte er,

worauf es dabei ankam. Außerdem zwang ihn irgend etwas dazu, daran teilzunehmen. Gab es für vier intelligente Männer nichts Besseres zu tun, als Chips zu setzen, zu erhöhen, mitzugehen, zu passen und zu bluffen? Sir Isaac besann sich darauf, Münzwardein zu sein, Professor der Universität Cambridge. Ein Mitglied des Parlaments. Und ein Ritter. Doch diese Männer hatten sich weder nach dem Binomialsatz noch nach der Differentialrechnung als Kalkülbasis erkundigt. Außerdem hatten sie über seine Darstellung der quantitativen Gesetze der Universaldynamik gelacht.

Sie haben gelacht.

Brachte die Zukunft Selbstgefälligkeit? Wie konnten Anwender von Wissenschaft Personen verhöhnen, denen der Mensch die Wissenschaft verdankte?

Sir Isaac fühlte sich zutiefst beleidigt. Gleichzeitig drängte alles in ihm danach, aufzustehen und das leuchtende Etwas an der Zimmerdecke zu untersuchen. Vielleicht hätte er Bestätigung für seine Theorie finden können, daß die Farben des Spektrums zusammen Weiß ergaben.

Doch irgend etwas hielt ihn fest. Er mußte auch weiterhin am Tisch sitzen und Karten spielen. *Ist dies ein Traum*?

Es lief ihm kalt über den Rücken, als dunkle Furcht in ihm keimte. Vielleicht irrte sich die Kirche; vielleicht gab es eine andere – sehr traurige – Art von Leben nach dem Tod. »Was hat es für einen Sinn, Zeit mit diesem idiotischen Spiel zu vergeuden?«

Data setzte ebenfalls. »Ich gehe mit. Meiner Erfahrung nach bietet sich beim Pokern Gelegenheit, verschiedene Aspekte der menschlichen Natur besser kennenzulernen. Ich wollte herausfinden, wie drei der besten Wissenschaftler aller Zeiten aufeinander reagieren. Meine bisherigen Beobachtungen sind sehr aufschlußreich.«

Der Alte sah auf die Chips hinab. »Und einträglich.«

Erneut versuchte Sir Isaac, Eindrücke von seinen Begleitern zu gewinnen. Anzeichen für echte Genialität fand er kaum, außer bei Stephen Hawking. Der Mann namens Data erklärte zu viele Details, und Einstein war ganz offensichtlich Deutscher.

Allerdings: Ein derartiges Kartenspiel verlangte kaum Geniales. Wenn es Mr. Data um eine Untersuchung des Phänomens Scharfsinn ging – warum hatte er dann nicht beschlossen, die Universität Cambridge zu besuchen, im Jahr 1707?

Apokryph … Gilt das auch für meine Veröffentlichungen? Wie schnell die Zukunft Leistungen der Vergangenheit bagatellisiert. Ich bin enttäuscht.

Sir Isaac spürte eine vage Vibration im Boden. Er wäre gern aufgestanden, um die Dunkelheit zu durchschreiten und eine Wand zu finden – um festzustellen, was sich dahinter befand.

Aber auch diesen Wunsch konnte er sich nicht erfüllen. Der sonderbare Zwang ließ ihm keine andere Wahl, als am Tisch zu verharren und auch weiterhin Karten zu spielen. Welche Kraft steckte dahinter? Er spürte, wie seine Neugier nachließ. Entsprach es Gottes Wunsch, daß er hier sitzen blieb und mit jedem verstreichenden Augenblick dümmer wurde?

»Können wir diese Sache jetzt bitte hinter uns bringen?« drängte Sir Isaac. Und zu Hawking: »Sie sind dran.«

»Ich erhöhe um fünfzig.«

Mr. Data half dem Behinderten, indem er eine entsprechende Anzahl von Chips nahm und in die Mitte des Tisches legte.

Sir Isaac ließ die Karten sinken. »Verdammt! Ich passe.«

Die anderen schienen sich darüber zu freuen.

Er selbst spürte ebenfalls Zufriedenheit. Jetzt konnte er in aller Ruhe sitzen und nachdenken, anstatt eine Art Relikt zu sein, das der allgemeinen Erheiterung diente. Er war Professor, kein Possenreißer.

»Die Unschärferelation nützt Ihnen jetzt nichts, Stephen«, meinte Einstein. Wieder sprach er mit unüberhörbarem Akzent. »Selbst alle Quantenfluktuationen des Universums können Ihre Karten nicht ändern. Sie bluffen und werden eine Menge Geld verlieren.«

»Da irren Sie sich, Albert«, erwiderte Hawking. Eine mechanische Hand hielt die Karten für ihn und drehte sie nun.

Viermal die Sieben.

Einstein schnitt eine finstere Miene, schüttelte dann den Kopf und lachte leise.

Sir Isaac beobachtete das Geschehen. Ihn faszinierten insbesondere die Mechanismen, mit denen Hawking verbunden war.

Zu meiner Zeit hätte jemand mit Stephens Leiden keine Gelegenheit gefunden, sich der Wissenschaft zu widmen. Wie gut ich ihn verstehe... Sein Gebrechen mag anderen Leute wie eine Bürde erscheinen, aber in gewisser Weise kommt sie einem Geschenk gleich: Sie nahm ihm etwas, aber sie gab auch – Zeit zum Nachdenken, um Leere mit Licht zu füllen. Zeit, um Intelligenz zum Genie zu entwickeln. Oh, ich kenne den Wunsch, die Leere zu füllen. Als die Universität Cambridge während der Pest geschlossen blieb... Die Monate der Abgeschiedenheit und Isolation ermöglichten es mir, besonders wichtige Konzepte zu entwerfen. Jetzt sitzen wir hier zusammen, ich aus meiner Zeit und Hawking aus einer anderen. Was wäre geschehen, wenn wir jeweils in der Epoche des anderen das Licht der Welt erblickt hätten?

Der Alte namens Einstein... Mit seinem ungehobelten Gebaren bewies er, kaum mehr zu sein als ein Bauer. Ein solcher Mann hätte nie einen Universitätslehrstuhl bekommen.

Und Mr. Data? Sir Isaac stellte sich vor, wie man ihn als Teufelswerk auf dem Scheiterhaufen verbrannte.

Wo wäre ich in ihrer Zeit?

Die Vibrationen im Boden wurden stärker, und Newton blickte sich um. Er war ganz sicher, es wirklich gespürt zu haben. Er hatte es sich nicht eingebildet, und es betraf auch keinen Traum.

Plötzlich ertönte eine Stimme aus dem Nichts, und der letzte Rest von Wärme wich aus Sir Isaacs Händen.

»*Alarmstufe Rot.* Alle Stationen besetzen. Alarmstufe Rot. Ich wiederhole: Alarmstufe Rot.«

Die anderen zögerten, und nur Mr. Data schien nicht verwirrt zu sein. Er legte die Karten auf den Tisch und erhob sich. »Wir müssen die Partie zu einem anderen Zeitpunkt fortsetzen.«

Sir Isaac wollte ebenfalls aufstehen und fragte sich: Wo sollte er warten in dieser Welt aus vibrierenden Böden, körperlosen Stimmen und zahllosen Fragen?

Hoffnung filterte durchs Unbehagen. Solange es Fragen gab, brauchte er nicht zu befürchten, eine lebende Antiquität zu sein. Fragen verliehen der Existenz eines Wissenschaftlers Sinn und Zweck.

»Programm beenden«, sagte Data.

Sir Isaac spannte die Muskeln, um den Platz am Tisch zu verlassen. Sein Blick galt dem Gesicht des Mannes, der kein Mensch war.

Einen Sekundenbruchteil später fühlte er, wie sich Erinnerung und Denken verflüchtigten. Panik quoll in ihm empor.

Datas gelbe Augen schienen anzuschwellen, und Sir Isaac glaubte, in ihnen das Spiegelbild eines Gittermusters zu erkennen.

Dann wogte Dunkelheit heran und verschlang ihn.

2

USS ENTERPRISE,
NCC 1701-D

»Wir haben einen Notruf mit Code Drei von der USS *Saladin* empfangen.«

Der Erste Offizier William Riker stand auf dem Kommandodeck der Brücke und blickte zur Backbordseite. Die Alarmstufe Rot erzeugte schreckliche Aufregung in ihm, das Verlangen, wegzulaufen oder sich Hals über Kopf ins Durcheinander zu stürzen.

Riker versuchte, dieses Empfinden zu leugnen oder zu ignorieren, aber dazu war er nicht imstande. Er hoffte, daß man ihm die Unruhe nicht ansah, als der Captain über die Rampe kam.

»Code Drei«, wiederholte Picard. »Mit anderen Worten: Das Schiff wird angegriffen und geentert.«

Diese ruhig ausgesprochenen Worte konnten Rikers Erregung nicht dämpfen.

Will Riker war größer als Picard, aber trotzdem hinterließ der Captain einen nachhaltigeren Eindruck auf den Beobachter. Vermutlich lag es an der Aura der Autorität, die ihn umgab. Er hielt sich gerade, blieb immer beherrscht. Sein Kopf war so kahl wie der eines tibetanischen Mönchs. Die schwarze und rote Starfleet-Uniform trug er auf eine Weise, die fast widerwillig wirkte. Er vermied unnötige Bewegungen; nur Tonfall und Blick boten einen Hinweis auf seine Gefühle.

Wenn der Captain die Brücke betrat, sahen die Besatzungsmitglieder die Hoffnung auf Frieden in seinen Pupillen. Manchmal wurde ihm dieser Wunsch erfüllt – aber nicht heute.

Code Drei. Ein solcher Notruf war sehr selten. Jeder

Starfleet-Offizier kannte und fürchtete ihn, denn er bedeutete nicht nur eine Katastrophe, sondern eine *absichtlich herbeigeführte* noch dazu.

Angriff. Und Enterung.

Was hatte jemanden veranlaßt, ein Raumschiff der Föderation – noch dazu einen Starfleet-Raumer – anzugreifen? Starfleet-Schiffe waren bewaffnet und konnten sich ziemlich wirkungsvoll zur Wehr setzen. Wer war mächtig genug, um die *Saladin* zu entern?

Hinter dem hufeisenförmigen Geländer öffnete sich die Tür des Turbolifts, und Commander Data verließ die Transportkapsel. Er schritt über die Rampe, erreichte das vordere Kommandodeck und nahm dort an der Operatorkonsole Platz.

Picard hielt den Atem an, bis der Androide saß. Aus irgendeinem Grund empfand er Datas Präsenz als unerwarteten Trost – eine emotionale Reaktion, die sicher mit dem Code Drei in Verbindung stand.

Er sah zu Riker.

Der Erste Offizier verstand sowohl die kurze Stille als auch den Blick. »Bisher ist es uns nicht gelungen, einen Kontakt herzustellen.« Er wandte sich dem oberen Deck zu und richtete seine Aufmerksamkeit auf den klingonischen Offizier an der Waffenkonsole.

»Wir nähern uns den angegebenen Koordinaten«, polterte Lieutenant Worf.

»Schilde aktivieren«, sagte Riker und drehte sich wieder um. »Vorbereitung für Impulskraft.«

Der Fähnrich am Navigationspult berührte einige Schaltflächen, und Riker schwieg. Ein Teil von ihm befürchtete, vorschnell gehandelt zu haben – er hatte Anweisungen erteilt, ohne die Order des Captains abzuwarten.

Picard blickte zum großen Wandschirm, der den vor der *Enterprise* liegenden Raumbereich zeigte. Er trat neben Riker, gab ihm damit zu verstehen, daß er sein Verhalten billigte.

»Sind andere Raumschiffe in der Nähe?« fragte er.

»Nein, Sir«, antwortete Data. »Nur die *Saladin* wird von den Sensoren erfaßt.«

»Warptransfer beenden«, sagte der Captain. »Die *Saladin* auf den Schirm.«

Jean-Luc Picard beobachtete, wie die Brückenoffiziere ihre Kontrollen bedienten. Sie gingen ebenso virtuos mit den Geräten um wie Künstler mit ihren Musikinstrumenten. Es erklangen sogar Melodien im Kontrollraum der *Enterprise:* leises elektronisches Zirpen, gelegentlich ein rhythmisches Summen. Sie bildeten einen sonderbaren akustischen Kontrast zu den dezenten Farben der Brücke – allein die Uniformen und Rangabzeichen brachten ein wenig Abwechslung in die verschiedenen Beigetöne.

Die Darstellung des zentralen Projektionsfelds wechselte mehrmals, als die Fernbereichssensoren Daten empfingen und zu einem Bild verarbeiteten. Ein blasses Etwas erschien, gewann dann Konturen.

Ein Schiff der Nebula-Klasse trieb antriebslos im All. Brandspuren zeigten sich an der Außenhülle; zum Glück waren keine Lecks zu erkennen.

Solch ein Anblick entsetzte jeden, der an Bord eines Raumschiffs lebte und sich auf dieses Schiff verließ.

Angegriffen und geentert ... Ohne einen einzigen Riß im Rumpf?

Worf sah auf die Anzeigen seiner Konsole. »Das Warptriebwerk ist beschädigt, und die defensiven Systeme sind deaktiviert«, stellte er verwundert fest. »Aber die Hauptenergie steht nach wie vor zur Verfügung.«

Tausend Fragen gingen Picard durch den Kopf, und er wünschte sich Antworten auf alle. Allerdings: Er konnte sie nicht einfach so herbeizaubern oder sie schon jetzt von den Brückenoffizieren verlangen. Die Männer und Frauen arbeiteten so schnell und gründlich, wie es die Umstände erforderten. Wenn sie etwas herausfanden, so zögerten sie bestimmt nicht, sich mit entsprechenden Mitteilungen an ihn zu wenden.

»Captain ...«, ließ sich Data vernehmen.

Alle sahen zu ihm, selbst jene Besatzungsmitglieder, die eigentlich Displays und Monitore im Auge behalten sollten.

Ob Androide oder nicht: Data spürte die Blicke auf sich ruhen und hob den Kopf.

»Die Sensoren zeigen kein Leben an Bord der *Saladin*«, sagte er.

Picard starrte zum Wandschirm und sehnte eine Möglichkeit herbei, die letzten Worte aus der Realität zu tilgen, dafür zu sorgen, daß sie nie formuliert worden waren.

Riker sprach erneut für sie beide, als er fragte: »An Bord jenes Schiffes hat niemand überlebt?«

Data blieb völlig ruhig und gelassen. »Nein, Sir. Alle Crewmitglieder der *Saladin* sind tot.«

3

USS SALADIN

»Commander Riker erreichte die Brücke – den vereinbarten Treffpunkt – als erster.

In seiner Magengrube krampfte sich etwas zusammen. Die Zentrale des Schiffes war voller Leichen.

Tote: Männer und Frauen, bewaffnet und unbewaffnet. Sie lagen auf den Decks des Kontrollraums. Ganz offensichtlich hatten sie gekämpft – und verloren.

Die Notbeleuchtung flackerte, und Rauchschwaden zogen träge umher. Captain Harlock, Kommandant der *Saladin,* und seine Leute hatten entschlossenen Widerstand geleistet, doch nur wenige Personen – unter ihnen der Sicherheitsoffizier – waren bewaffnet gewesen. Schmelzspuren an den Wänden erinnerten an einige aus Phasern stammende Energieblitze.

Überall sah Riker halb zerfetzte Körper: an den Konsolen, neben dem Geländer; manche Leichen lagen übereinander.

Auch den Sicherheitsoffizier der *Saladin* hatte es erwischt. Gestorben, während er versuchte, seine Pflicht zu erfüllen...

Der Erste Offizier setzte langsam einen Fuß vor den anderen und sah: Der Teppich wies viele verbrannte Stellen auf, roch nach Qualm und Tod. Riker hoffte, daß bald jemand anders von der Einsatzgruppe den Kontrollraum erreichte. In ihm entstand das äußerst unangenehme Gefühl, durch eine Gruft zu schreiten. Er hatte sich aus einem ganz bestimmten Grund gegen die Archäologie entschieden – weil er sein Leben nicht damit verbringen wollte, Mumien zu untersuchen. Doch jetzt befand er sich an diesem Ort und zählte Leichen.

Er beugte sich über Captain Harlock und versuchte, ihn umzudrehen.

Das Becken des *Saladin*-Kommandanten gab nach, und der tote Körper zerbrach fast in zwei Teile.

Riker wich zurück und verzog das Gesicht, als er beobachtete, wie Harlocks Blut langsam auf den Teppich floß. Es hatte gerade erst begonnen zu gerinnen. Also konnte er noch nicht sehr lange tot sein.

Wo blieben die anderen Mitglieder der Einsatzgruppe? Riker kämpfte gegen das irrationale Verlangen an, sich mit ihnen in Verbindung zu setzen. Er wußte: Wenn seine Kameraden mehr Zeit brauchten, um die Brücke zu erreichen, so gab es dafür einen guten Grund. Vermutlich begegneten sie ebenfalls auf Schritt und Tritt dem Grauen. Es beschränkte sich gewiß nicht nur auf diesen Bereich des Schiffes.

Er zuckte zusammen, als sich hinter ihm die Tür des Turbolifts öffnete. Die *Saladin* mochte beschädigt sein, aber fast alle ihrer internen Einrichtungen funktionierten noch: Lifte, Türen, Bordsysteme ...

Warum? Immerhin hatte ein mysteriöser Feind das Schiff angegriffen und geentert.

Warum war praktisch alles intakt?

Riker wandte sich von Captain Harlocks sterblichen Überresten ab und ging in Richtung Turbolift. Auf diese Weise ersparte er es dem gerade eingetroffenen Geordi LaForge, den blutbesudelten Teppich betreten zu müssen.

Das normalerweise dunkle Gesicht des Chefingenieurs wirkte jetzt grau.

»Geordi ...«, stöhnte Riker. »Es ist schrecklich.«

LaForge stützte sich an einer Konsole ab und versuchte, tief durchzuatmen.

»Sie sind alle tot«, brachte er hervor. »Die ganze Besatzung. Alle Personen an Bord dieses Schiffes starben. Einige schliefen; andere versuchten, sich zur Wehr zu setzen. Eine solch grauenvolle Entschlossenheit... Es ist nicht zu fassen. Bei den Toten...« LaForge unterbrach sich.

»Ihre Wirbelsäule wurde durchtrennt, nicht wahr?« Riker blickte auf den Leichnam des Captains hinab.

Geordi sah an ihm vorbei, und sein VISOR übermittelte ihm Informationen, die andere Leute nur mit Hilfe von Ortungsinstrumenten und Sensoren bekamen. Er erkannte Knochenbrüche, Blutverlust, infrarote Emissionsmuster, Muskelrisse, zerstörtes Hirngewebe...

Nach einigen Sekunden wandte er sich ab.

Riker überlegte, was der Chefingenieur mit Hilfe des Gerätes vor seinen blinden Augen sah. Offenbarten sich ihm Dinge in Hinsicht auf den Tod von Captain Harlock und der Besatzung, die ›normalen‹ Beobachtern verborgen blieben?

Der Erste Offizier entschied sich dagegen, eine entsprechende Frage zu stellen. Wenn LaForge etwas Wichtiges sah, so fand er bestimmt die richtigen Worte, um darauf hinzuweisen.

Das Blut im Teppich sprach für sich selbst.

»Was ist mit dem Schiff?« erkundigte sich Riker schließlich. »Haben Sie irgend etwas herausgefunden? Worauf hatten es die Angreifer abgesehen?«

LaForge schluckte und holte noch einmal tief Luft.

»Was auch immer die Unbekannten wollten...«, sagte er leise. »Es ging ihnen nicht ums Schiff.«

ENTERPRISE

CAPTAINS LOGBUCH, STERNZEIT 46772.4:

Commander Rikers Einsatzgruppe hat die Untersuchungen an Bord der *Saladin* beendet und ist zur *Enterprise* zurückgekehrt. Wir wissen noch immer nicht, wer das Schiff angegriffen hat – und warum.

Captain Picard versuchte, die Emotionen aus seinem Gesicht zu verbannen, als Riker und Lieutenant Commander LaForge ihn zur Brücke begleiteten. Die Details in Hinsicht auf Captain Harlocks Tod – der Tod eines Captains hatte immer etwas Entsetzliches, und zwar nicht nur für jemanden, der den gleichen Rang bekleidete – waren grausig und mehr als nur ein wenig verwirrend.

»Wir haben überall Leichen gefunden«, sagte Riker. Es fiel ihm noch immer schwer, darüber zu sprechen. »An den einzelnen Stationen, in Korridoren, in der Nähe von Rettungskapseln, einige sogar auf Kojen. Man hatte das Gefühl, durch ein Schlachthaus zu wandern.«

Picard bedauerte nun, den Ersten Offizier und die anderen zur *Saladin* geschickt zu haben. Es wäre besser gewesen, einen unmittelbaren Eindruck zu gewinnen, anstatt die Konfrontation mit dem Entsetzlichen jemand anders zu überlassen. Jetzt mußten sich Riker und der Chefingenieur noch einmal dem Grauenhaften stellen, damit ihr Captain alle notwendigen Informationen bekam.

LaForge schien mit Übelkeit zu ringen.

»Und das Schiff ist im großen und ganzen unbeschädigt?« vergewisserte sich Picard.

»Ja«, bestätigte Geordi. »Der Computerkern hat volles Funktionspotential, und es fehlen keine Geräte oder Komponenten. Mit Ausnahme der defensiven Systeme ist die *Saladin* voll einsatzfähig.«

»Dafür muß es irgendeinen Grund geben.« Picard wußte, daß nun ein Schatten von Ärger auf sein Gesicht fiel. »Weshalb entert jemand ein Starfleet-Schiff, um dann die ganze Besatzung umzubringen …?«

Zweifellos ging diese Frage allen Brückenoffizieren durch den Kopf, aber der Captain sprach sie trotzdem – oder gerade deshalb – laut aus. Vielleicht half es bei der Suche nach einer Antwort.

»Möglicherweise ging es den Fremden genau darum«, sagte Riker. »Um die Ermordung aller Personen an Bord.

Sie haben die Besatzungsmitglieder methodisch umgebracht, mit genau gezielten Schüssen. Das Massaker dauerte kaum fünfzehn Minuten. Alles Leben an Bord der *Saladin* sollte ausgelöscht werden – und dieses Ziel erreichten die Unbekannten.«

Picard nickte ernst. »Selbst Terroristen handeln nicht völlig irrational. Wenn wir feststellen können, wer für diese Sache verantwortlich ist – dann wird uns sicher auch das Warum klar.«

»Captain …«, erklang der Baß des Klingonen Worf. »Wir empfangen einen Notruf vom Außenposten auf Ohniaka Drei. Ein Angriff findet statt.«

Picard drehte sich um. »Alarmstufe Rot. Kurs auf das Ohniaka-System. Maximale Warpgeschwindigkeit.« Die Sirenen heulten und wiesen die Crew auf den veränderten Status hin. »Ohniaka Drei … Der Außenposten hat keine strategische Bedeutung. Gibt es weitere Informationen?«

Lieutenant Worfs Finger huschten über die Kontrollen, und in seinem dunklen Gesicht zeigte sich so etwas wie kontrollierter Zorn. Er schien bereit zu sein, die Konsole zu zertrümmern und der *Enterprise* an die Gurgel zu gehen, um Auskünfte zu bekommen.

Er erhielt keine Antworten. Was ihm ganz offensichtlich nicht gefiel.

Die nächsten Worte fielen dem Klingonen sehr schwer.

»Es besteht keine Kom-Verbindung mehr, Sir.«

»Wir erreichen jetzt das Ohniaka-System.«

Datas Stimme brachte unerschütterliche Ruhe zum Ausdruck.

Bei den übrigen Brückenoffizieren hingegen stieg die Anspannung.

»Warptransfer beenden«, sagte Picard zu dem Fähnrich an den Navigationskontrollen.

»Die Sensoren orten ein Schiff im Orbit des dritten

Planeten«, meldete Worf. Der Klingone stand wie üblich auf dem Oberdeck, direkt hinter dem Kommandobereich. »Konfiguration unbekannt.«

»Schilde aktivieren!« befahl Riker sofort. »Zielerfassung für Phaserkanonen. Photonentorpedos in Bereitschaft halten.«

Picard sah zum Wandschirm, der nun das Sonnensystem zeigte, dem sich die *Enterprise* näherte. »Versuchen Sie, einen Kontakt zu dem fremden Schiff herzustellen, Mr. Worf.«

Einmal mehr betätigte der Klingone die Kontrollen. »Keine Antwort.«

»Auf den Schirm.«

Das Bild auf dem großen Wandschirm wechselte, als eine ganz bestimmte Stelle vergrößert wurde. Ein viele Millionen Kilometer entferntes Etwas schien der *Enterprise* entgegenzuspringen.

Ein fremdes Raumschiff. Unbekannt – der erste besorgniserregende Aspekt. Es wies keine Markierungen irgendeiner Art auf, aber etwas kündete von Gefahr.

Unsinn, dachte Picard. Trotzdem versuchte er nicht, diesen emotionalen Eindruck zu verdrängen. Manchmal erschien eine kleine Portion irrationalen Argwohns durchaus angemessen.

»Was läßt sich feststellen, Mr. Data?« fragte er.

»Eine Sondierung der Innenbereiche des fremden Schiffes ist unmöglich, Sir. Derzeit deutet nichts darauf hin, daß es den Außenposten angreift.«

Riker stand auf. »Vielleicht hat das Schiff den Stützpunkt angegriffen, bevor wir hier eintrafen«, sagte er düster und erinnerte sich an das grauenvolle Schicksal der *Saladin*.

»Oder es ist ein weiteres Opfer«, gab Picard zu bedenken. »Was ist mit dem Außenposten, Data?«

Der Androide berührte einige Schaltflächen und sah auf die Displays.

»Es gibt starke elektromagnetische Interferenzen. Ich

kann nicht feststellen, ob in der Basis auf dem Planeten noch Lebensformen existieren.«

Picard preßte die Lippen zusammen und versuchte, seinen Ärger unter Kontrolle zu halten. Der vor ihnen liegende Weg war mit Hindernissen gepflastert – jeder einzelne Schritt stellte ein Risiko dar. Auch in diesem Fall mußte er eine Entscheidung treffen, die ihm ganz und gar nicht gefiel: Die Umstände zwangen ihn, andere Personen in den Einsatz zu schicken, obwohl er am liebsten selbst aufgebrochen wäre.

Er holte sich fast einen Krampf in den Nackenmuskeln, als er Riker zunickte.

Wenigstens brauchte er nichts zu sagen.

Der Erste Offizier eilte zur Rampe. »Data, Worf – Sie begleiten mich!«

WISSENSCHAFTLICHE FÖDERATIONSBASIS AUF OHNIAKA DREI

William Riker versteifte sich, als der Transporterraum um ihn herum Konturen verlor. Lichter funkelten, wichen fast sofort anderen Farben und Formen: eine Decke, Wände, Computerterminals – und Leichen.

Er fühlte sich wieder allein, vollkommen allein. Es war eine Einsamkeit, die ihm stumm starrende Gesichter präsentierte, und Körper ohne Wärme. Erleichtert dachte er daran, daß Geordi LaForge diesmal nicht zur Einsatzgruppe gehörte.

Worf und Data schalteten sofort nach dem Retransfer ihre Tricorder ein und begannen mit ersten Sondierungen. Hinter ihnen versuchte der Sicherheitswächter Corelki, mit dem Schock fertig zu werden.

Ungläubige Fassungslosigkeit glänzte in seinen Augen.

Sie alle waren schwer bewaffnet, aber dadurch stellte sich kein Gefühl der Sicherheit ein.

Es ist wie an Bord der Saladin, dachte der Erste Offizier.

Starfleet-Personal: tot, von einem gnadenlosen Feind achtlos zurückgelassen.

Es handelte sich um einen typischen wissenschaftlichen Stützpunkt, der nur für Forscher interessante Dinge enthielt. Hier und dort sah Riker einige Brandspuren, aber es gab keine großen Schäden. Selbst Schußlöcher in den Wänden fehlten. Riker bedauerte das, denn es bedeutete: Nichts lenkte ihn vom gräßlichen Anblick der vielen Leichen ab.

»Diese Wunden ...« Worf deutete mit dem Tricorder auf einen Toten. »Sie wurden von einem gebündelten Plasmastrahl verursacht. Ähnliche Entladungen kennen wir von den Handphasern der Ferengi.«

»Dies hier erscheint mir zu brutal für Ferengi.« Riker wandte sich an Data. »Können Sie Überlebende lokalisieren?«

Der Androide ging langsam hin und her, betrachtete dabei das Display des kleinen Ortungsgeräts. »Die elektromagnetischen Interferenzen sind noch immer sehr stark. Dadurch ist es fast unmöglich, genaue Daten zu ermitteln.«

»Wie viele Personen arbeiteten in diesem Außenposten?« fragte Riker.

»Zweihundertvierundsiebzig«, erwiderte Worf sofort.

Der Erste Offizier schauderte innerlich, als er sich das Gemetzel vorstellte. »Na schön. Es bleibt uns nichts anderes übrig, als von Raum zu Raum zu gehen. Vielleicht finden wir diesmal Überlebende. Worf, Sie und Corelki nehmen sich den Nordflügel vor. Data und ich durchsuchen den südlichen Bereich.«

»Aye, Sir.«

In dem großen Klingonen floß das Blut eines Kriegers, aber er war keineswegs dumm und wußte, daß Mut und Vorsicht einander nicht ausschlossen. Er zog den Phaser, bevor er sich in Bewegung setzte.

Die Tür zum Nordflügel glitt mit einem fast spöttisch klingenden Summen beiseite – unbeschädigt.

Riker beobachtete, wie Worf und der Sicherheitswächter in den Tiefen der wissenschaftlichen Station verschwanden. Hinter ihnen schloß sich die Tür wieder.

In dem Ersten Offizier verdichtete sich das Unbehagen. Einerseits glaubte er, daß sie zu spät gekommen waren. Andererseits jedoch ließ sich nicht ausschließen, daß hier noch immer Unheil und Verderben lauerten.

Er nahm den eigenen Phaser zur Hand, richtete ihn auf die andere Tür und sah dann zu Data. Worte erübrigten sich – der Androide versuchte bereits, den Zugang zu öffnen.

»Das elektronische Schloß scheint blockiert zu sein«, sagte Data nach einer Weile. »Vielleicht gelingt es mir, das Hauptsystem zu umgehen.«

Danke für den Hinweis, fuhr es Riker durch den Sinn. *Sorgen Sie dafür, daß wir jene Sektion betreten können – um dort Leichen zu zählen. Wenn ich doch nur imstande wäre, die nächsten zehn Minuten einfach zu überspringen ...*

»Die Beschädigungen sind nicht sehr umfangreich«, sagte er. »An der Station scheinen die Fremden kaum interessiert gewesen zu sein. Es ging ihnen in erster Linie um die Leute.«

Riker kam von einer sehr ordentlichen Welt. Starfleet war ordentlich, und das galt auch für Captain Picards Schiff – dort herrschte eine mehr oder wenige stabile Situation, die es erlaubte, daß Fragen sofort beantwortet werden konnten. Darauf kam es an. Das lag ihnen allen am Herzen.

Verdammt, wo verbirgt sich hier das Problem? dachte der Erste Offizier. *Warum zeigt es sich nicht endlich?*

»Ich habe das primäre System überbrückt«, meldete Data.

Kam in dieser Mitteilung eine Frage zum Ausdruck? *Nein, wahrscheinlich nicht,* überlegte Riker. *Ich darf keine menschlichen Maßstäbe anlegen, um sein Verhalten zu beurteilen. Er ist nicht subtil und hintergründig.*

Er wandte sich der Tür des Südflügels zu, näherte sich ihr mit kaum überwindbarem Widerstreben.

Als sich der Zugang öffnete, bekam das Unangenehme plötzlich Substanz. Es präsentierte vertrautes Grauen, in einer Mischung aus Fleisch, Stahl und Elektronik. Riker sah eine vergewaltigte menschliche Natur, einen Körper, der eigentlich dem Tod gehörte und zum Leben gezwungen wurde, ausgestattet mit Schläuchen, Lebenserhaltungssystemen und Panzerungskomponenten. Das alptraumhafte Geschöpf stand an der Wand, die Augen geöffnet.

Borg ... Borg ... Borg!

Dieses eine Wort hallte durch den mentalen Kosmos des Ersten Offiziers. Er wünschte sich, solche Wesen nie zuvor gesehen zu haben, doch die Erinnerung zeigte ihm viel zu deutliche Bilder.

Bevor Riker reagieren, bevor sich Data oder sonst jemand bewegen konnte, setzte der Borg seine integrierten Waffen ein. Energieblitze zuckten durch den Raum.

Data erwiderte das Feuer und ging in Deckung. Will Riker folgte seinem Beispiel und begriff, daß sich ihnen das Problem gerade offenbart hatte.

4

ENTERPRISE

»Gefechtsstationen besetzen! Volle Energie in die Schilde!«

Jean-Luc Picards Stimme klang nun scharf, und ein kühler Glanz erschien in seinen Augen. Der große Wandschirm zeigte jetzt ein fremdes Raumschiff, das ganz plötzlich aktiv wurde, und zwar auf eine alles andere als freundliche Weise: Es spuckte Gift wie eine Steppennatter.

»Ausweichmanöver!« wies Picard den Navigationsfähnrich an. »Feuer erwidern!«

Die Befehle waren ebenso selbstverständlich wie notwendig – nur ein Senioroffizier konnte sie erteilen.

Erneut raste destruktive Energie durchs All und flutete den bugwärtigen Schilden der *Enterprise* entgegen – sie sollte das Herz des Starfleet-Schiffes treffen.

In dieser Strategie gab es weder heimliche Schläue noch irgendeine Art von Zurückhaltung: Die Fremden ließen ganz einfach die Waffen sprechen, schienen nicht eine Sekunde lang an ihrer Überlegenheit zu zweifeln. Sie versuchten nicht einmal, den Phaserstrahlen der *Enterprise* auszuweichen.

»Kapazität der Schilde auf achtzig Prozent gesunken!« rief Geordi von seiner Station. »Ich versuche, durch Zusatzenergie zu kompensieren ...«

Erneut wurde das Schiff getroffen und neigte sich abrupt nach Steuerbord.

Picard hielt sich am Kommandosessel fest. »Wer sind die Fremden? In diesem Sektor gibt es keine Feinde der

Föderation! Analysieren Sie die Entladungen. Korrelieren Sie die Daten mit Hilfe des Computers. Vielleicht gelingt uns auf diese Weise eine Identifizierung. Versuchen Sie außerdem, einen Kom-Kontakt mit der Einsatzgruppe herzustellen!«

FORSCHUNGSSTATION OHNIAKA

Borg, Borg, Borg!

Immer wieder heulte dieses eine Wort durch das Bewußtsein des Ersten Offiziers. Der Schock drohte, ihn zu lähmen. Nur automatische Reflexe erlaubten es ihm, auf die seelenlosen Teufel zu schießen, die nun durch den Zugang kamen und angriffen.

Die Borg, Alptraum der Föderation – und auch der *Enterprise*. Mehrere Raumschiffe hatten diesen Namen getragen und Berichte über Erstkontakte den Annalen der Raumforschung hinzugefügt. Von der gegenwärtigen *Enterprise* war diese Tradition fortgesetzt worden, indem sie zum erstenmal den Borg begegnete: Geschöpfen, die sowohl organischer als auch robotischer Natur waren und ihre Befehle von einem fernen Kontrollzentrum empfingen. Sie kannten weder Schmerz noch Leidenschaft. Es gab keine Emotionen in ihnen; Gnadenlosigkeit bildete einen wichtigen Aspekt ihres Wesens. Ein Alptraum, ja.

Dem Wahnsinn anheimgefallene Kybernetik. Mutation von Maschine und organischer Existenz. Blasse, bläuliche Gesichter, halb hinter Visieren und Geräten zur Verbesserung der audiovisuellen Wahrnehmung verborgen. Ein schwarzer Körperpanzer mit integrierten Waffen und bionischen Generatoren.

Häßlich. Überaus häßlich.

Riker und Data hockten hinter Tischen – sie waren bereits in die Defensive gedrängt. Will spürte, wie sein Herz immer schneller schlug. Er glaubte, an Atemnot zu leiden, keine Luft zu bekommen. Data blieb davon unberührt, was ihnen einen kleinen Vorteil gab.

Den sie auch dringend brauchten. Die Borg feuerten immer wieder: Tödliche Energie fauchte aus ihren Waffen und brannte durchs Zimmer. Riker bekam kaum Gelegenheit, das Feuer zu erwidern, ohne dabei zu riskieren, daß sich ein Teil seines Bartes in Asche verwandelte.

Es ergab keinen Sinn. In einer solchen Situation hätte er imstande sein sollen, auf einzelne Borg zu zielen und sie auch zu treffen. Immerhin: Sie waren wie dumme Drohnen, jederzeit bereit, für den Schwarm zu sterben. Um die eigene Sicherheit scherten sie sich nicht.

Aber wieso nutzten sie nun alle Deckungsmöglichkeiten? Weshalb bemühten sie sich ganz offensichtlich, nicht getroffen zu werden?

Und ihre Gesichter ...

Sie waren nicht mehr leer und ausdruckslos. Jetzt zeigte sich etwas in ihnen: Zorn.

Bilde ich mir das nur ein? fragte sich Riker. *Liegt es daran, daß sie mich überrascht haben?*

Er ließ sich von Data Feuerschutz geben, sprang und landete hinter einem Frachtbehälter. Bevor er sich abrollte, nutzte er die Möglichkeit, einen besseren Eindruck vom Gegner zu gewinnen.

Nein, er hatte sich nicht getäuscht. Diese Borg verhielten sich anders als jene, denen sie bisher begegnet waren. Sie waren schnell – wirklich *schnell!* Sie duckten sich hinter Geräte und Einrichtungsgegenstände, um die eigene Existenz zu bewahren. Und ihre Augen ... Darin zeigten sich sowohl Wut als auch wilde Entschlossenheit.

Mit wie vielen haben wir es zu tun? Ein schlichter strategischer Faktor – und doch blieb Rikers Frage unbeantwortet. *Sicher dauert es nur noch wenige Sekunden, bis sich die Ergkapseln in unseren Phasern erschöpfen, und dann sind wir erledigt.*

Die Tür zum Nordflügel öffnete sich. Worf und der Sicherheitswächter stürmten herein und feuerten, doch die verblüffend flinken Borg zwangen sie praktisch sofort, in Deckung zu gehen. Eigentlich änderte sich kaum etwas: Die Einsatzgruppe war dem Feind nach wie vor zahlenmäßig unterlegen und auch schlechter bewaffnet.

Wie dem auch sei: Riker hoffte, daß sich die Borg von Worfs und Corelkis Ankunft wenigstens für einige wenige Sekunden ablenken ließen.

Er biß die Zähne zusammen und entschied, alles auf eine Karte zu setzen und einen Schuß auf den nächsten Borg zu riskieren. Er sprang, drückte ab – und traf! Der Phaserblitz erfaßte den Cyborg an der Kehle und zerstörte das Lebenserhaltungssystem.

Die Gestalt ging hinter einer Konsole zu Boden.

Einer der anderen Borg stellte das Feuer ein und kümmerte sich um den Artgenossen, für den jedoch jede Hilfe zu spät kam.

Bei einem derartigen Kampf war so etwas eigentlich keine Überraschung – im Gegensatz zum Verhalten des anderen Borg. Er sah hinter seinem reglosen Gefährten auf, das Gesicht eine Fratze des Zorns.

»Du hast Torsus getötet!« stieß er hervor. »Dafür werde ich dich leiden lassen!«

Riker riß die Augen auf. Hinter ihm erstarrten Worf und Corelki; selbst Data schien verwirrt zu sein.

Ein zweiter Borg spähte hinter einem Pult hervor, sah erst zu Worf und dann zu Riker. »Biologischer Organismus Klingone, biologischer Organismus Mensch – ich werde euch vernichten.«

Es war nicht nur eine Information, sondern auch eine Drohung, ein Versprechen.

Der gleiche Borg bemerkte Data im Durcheinander aus Einrichtungsgegenständen und Leichen. »Künstliche Lebensform: Starfleet. Rang: Lieutenant Commander. Name: Data.«

Riker rührte sich nicht von der Stelle und spitzte die

Ohren. Was ging hier vor? Bei den letzten Worten hatte die Stimme des Cyborgs seltsam geklungen.

Und noch etwas ...

Woher kennen sie Datas Namen?

Riker wollte diese Frage schon rufen, als einer der Borg aufsprang. Wut verfärbte sein Gesicht.

Alarmsirenen schrillten hinter der Stirn des Ersten Offiziers, als er zurückwich und versuchte, sich Worf und Corelki zu nähern – vielleicht konnten sie etwas mehr erreichen, wenn sie ihre Feuerkraft vereinten.

Plötzlich erklang ein gespenstisches Kreischen – ein Schrei –, und Riker drehte instinktiv den Kopf.

Die Borg griffen an, wie Kelten vom Hochland, die ihren Feinden entgegenstürmten.

Der Erste Offizier steckte mehrere Hiebe ein, noch bevor er wußte, mit welchem Borg er es zu tun hatte. Die Luft wurde ihm aus den Lungen gepreßt, und allein die Starfleet-Ausbildung ermöglichte es ihm, ebenfalls zuzuschlagen. Aus den Augenwinkeln sah er, wie Data einen Gegner beiseite trat. Doch sofort war ein anderer zur Stelle, heulte wie irre und schmetterte den Androiden mit solcher Wucht an die Wand, daß sie nachgab.

Die Borg verzichteten darauf, ihre Waffen einzusetzen. Statt dessen versuchten sie nun, mit bloßen Händen zu töten!

Es ist absurd und verrückt! Wo sind die üblichen Verhaltensmuster der Borg geblieben? Ihre Aktionen waren immer vorhersehbar. Aber jetzt ...

Riker schnappte nach Luft, als sich die Borg erneut auf ihn stürzten. Einmal mehr bekam er ihre Fäuste zu spüren und sah in den Augen irrlichternden Haß. Zwei der robotischen Wesen hatten Worf in eine Ecke gedrängt, und für den Klingonen bahnte sich eine Niederlage an, trotz seiner im wahrsten Sinne des Wortes übermenschlichen Kraft.

Will trachtete danach, die Hiebe der Borg mit den Armen abzublocken. Wenn es ihm gelang, sich mit dem

Rücken an einem Pfeiler abzustützen, und wenn er dann einen Arm lange genug senken konnte, um den Insignienkommunikator zu aktivieren und der *Enterprise* eine kurze Nachricht zu schicken ... Er stellte sich vor, wie er zusammen mit den anderen Mitgliedern der Einsatzgruppe von einem Transporterstrahl erfaßt und in Sicherheit gebracht wurde.

Doch wenn er nach dem kleinen Kom-Gerät tastete, riskierte er, daß ihm ein Borg den Schädel zertrümmerte.

Keine Chance. Wir haben keine Chance. Bestimmt enden wir wie die anderen. Es dauert nicht mehr lange, bis wir hier neben den übrigen Leichen liegen ...

»Aufhören!«

Riker versuchte auch weiterhin, den Fäusten der Borg auszuweichen. Stammte jenes eine Wort von ihm selbst? Die Stimme ... Sie hatte nicht nach Worfs Baß geklungen.

Die beiden Borg vor dem Ersten Offizier drehten sich um, und Riker nutzte die Gelegenheit, um seine Lungen mit Sauerstoff zu füllen.

»Aufhören!«

Er konzentrierte sich auf den Ruf, fand den Ursprung.

Data? Das normalerweise ausdruckslose oder freundlich wirkende Gesicht des Androiden zeigte nun so etwas wie Raserei, und in den goldenen Augen blitzte es. Data packte einen Cyborg, hob ihn hoch über den Kopf.

»Aufhören!« donnerte er erneut und schleuderte den Borg gegen eine Konsole.

Das Schaltpult zerbarst, und der Borg blieb inmitten der Trümmer liegen.

Vielleicht ist es doch noch nicht vorbei, dachte Riker. *Wenn sich Data jetzt einen anderen Borg vornimmt, gibt es für uns einen Gegner weniger ...*

Erneut holte er tief Luft und schöpfte neue Hoffnung.

Aber Data wandte sich keinem anderen Borg zu. Statt dessen zerrte er den hoch, der vor ihm lag.

Er rammte das Roboterwesen an die Wand und knurrte: »Aufhören!«

Data war außer sich vor Zorn.

»Aufhören! Aufhören! Aufhören!« Immer wieder stieß der Androide den Borg an die Wand; sein Gesicht hatte sich in eine wutverzerrte Grimasse verwandelt.

Riker spielte mit dem Gedanken, ihn zurückzuziehen, aber dafür fehlte ihm die Kraft. Außerdem war der Wunsch, Data an seinen gegenwärtigen Aktivitäten zu hindern, nicht sehr stark ausgeprägt. Er spürte sogar so etwas wie Genugtuung.

Und dann…

Es ging vorbei, noch bevor Riker aufstehen konnte.

Der erschlaffte Borg sank vor dem Androiden zu Boden.

Data blinzelte, sah nach unten und schien wie aus einem Traum zu erwachen. Er wirkte verwirrt. Die Wut wich aus seinen Zügen und hinterließ eine Leere, in der sich stumme Fragen abzeichneten.

Die anderen Borg verhielten sich wie das Kollektiv, das Riker zunächst in ihnen gesehen hatte. Sie traten zurück, und das sonderbare Leuchten in ihren Augen verblaßte. Ein oder zwei Sekunden später entmaterialisierten sie.

Sie verschwanden ebenso plötzlich, wie sie erschienen waren.

»Captain, das fremde Schiff schwenkt aus dem Orbit!«

Geordi LaForge hatte nicht lauter sprechen wollen als sonst, aber irgend etwas veranlaßte ihn trotzdem dazu. Er hoffte, daß sich Picard inzwischen daran gewöhnt hatte. Eigentlich sollten Starfleet-Offizier immer beherrscht sein und nie die Stimme heben; diesmal schaffte es Geordi nicht, dem Ideal gerecht zu werden.

Vielleicht lag es auch an den Schuldgefühlen, die sich in ihm regten. Vielleicht wollte er jetzt in der wissenschaftlichen Station auf dem Planeten sein, um die andere Hälfte der Arbeit zu erledigen, die Riker und er begonnen hatten.

»Programmieren Sie einen Abfangkurs«, wies Picard den Navigationsfähnrich an. Und zur taktischen Station: »Feuern Sie auch weiterhin. Zusatzenergie in die Schilde leiten.«

Geordi wurde an der technischen Konsole im rückwärtigen Bereich der Brücke aktiv. Jetzt gab es etwas für ihn zu tun. Das Summen des Triebwerks wurde etwas lauter und schien im Chefingenieur widerzuhallen, als er neue interne Kanäle für die gewaltige Energie des Materie-Antimaterie-Wandlers öffnete.

Die *Enterprise* änderte den Kurs und beschleunigte mit voller Impulskraft.

Die Entdeckung des Hyperlichts hatte die Impulskraft in den Schatten gestellt, aber bei Gelegenheiten wie dieser spürte Geordi noch immer die Faszination der Sublicht-Geschwindigkeit. Dabei blieb das große Raumschiff Teil der vierdimensionalen Raum-Zeit, weil es sich diesseits der Lichtmauer bewegte. Es bewahrte ein Maximum an Manövrierfähigkeit, und die Sterne bildeten keine sonderbar anmutenden Streifenmuster. Volle Beschleunigung im Sublicht-Bereich ... LaForge verglich es damit, die energetischen Muskeln der *Enterprise* spielen zu lassen.

Das Schiff sprang durchs All, verfolgte ein anderes.

Geordi drehte sich um und sah zum Wandschirm. Das VISOR zeigte ihm die infraroten Emissionsmuster der übrigen Brückenoffiziere – in diesem Fall deuteten sie auf Anspannung hin – und spektrale Entsprechungen von Sternen im Projektionsfeld. Hinzu kamen die Energiestrukturen des fremden Raumers.

Und dann öffnete sich etwas.

LaForge starrte wie ein Narr und wankte nach vorn, bis er an die taktische Station stieß. Ein *Licht* ... öffnete sich. Im Weltraum entstand ein großes, schimmerndes Loch.

Das andere Raumschiff stürzte hinein, und hinter ihm schloß sich das Etwas wieder.

Alle rissen die Augen auf, selbst Picard.

»Mr. LaForge?« fragte der Captain.

»Die Fremden sind weg, Sir«, brachte Geordi hervor. »Offenbar ist vor ihrem Schiff eine Art Subraum-Anomalie entstanden. Einzelheiten kann ich erst nach einer Überprüfung der von den Sensoren ermittelten Daten nennen.«

Eins stand fest: Es handelte sich nicht um eine ›gewöhnliche‹ Raum-Zeit-Verzerrung. Diese Anomalie war ganz bewußt herbeigeführt und kontrolliert worden.

Von den Fremden.

Der Captain blickte ins jetzt wieder leere All, und dünne Falten bildeten sich in seiner Stirn.

»Bringen Sie uns nach Ohniaka Drei zurück.«

Auf welcher Seite des Spiegels stehe ich heute?

Will Riker richtete sich mühsam auf. Er keuchte, und seine Beine zitterten so heftig, daß der erste Schritt ein hohes Maß an Konzentration erforderte. Er sah zu Worf.

Der Klingone stand auf der anderen Seite des Raums, und zwar noch immer in kampfbereiter Haltung – offenbar rechnete er jeden Augenblick mit der Rückkehr des Feindes. Gleichzeitig schien er auf ein Zeichen des Ersten Offiziers zu warten.

Gib es ihm.

Riker setzte einen Fuß vor den anderen, wunderte sich dabei, daß er nicht das Gleichgewicht verlor und fiel. Langsam näherte er sich Data, und Worf folgte seinem Beispiel.

Eben war der Androide jähzornig gewesen, und nun wirkte er schockiert. Ein Hauch Erschöpfung zeigte sich im sonst so ruhigen Gesicht. Hinzu kam Verwirrung – vielleicht fragte er sich nun, ob seine Erinnerungen an die jüngsten Ereignisse wirklich den Tatsachen entsprachen.

Allein diese Ungewißheit war schon beunruhigend genug. Data verfügte nicht über ein ›Gedächtnis‹ in dem Sinne, sondern über Speicherbanken – er hätte also nicht den Eindruck erwecken dürfen, wie nach einer Trance zu erwachen. Seine Augen blickten in die Ferne, schienen dort zu beobachten, wie er ein Geschöpf tötete, das nicht weniger lebendig war als er selbst.

Was sahen sie sonst noch?

Riker schob sich etwas näher.

»Data?« fragte er behutsam. »Ist alles in Ordnung mit Ihnen?«

»Ja, Sir«, erwiderte der Androide.

Die Antwort kam zu schnell.

Wenn sie bedeutete, daß ihm kein Arm ausgerissen worden war, so stimmte sie zweifellos. Aber wie sah es *in* ihm aus?

»Was ist passiert?« hakte Riker nach.

Data senkte den Kopf und analysierte das eigene Verhalten so neugierig wie ein Kind, das an einer toten Hornisse nach dem Stachel suchte.

Er blinzelte erneut, sah dann auf und wandte sich den beiden anderen Offizieren zu. Seine Suche nach Objektivität führte zu einem Erfolg.

»Ich bin wütend geworden«, sagte er schlicht.

5

KRANKENSTATION,
ENTERPRISE

Bordcounselor Deanna Troi spürte, wie ein flaues Gefühl in ihrer Magengrube entstand, als sie die Krankenstation betrat. Solche Empfindungen ergaben überhaupt keinen Sinn, und doch regten sie sich immer wieder in ihr, wenn sie in der medizinischen Sektion weilte. Vielleicht lag es an dem Geruch von Arzneien, der nie ganz verschwand. Oder das vage Unbehagen basierte auf der Erkenntnis, daß man sich hier um Leute kümmerte, die in ernsten Schwierigkeiten waren.

Der rationale Teil ihres Selbst erkannte die Krankenstation als eine Art Laboratorium, als einen Ort, an dem man Probleme löste und Entdeckungen machte. Doch auch damit ließ sich kaum etwas gegen die Unruhe in Deanna ausrichten.

Sie erlaubte sich ein schiefes Lächeln. Wenn andere Personen derartige Gefühle erwähnten, so bestand die Pflicht der Counselor darin, ihnen eine vernünftige Erklärung anzubieten und sie von dem emotionalen Ballast zu befreien.

Stille herrschte.

Weit und breit war niemand zu sehen.

Die Lautlosigkeit verstärkte das Unbehagen in Deanna. Fast wünschte sie sich die Präsenz einiger verwundeter oder kranker Besatzungsmitglieder.

Das ist ein unverzeihlicher Gedanke, tadelte sie sich und betrat ein Untersuchungszimmer.

»Beverly?« rief sie. »Wo sind Sie?«

»Hier, Deanna«, erwiderte die Bordärztin. »Ich bin hier und denke über Garn nach.«

Deanna lauschte dem angenehmen Klang der Stimme. *Mit einer solchen Stimme stünde ich auf der Bühne.*

»Garn?« murmelte sie und runzelte die Stirn.

Die Counselor bekam immer wieder zu hören, wie schön sie sei – eine perfekte Kombination aus dunklen Augen, schwarzen Locken und elfenbeinfarbener Haut. Manche Leute verwendeten exotische Ausdrücke, um ihr Komplimente zu machen. Doch wahre Schönheit brachte Deanna immer mit Beverly Crusher in Verbindung.

Beverly zeichnete sich durch eine gewisse Balance und Symmetrie aus – Eigenschaften, um die Troi sie manchmal beneidete. Die Wangenknochen und das glänzende, kupferrote Haar erinnerten an eine irische Königin. Hinzu kam eine gewisse Verschmitztheit, die sich nur selten zeigte, jedoch die ganze Zeit über hinter den blauen Augen lauerte.

Hier sind wir nun, dachte die Counselor. *Keine Modelle für Maler, sondern Wissenschaftlerinnen.*

Deanna schüttelte den Kopf, lächelte erneut und betrat das Büro der Krankenstation.

Beverly saß zurückgelehnt am Schreibtisch, und ihr blauer Medo-Kittel reichte über die Armlehnen des Sessels hinweg. Das Haar war nicht gekämmt und sah trotzdem gut aus – dahinter steckte vermutlich ein magischer Trick, den Deanna nie gelernt hatte. Die Lippen der Ärztin deuteten ein schelmisches Lächeln an.

»Haben Sie ›Garn‹ gesagt?« vergewisserte sich die Counselor.

»Ja«, bestätige Beverly. »Womit ich nicht etwa ›Seemannsgarn‹ oder etwas in der Art meine, sondern Fäden und so. Um es noch etwas genauer auszudrücken: Man stellt Pullis und Pullover daraus her. Nun, ich habe über Garnfarben und die mehr oder weniger phantasievollen Namen dafür nachgedacht: Meergrün, Kobaltblau, Schieferschwarz, Vulkanrot, Bordeaux, Orseillerot, Kanariengelb, Quakergrau ...«

»Oh«, kommentierte Deanna. »Wo sind die anderen?«

»Beim Mittagessen. Goldrute, Marsorange, Shamrock ...«

»Beim Mittagessen? Hier gibt es doch einen Turnus, oder?«

»Natürlich. Aber er ist mir gleich. Meine Assistenten sollen in der Lage sein, gemeinsam zu essen. Ich möchte, daß sie auch über Dinge sprechen, bei denen es nicht um Diagnosegeräte und Bio-Indikatoren geht. Es kann nie schaden, sich auch persönlich zu kennen und näherzukommen. Übrigens: Nehmen Sie Platz.«

Deanna setzte sich und schlug die Beine übereinander.

»Machen Sie sich nichts vor«, sagte sie. »Ihre Leute reden auch in ihrer Freizeit über solche Dinge. Wir alle sind von unserer Arbeit wie besessen. Was ist, wenn es zu einem Zwischenfall kommt, zu einem medizinischen Notfall?«

»Meine Mitarbeiter sind nur zwei Decks entfernt, Deanna.«

»Stimmt. Nun, warum dachten Sie an Garn? Sie nähen doch nicht, oder?«

»Nein. Ebensowenig stricke ich – obwohl ich es gern einmal lernen würde.« Die Ärztin lehnte sich zurück, und der Sessel knackte.

»Haben Sie das Knacken noch immer nicht in Ordnung bringen lassen?«

»Nein. Es gefällt mir. Ich stelle mir vor, daß der Sessel auf diese Weise singt.«

»Oh.«

Beverly strich sich übers Kinn und sah zur Decke hoch. »Hatten Sie jemals den Wunsch, etwas unverschämt Weibliches zu tun? Sich einer Sache hinzugeben, die allein Frauen zusteht?«

Deanna wechselte die Position der Beine, um ein wenig Zeit zu gewinnen. Gleichzeitig spürte sie, wie das Lächeln auf ihre Lippen zurückkehrte. »Zum Beispiel?«

»Zum Beispiel eine Nähgruppe.«

»Eine Nähgruppe?«

»Gelegentlich sehne ich mich nach irgendeiner abgelegenen Gegend in Ohio. Dort möchte ich an einem langen, groben Holztisch sitzen, um mit ganz einfachen Frauen über Dinge des alltäglichen Lebens zu reden, während wir gemeinsam eine große Steppdecke oder etwas in der Art nähen.« Beverly sah zu Deanna und fügte hinzu: »Wie sähe ich wohl in schwarzer Kleidung und mit einer weißen Haube aus?«

Die Counselor lachte. »Wie eine Nonne mit unanständigen Gedanken. Etwas Sündiges umgibt Sie.«

»Ja, ich weiß.«

»Verzichten Sie deshalb darauf, Ihr Haar zu kämmen? Weil Sie es vermeiden, in den Spiegel zu blicken?«

»Das hat gesessen«, erwiderte Beverly. »Eins zu null für Sie.«

»Warum gehen Sie nicht zum Holodeck, um dort ein Mennoniten-Szenario zu programmieren?«

Die Ärztin beugte sich vor, und wieder knarrte der Sessel.

»Das ist es ja gerade. Auf dem Holodeck ist jede denkbare Umgebung möglich. Ich könnte dort stundenlang mit anderen Frauen nähen – aber es würde sich nicht *richtig* anfühlen. Wichtig sind dabei die Leute und Gespräche, das Empfinden von Verbundenheit. Die holographischen Personen wirken nie völlig echt.«

Deanna musterte Beverly Crushers ruhige Miene und erkannte die Sehnsucht in den Augen. »Ja, das stimmt. Sie benutzen das Holodeck nicht sehr oft, oder?«

»Nicht mehr. Zuerst übt es einen fast unwiderstehlichen Reiz aus, aber irgendwann muß sich die Tür öffnen. Ganz gleich, wie die Szenen auch beschaffen sind – ich habe immer den Eindruck, hinter den Projektionen die schwarzgelbe Gitterstruktur zu sehen. Nun, was halten Sie davon? Möchten Sie zusammen mit mir einen Nähklub gründen? Wir könnten Flickenteppiche und so weiter herstellen.«

»Allerdings dürfte es uns schwerfallen, Flicken an Bord zu finden.« Deanna zuckte mit den Achseln. »Die Sache hat noch einen anderen Haken. Vielleicht werfen uns die Männer Spießigkeit vor.«

»Sie können uns Gesellschaft leisten, wenn sie wollen.« Erneut beugte sich Beverly vor, stützte beide Ellenbogen auf den Schreibtisch und senkte verschwörerisch den Kopf. »Wie lautet Ihre Antwort?«

Deanna starrte sie groß an und lachte. »Was gibt mir das Gefühl, mich gerade einem Hexenzirkel angeschlossen zu haben?«

Die Ärztin lächelte auf eine betont verruchte Weise.

»Riker an Krankenstation.«

»Ah, William der Erste. Könnte sicher ein bißchen Hexerei vertragen.« Beverly zwinkerte, bevor sie auf ihren Insignienkommunikator klopfte. »Hier Dr. Crusher.«

»Bitte kommen Sie zusammen mit Counselor Troi ins Beobachtungszimmer. Vermutlich haben wir ein großes Problem.«

»Wir sind gleich da.«

Sie stand auf und sah auf Troi hinab.

Deanna erhob sich ebenfalls, und es gelang ihr nur mit Mühe, nicht zu kichern.

»Und ob sie ein Problem haben«, sagte die Counselor. »Sie haben *uns*.«

CAPTAINS LOGBUCH: STERNZEIT 46982.1

Wegen seines sonderbaren Verhaltens auf dem Planeten hat Commander Data gebeten, vorübergehend von seinen Pflichten entbunden zu werden. Was leider bedeutet, daß er uns nicht bei den Nachforschungen in Hinsicht auf eine besorgniserregende Veränderung im Verhaltensmuster der Borg helfen kann.

Die ruhige, bibliotheksartige Atmosphäre im Beobachtungszimmer schenkte den anwesenden Offizieren kaum Frieden. Sie saßen an einem Tisch, der aus Holz und dunklem Glas bestand, dadurch einen seltsamen Kontrast zur technisch geprägten Umgebung schuf.

Riker versuchte, sich seine Nervosität nicht anmerken zu lassen. Er sah zum Captain und den anderen, bemerkte die stummen Fragen in ihren Gesichtern. Worf war ebenfalls zugegen – wenn seine Erinnerung Lücken aufwies, so konnte der Klingone sie füllen.

Er schilderte die Ereignisse in der wissenschaftlichen Station auf Ohniaka Drei. Es fiel ihm alles andere als leicht, darüber zu sprechen, was seine Unruhe weiter verstärkte und ihn ein wenig verlegen machte. Als hochrangiger Kommandooffizier sollte er eigentlich imstande sein, mit dem Unerwarteten fertig zu werden. Er hatte vergleichbare Erlebnisse schon mehrmals hinter sich gebracht, ohne daß sich metaphorisches Eis unter seiner Haut gebildet hätte.

Doch was auf dem Planeten geschehen war ... Allein der Gedanke daran brachte eisige Kälte.

Auf der anderen Seite des Tisches bildeten Deanna Troi und Dr. Beverly Crusher eine Oase aus Wärme und Freundlichkeit. Er versuchte, damit einen Teil des Frostes aus sich zu vertreiben.

»Unsere Gegner waren schnell«, fuhr er fort. »Außerdem offenbarten sie eine Art irrationale Aggressivität. Damit wiesen sie mehr Ähnlichkeit mit Klingonen auf als mit Borg. Womit ich niemanden beleidigen möchte«, fügte Riker rasch hinzu.

»Schon gut«, brummte Worf.

»Es gab noch einen anderen Unterschied. Ich glaube nicht, daß sie zum Borg-Kollektiv gehörten. Sie verhielten sich eher wie Individuen.«

»Wie bitte?« entfuhr es dem Captain.

Der Erste Offizier verstand Picards Überraschung. »Einer von ihnen, bezeichnete sich selbst als ›ich‹.«

»Der gleiche Borg nannte den *Namen* eines gefallenen Kameraden«, meinte Worf.

Deanna runzelte andeutungsweise die Stirn. »Wir kennen nur einen Borg, der einen Namen hatte, und er bekam ihn von uns: Hugh.«

»Vielleicht gibt es einen Zusammenhang zwischen Hugh und dem veränderten Verhalten«, spekulierte Beverly.

Die versammelten Offiziere erinnerten sich. Hugh. Der Kontakt mit ihm war anders verlaufen als bei seinen unerbittlichen Artgenossen. Hugh hatte eine eigene Persönlichkeit entwickelt und Fragen gestellt, die auch ihn selbst betrafen.

Ein gewöhnlicher Borg war dazu nicht fähig. Ebensowenig konnte Data echte Emotionen empfinden.

Riker überlegte, ob irgendwo tief im Innern jener bionischen Wesen etwas existierte, das sich nach Leben sehnte und darauf wartete, geweckt zu werden.

Die Evolution bot noch immer viele ungelöste Rätsel.

Der Captain stand auf.

Riker sah ihm nach, als er zu den großen Fenstern ging und ins All hinausblickte.

Picard hatte sehr persönliche Erfahrungen mit den Borg gesammelt – auf eine Weise, wie man sie niemandem wünschte. Er war der einzige Mensch, der in die Gewalt der Borg geriet, ohne wie ein Gefangener behandelt zu werden. Bei ihm hatte man eine andere Methode verwendet: Die Borg machten ihn zu einem Teil des Roboterschwarms; sie raubten ihm seine Persönlichkeit, verwandelten ihn in ein Werkzeug des Kollektivs.

Später bekam er seine Identität zurück. Doch fortan mußte Picard mit jenen Dingen leben, die er als Teil der Borg angestellt hatte.

Als ein integraler Bestandteil des Kollektivs war er zum Mörder geworden. Dieses Wissen stellte sicher eine sehr schwere Bürde dar.

Und dann die Erlebnisse mit Hugh ... Man konnte sie nicht einfach vergessen. Hugh war wie das unschuldige Stück eines riesigen Puzzles – ein Borg, in dem sich so etwas wie Menschlichkeit regte.

»Hugh ...«, murmelte Picard. »Wir haben ihn zu den Borg zurückgeschickt, in der Hoffnung, daß er sie beeinflußt und verändert.« Er kehrte den anderen Anwesenden noch immer den Rücken zu, als er hinzufügte: »Und jetzt hat es den Anschein, daß die Borg tatsächlich anders sind.«

Er drehte sich nicht um, sah auch weiterhin in die unendlichen Weiten des Weltraums. Eine Aura der Nachdenklichkeit umgab ihn.

»Haben die Borg versucht, Sie oder Ihre Technik zu assimilieren?« fragte er nach einer Weile.

Riker hielt den Atem an – und stellte sich dann zum wiederholten Mal folgender Erkenntnis: Sein hoher Rang brachte nicht nur Privilegien mit sich, sondern auch die Pflicht, als erster zu antworten. »Sie schienen vor allem bestrebt zu sein, den Tod ihres Kameraden zu rächen und uns umzubringen. Nichts deutete auf einen Assimilationsversuch hin.«

Riker lauschte dem Klang der eigenen Stimme. Er versuchte, ruhig und auf keinen Fall vorwurfsvoll zu klingen, aber offenbar blieben seine Bemühungen ohne Erfolg: Er mußte beobachten, wie Schuld in Picards Gesicht kroch.

»Der bisherige Existenzzweck der Borg bestand darin, fremde Technik und Kulturen aufzunehmen«, sagte der Captain besorgt. »Wenn das jetzt nicht mehr der Fall ist, so streben sie ein neues Ziel an. Wir müssen herausfinden, worum es sich dabei handelt.«

Sie alle befürchteten, in gewisser Weise verantwortlich zu sein: Vielleicht war aus dem einstigen Hoffnungsschimmer namens Hugh das geworden, was an Bord der *Saladin* und in der Forschungsstation gewütet hatte.

»Was ist mit Data?« warf Beverly ein. »Hat jemand eine Ahnung, was mit ihm passiert sein könnte?«

Riker wandte den Blick von Picard ab und räusperte sich.

»Geordi untersucht ihn gerade«, erwiderte er. »Ich weiß nicht, was ich von seinem Gebaren halten soll. Er schien wirklich zornig gewesen zu sein.«

Wieder stellte sich das Gefühl ein, hinter einem Spiegel zu stehen.

Die Borg entwickeln Individualität. Und Data verliert die Kontrolle ...

Der Captain sah auch weiterhin ins All und schwieg.

Mitgefühl keimte in Riker, aber er wußte, daß ein Mann mit einigen Dingen allein fertig werden mußte. Vermutlich erinnerte Picard sich nun an die schreckliche Zeit, während der er selbst ein Borg gewesen war. Niemand von ihnen konnte den damit einhergehenden Schmerz lindern.

Riker beobachtete ihn nur – und bekam allein deshalb ein schlechtes Gewissen.

»Mr. Worf ...«, sagte Picard schließlich. Seine Stimme klang fast schroff. »Von diesem Augenblick an gilt Sicherheitsstufe Zwei. Sorgen Sie dafür, daß bewaffnete Sicherheitswächter auf jedem Deck postiert werden. Geben Sie dem Verteidigungssystem Priorität über alles andere, abgesehen von der Lebenserhaltung.«

»Aye, Sir«, bestätigte Worf.

»Nummer Eins, analysieren Sie die Sensordaten in Hinsicht auf das Borg-Schiff. Versuchen Sie festzustellen, ob der Raumer von ihnen konstruiert oder aber erbeutet wurde. Beginnen Sie anschließend mit einer Untersuchung der ... Subraum-Anomalie, mit deren Hilfe die Borg entkamen.«

Riker nickte. »Ja, Sir.«

Erst jetzt drehte sich Picard um.

Er wirkte blaß und sehr ernst, stand steif und gerade. Einen Blickkontakt mit den übrigen Anwesenden vermied er.

»Ich benachrichtige Starfleet Command.«

TECHNISCHE SEKTION

Vielleicht sollte ich hier eine Art Krankenstation für lebendige Technik einrichten, dachte Geordi LaForge, als er mit winzigen Instrumenten winzige Schaltkomponenten berührte. Nun, wenn Dinge in einem menschlichen Kopf untergebracht waren, so mußten sie recht klein sein.

Das heißt … Die Bezeichnung ›menschlicher Kopf‹ stimmte nicht ganz.

Der Chefingenieur stellte sich Data immer wieder als Menschen vor, und deshalb fiel es ihm schwer, seinen Schädel für etwas Maschinelles zu halten – obgleich er nun blinkende Indikatoren betrachtete.

»Mit dem positronischen Netz ist alles in Ordnung«, sagte er. »Ich kann keinen Defekt feststellen.«

Vielleicht bekomme ich von Dr. Crusher ein Stethoskop, das ich mir um den Hals hängen kann. Und natürlich einen hübschen Kittel.

»Meine Diagnoseprogramme konnten ebenfalls nichts entdecken«, sagte Data.

Geordi brachte die Verkleidungsplatte an der Seite des Androidenschädels an und fragte sich dabei, wie oft jemand anders Gelegenheit bekam, den Kopf eines Freundes zu schließen.

»Ich weiß nicht, was ich dazu sagen soll, Data. In Ihrer Hardware gibt es keine erkennbaren Ursachen für eine Verhaltensanomalie.«

»Dieser Einschätzung pflichte ich bei«, entgegnete der Androide. »Geordi … Ich glaube, ich habe mein erstes Gefühl erlebt.«

LaForge ließ langsam die Werkzeuge sinken und drehte sich um.

»Data ... Nichts für ungut, aber wie wollen Sie echten Zorn von einem speziellen Energieschub unterscheiden?«

Data zögerte. Wenn er enttäuscht sein konnte, so war er es jetzt. Seine Stimme klang gedämpft, und er sah nicht auf.

»Sie haben recht mit dem Hinweis, daß mir ein Bezugssystem fehlt – weshalb ich meine Hypothese nicht beweisen kann. Ich bin nicht einmal zu einer exakten verbalen Beschreibung des Phänomens imstande. Wenn Sie mir schildern würden, wie sich Zorn anfühlt ... Dann wäre es mir möglich, Ihre Darstellungen als einen Maßstab für meine eigenen Erfahrungen zu benutzen.«

Er richtete sich auf und sah Geordi aus großen, gelben Augen an.

LaForge verlagerte das Gewicht vom einen Bein aufs andere. Die Erörterung solcher Themen behagte ihm nicht besonders. Er konnte das Innere eines Warptriebwerks beschreiben – eine fast unmögliche Aufgabe –, doch davon, einen Wutanfall zu schildern, fühlte er sich überfordert.

»Nun, wenn ich zornig werde ... Zuerst empfinde ich ... Feindseligkeit.«

»Bitte beschreiben Sie mir das Gefühl der Feindseligkeit«, erwiderte Data sofort.

»Dabei fühlt man ... Aggressivität, Kampfbereitschaft.«

»Könnten Sie mir eine Beschreibung von ›Zorn‹ geben, ohne sich dabei auf andere Emotionen zu berufen?«

Geordi suchte einige Sekunden lang nach geeigneten Worten. Eine gute Frage. Damit bekam man es nicht jeden Tag zu tun.

»Nein«, seufzte er schließlich. »Ich fürchte, dazu bin ich nicht in der Lage. Zorn ist ... Man *fühlt* ihn einfach.«

Data neigte den Kopf ein wenig zur Seite. »Das entspricht meiner eigenen Erfahrung. Ich habe mich einfach zornig *gefühlt.*«

»Nehmen wir einmal an, daß sich tatsächlich ein solches Gefühl in Ihnen regte«, sagte LaForge. »Wie ist das möglich?«

»Ich weiß es nicht. Vielleicht hat meine individuelle Evolution inzwischen einen Punkt erreicht, an dem Emotionen möglich werden. Vielleicht kann ich bald mit weiteren Gefühlen rechnen.«

Geordi lächelte, zuckte mit den Achseln und begann damit, die Werkzeuge zu verstauen.

»Ich hoffe, Sie haben recht«, meinte er. »Es wäre bestimmt nicht wünschenswert, daß Sie außer Zorn keine anderen Gefühle empfinden können.«

CAPTAINS LOGBUCH: STERNZEIT 46984.6

Während der vergangenen beiden Tage sind keine neuen Borg-Angriffe gemeldet worden. Trotzdem hat Starfleet Admiral Nechajew beauftragt, in diesem Sektor das Kommando zu übernehmen und Vorbereitungen in Hinsicht auf eine mögliche Borg-Invasion zu treffen. Admiral Nechajew ist mit der *Gorkon* gekommen, die derzeit neben der *Enterprise* fliegt.

Captain Picard wollte jeden anderen Weg beschreiten, nur nicht den, der sich vor ihm erstreckte. Ganz gleich, aus welchem Blickwinkel er die Sache auch betrachtete: Den Borg gegenüber konnte er keinen kühlen, neutralen Standpunkt bewahren. Jene Wesen hatten ihn in ihre gräßliche Kultur aufgenommen und als Werkzeug gegen sein eigenes Volk verwendet.

Die Erinnerung daran haftete unauslöschlich in ihm fest. Furcht begleitete sie, und ein profundes Gefühl der Schuld.

Diese schwächenden Empfindungen spiegelten sich in Picards Augen wider, als er Admiral Nechajew musterte, während sie die Pläne für die unmittelbare Zukunft erläuterte. Jedes Detail war wie ein Nagel im Herzen des Captains.

»Bis übermorgen wächst die Anzahl der Starfleet-Schiffe in diesem Sektor auf fünfzehn«, sagte die Frau. »Die *Gorkon* dient als mein Flaggschiff. Sie bekommen den Befehl über die Einsatzgruppe Drei, bestehend aus der *Enterprise,* der *Crazy Horse* und der *Agamemnon.*«

»Verstanden«, sagte Picard. Er hatte einen Kloß im Hals und versuchte, trotzdem normal zu sprechen, ohne sich etwas anmerken zu lassen. Er kam mit der Situation nicht annähernd so gut zurecht wie die Admiralin.

»Captain ...« Es klang völlig ruhig. »Ich habe den Bericht gelesen, den Sie im vergangenen Jahr Admiral Brooks übermittelten. Darin ging es um einen Borg namens Hugh. Ich verstehe nicht, warum Sie ihn gehen ließen.«

Nechajew schwieg, und die Stille schien Substanz zu gewinnen, sich schwer auf Picard herabzusenken. Sie beide wußten, daß der Captain bei den anderen Borg-Begegnungen eine wichtige Rolle gespielt hatte – nun kam es erneut zu einer Beteiligung.

»Ich dachte, die Gründe dafür deutlich genug dargelegt zu haben«, erwiderte Picard.

Die Admiralin zögerte, senkte kurz den Kopf und sah dann wieder auf.

Sie wollte darüber reden, ob es ihm paßte oder nicht. Jean-Luc sah es in ihrem Gesicht und bereitete sich innerlich auf das übliche Es-ist-nicht-Ihre-Schuld vor – solche Worte hätte er selbst gewählt, wenn ein Mitglied der Crew und nicht er selbst von den Ereignissen betroffen gewesen wäre.

Doch die Worte der Admiralin waren eine Überraschung. Ganz offensichtlich wollte sie keine Zeit mit taktvoller Anteilnahme vergeuden, wählte statt dessen unverblümte Offenheit.

»Wenn ich die Sache richtig verstehe, geschah folgendes: Bei einem abgestürzten Raumschiff fanden Sie einen einzelnen Borg, brachten ihn an Bord der *Enterprise* und begannen mit einer umfassenden Analyse. Schließlich fanden Sie eine Möglichkeit, das Geschöpf zu den übrigen Borg zurückzuschicken, ausgestattet mit einem Programm, das die Gefahr endgültig eliminieren würde.«

Picard wollte der Frau nicht gegenübersitzen. Er wollte kein derartiges Gespräch mit ihr führen, von Angesicht zu Angesicht. Die Magie der Lichtgeschwindigkeit hatte Nechajew hierhergebracht – ein Wunder der Technik, die sie manchmal alle zu Sklaven machte.

Der Captain wußte, was es bedeutete, versklavt zu sein. Er erinnerte sich an die Identitätsblitze, die wie Nadeln durchs starre, ihm von den Borg aufgezwungene Persönlichkeitsschema stachen. *Locutus … Mein Name lautet Locutus …*

Ich bin Picard, Captain der Enterprise*, und ihr könnt mich nicht noch einmal mißbrauchen. Das lasse ich nicht zu.*

Demütigung brodelte in ihm. Irgendwie schien er für alle Aktionen der Borg verantwortlich zu sein, für jedes unschuldige Leben, das sie auslöschten …

Er wollte nicht als Schuldiger dastehen.

»Aber statt dessen sorgten Sie dafür, daß sich der Borg von seinen Verletzungen erholte«, fuhr die Admiralin fort. »Sie behandelten ihn wie einen Gast, gaben ihm einen Namen und schickten ihn nach Hause. Warum?«

Picard erwiderte Nechajews Blick. Hugh. Locutus. Schmerzliche Details. Dinge, die geschehen waren und sich doch nicht in die Vergangenheit verbannen ließen.

In gewisser Weise hat sich bei Hugh wiederholt, was mit mir selbst passierte, dachte der Captain. *Wir haben ihn gefangen und indoktriniert, um ihn dann mit einer ganz bestimmten Absicht auf den Feind loszulassen.*

Doch sie hatten nicht die gleiche Gnadenlosigkeit walten lassen. Dies schien Picard der richtige Zeitpunkt zu sein, um deutlich darauf hinzuweisen.

»Nach Hughs Trennung vom Borg-Kollektiv entwickelte er sich und wurde zu einer Person. Als das geschah, sah ich mich gezwungen, ihn als Individuum zu akzeptieren ...«

»Sie sahen sich dazu gezwungen?« wiederholte Nechajew. »Sie hätten die Gelegenheit nutzen und die Föderation von einem überaus gefährlichen Feind befreien können, der bereits Hunderttausende umbrachte und vielleicht noch mehr töten wird.«

»Niemand kennt die Gefahr besser als ich. Aber ich bin auch an einen Eid gebunden, der mich ebenso wie mein Gewissen verpflichtet, bestimmte Prinzipien zu achten. Ich bin nicht bereit, sie zu opfern, um ...«

»Ihre oberste Pflicht besteht darin, das Leben von Föderationsbürgern zu schützen«, sagte Nechajew scharf. »Ihr Gewissen kommt erst an zweiter Stelle. Ich möchte ganz klar auf folgendes hinweisen: Wenn sich eine ähnliche Chance ergibt, die Borg zu vernichten, so werden Sie sie nutzen. Ist das klar?«

Picard zögerte kurz.

Hier ging es nicht um Schuldzuweisungen und dergleichen. Man warnte ihn. Man gab ihm eindeutige Befehle. Man ließ nichts offen.

Ein Teil von ihm wußte, daß Nechajew recht hatte.

Hugh und er ...

Wir sind beide manipuliert und in Schachfiguren verwandelt worden. Ich hätte so etwas nie für möglich gehalten.

Picard besann sich auf seinen Stolz und jenen Rest von Selbstachtung, den ihm die Borg nicht genommen hatten. Er straffte die Schultern und erwiderte schlicht: »Ja, Admiral.«

Bestimmt war Nechajew erleichtert, als sie aufstand und das Konferenzzimmer verließ. Sicher erleichterte es sie auch, zur *Gorkon* zurückzukehren und einen Warptransfer einzuleiten.

Leider gab es an diesem Tag keine anderen Gründe für Erleichterung.

»In den letzten sechs Stunden habe ich mit Hilfe diverser Stimuli versucht, eine emotionale Reaktion herbeizuführen. Zum Beispiel habe ich mir mehrere Opern angehört, die angeblich geeignet sind, die Stimmung zu heben. Ich bin in der Holo-Kammer gewesen, um mir dort angeblich humorvolle Programme anzusehen. Und ich habe mich erotischen Phantasien hingegeben, um dadurch sexuelles Begehren zu wecken.«

Deanna Troi hörte ruhig zu, als Data sein Bemühen schilderte, Gefühle wachzurufen. Sie dachte an die psychologische Ausbildung zurück und fragte sich, ob einer ihrer Professoren jemals so etwas erwartet hatte.

Die Counselor saß einem Androiden gegenüber, der Gefühle anstrebte und von ihr Unmögliches erwartete: Sie sollte die psychischen Reaktionen einer Person analysieren, die gar keine hatte.

Die gar nicht *in der Lage war*, welche zu haben. Wenn Data den Anschein erweckte, auf etwas zu reagieren, so handelte es sich dabei nur um Nachahmung von beobachteten Verhaltensmustern. Genau dort lag der Unterschied. Organische Geschöpfe erlebten häufig neue Gefühle. Androiden hingegen konnten nur das entsprechende Gebaren kopieren.

Von dieser Annahme waren sie bisher ausgegangen.

Wahrscheinlich hatte Data nur deshalb um einen Gesprächstermin mit ihr gebeten, weil auch andere Besatzungsmitglieder eine solche Möglichkeit nutzten.

Das gehörte zum Problem: Data bemühte sich, menschlicher zu sein, indem er die menschliche Natur *nachahmte*. Bei ihm lief in dieser Hinsicht alles rückwärts.

»Was ist passiert?« fragte Deanna.

»Nichts«, erwiderte Data.

Sie schlug die Beine übereinander, beugte sich vor und ermahnte sich, ihn nicht wie einen Androiden zu behandeln. Deshalb war er wohl kaum zu ihr gekommen.

»Ich bin neugierig. Was veranlaßte Sie, jenes eine Gefühl zu ignorieren, das Sie schon einmal empfanden? Warum haben Sie nicht versucht, noch einmal zornig zu werden?«

Als Data antwortete, klang seine Stimme ganz normal, doch in seinen Augen zeigte sich so etwas wie Besorgnis.

»Zorn ist eine negative Emotion«, sagte er. »Ich hielt es für besser, mich auf etwas Positives zu konzentrieren.«

»Gefühle sind weder positiv noch negativ, Data«, entgegnete Deanna. Sie mußte auch der Versuchung widerstehen, eine Art Kind in ihm zu sehen – obwohl er in gewisser Weise ein Kind war. »Zu ›gut‹ und ›schlecht‹ kommt es erst, wenn man auf der Grundlage der Gefühle *agiert*. Wenn sich jemand zum Beispiel über eine Ungerechtigkeit ärgert, so ergreift er vielleicht Maßnahmen, um die Ungerechtigkeit aus der Welt zu schaffen.«

»Aufgrund meines Studiums des menschlichen Wesens weiß ich, daß manche Emotionen schädlich sind. Ich meine unter anderem Voreingenommenheit, Haß, Sadismus ... Sollte ich derartige Gefühle nicht besser vermeiden?«

Deanna lehnte sich zurück und seufzte. So viel Unschuld ... Er wünschte sich Emotionen, weil er glaubte, mit ihnen menschlicher zu werden, aber Troi wurde das Gefühl nicht los, daß er dadurch einen Verlust riskierte. Allein sein Bemühen war bezaubernd.

Ist das nicht auch ein Gefühl? dachte Deanna.

»Sie nennen da sehr starke Emotionen«, sagte sie. »Und Sie haben recht: Ich bezweifle, ob solche Empfindungen zu etwas Positivem führen. Doch meiner Ansicht nach muß eine Erforschung des Zorns nicht unbedingt zu Haß oder Boshaftigkeit führen.«

Genügte dieser Hinweis? Troi schwieg und beobachtete den Androiden.

»Und wenn doch, Counselor?« fragte er. »Was geschieht, wenn ich feststelle, daß sich mein emotionales

Potential auf solche Gefühle beschränkt? Werde ich dadurch zu einer schlechten Person?«

Deannas Lippen formten ein Lächeln, obwohl ein Teil von ihr weinen wollte. Data war kein gewöhnlicher Patient oder Klient – oder wie auch immer man die Personen nennen sollte, die Trois Counselor-Dienste in Anspruch nahmen. *Er erinnert sich an jedes Wort von mir, an Tonfall und Gesichtsausdruck. Und daran mißt er sich selbst.*

Auch das war ein Gefühl: Es fiel dem Androiden schwer, sich selbst zu verzeihen.

Sie konnte ihn darauf hinweisen, wie einzigartig und wundervoll sie ihn fand, aber er würde es nicht verstehen. Er verstand nur dann, wenn sie analysierte.

Deanna lächelte erneut.

»Wir sind schon seit langer Zeit Offizierskollegen an Bord der *Enterprise*«, meinte sie, »und inzwischen glaube ich, Sie recht gut zu kennen. Falls Sie jemals zu einem Menschen werden, dann werden Sie gewiß ein guter Mensch sein – davon bin ich überzeugt.«

Der Androide schwieg. Er wirkte noch immer sehr nachdenklich.

»Es gibt einen weiteren Punkt, der mich besorgt«, sagte er schließlich. »Als ich gegen die Borg kämpfte, spürte ich Zorn. Doch wenn ich mich jetzt an den Zwischenfall erinnere, empfinde ich etwas anderes. Es hat nichts mit Zorn zu tun, aber ich glaube, es ist trotzdem eine Emotion.«

»Vielleicht meinen Sie Schuld«, sagte Deanna. »Es erscheint mir völlig natürlich, nach dem Töten einer anderen Person Gewissensbisse zu haben.«

Data sah sie auf eine so seltsame Weise an, daß es ihr kalt über den Rücken lief. Als er sprach, verblaßte ihr Hoffnungsschimmer.

»Ich glaube nicht, daß es Schuld ist, Counselor«, sagte er. »Ich vermute vielmehr, es handelt sich um Genugtuung.«

6

»Alarmstufe Rot! Gefechtsstationen besetzen!« Riker wandte sich von Worf an der taktischen Station ab und wies den Navigationsoffizier an: »Ändern Sie den Kurs! Warpfaktor neun!«

Crewmitglieder kamen aus den Turboliften und eilten zu ihren Plätzen. Captain Picard verließ den Bereitschaftsraum – ein Zeichen dafür, daß seit dem Eintreten des Notfalls erst wenige Sekunden vergangen waren.

Data erschien im rückwärtigen Bereich der Brücke und schritt in Richtung Operatorstation. Riker schenkte ihm keine Beachtung und näherte sich dem Captain.

»Wir haben einen Notruf der Kolonie Neu-Berlin empfangen. Sie wird angegriffen.«

Picard nickte kühl, trat an ihm vorbei und wandte sich an Data.

»Unsere geschätzte Ankunftszeit?«

Der Androide berührte einige Schaltflächen. »Mit der gegenwärtigen Geschwindigkeit erreichen wir die Kolonie in fünfzehn Minuten und dreißig Sekunden.«

Picards Blick wanderte zu Worf. »Nehmen Sie Kontakt mit der *Crazy Horse* und der *Agamemnon* auf. Teilen Sie ihnen mit, sie sollen sich in Bereitschaft halten für den Fall …«

»Eine neue Nachricht, Captain«, warf der Klingone ein. »Von der Kolonie Neu-Berlin.«

In Riker versteifte sich etwas. *Müssen wieder Leichen gezählt werden?* Er wollte das nicht noch einmal durchmachen.

»Man entschuldigt sich für den Notruf«, knurrte Worf. Er starrte auf die Anzeigen hinab und schnaufte mißbilligend. »Ein Handelsschiff der Ferengi näherte sich dem Planeten, und jemand geriet in Panik – mal wieder.«

Riker seufzte bitter. »Das passiert heute schon zum dritten Mal. Navigation: Reduzieren Sie die Geschwindigkeit auf Warp sechs und bringen Sie uns zur Patrouillenroute zurück.«

Normalerweise hätte er es dem Captain überlassen, diese Anweisungen zu erteilen, aber diesmal hielt er es für besser, das selbst zu übernehmen.

Captain Picard war stinksauer, und alle konnten es ganz deutlich sehen. Er wollte keine ›banalen‹ Befehle geben müssen, und eine von Rikers Aufgaben bestand darin, ihm so etwas zu ersparen. Der Erste Offizier hoffte inständig, richtig gehandelt zu haben.

Picard zügelte den in ihm kochenden Ärger wie ein wildes Pferd, konnte ihn jedoch nicht ganz aus seiner Stimme verbannen, als er sagte:

»Mr. Worf, beenden Sie Alarmstufe Rot. Bestätigen Sie die Mitteilungen von Neu-Berlin und schicken Sie der Kolonie das von Starfleet herausgegebene Erkennungsprotokoll. Bitten Sie die zuständigen Stellen, es diesmal zu lesen.«

»Aye, Sir.«

Riker beobachtete, wie der Captain im Bereitschaftsraum verschwand.

Alle sahen ihm nach.

CAPTAINS LOGBUCH, NACHTRAG

Seit siebzehn Stunden fliegen wir Patrouille, und es gibt keine Berichte über weitere Aktivitäten der Borg. Doch bei den Kolonien und Außenposten in diesem Sektor wächst die Besorgnis.

Picards Stimme klang barsch und abgehackt.

Will Riker befand sich noch nicht im Bereitschaftsraum, aber er hörte bereits, wie der Captain den Logbucheintrag sprach – oder vielleicht *spürte* er es nur. Die einzelnen Worte bedeuteten mehr, als unmittelbar in ihnen zum Ausdruck kam...

Der Erste Offizier zögerte kurz, bevor er den Türmelder betätigte.

Sekunden verstrichen. Riker verlagerte das Gewicht vom einen Bein aufs andere, wollte sich schon abwenden.

»Herein«, sagte der Captain gerade noch rechtzeitig.

Erneut zögerte Riker und wünschte sich nun, den Bereitschaftsraum nicht betreten zu müssen. Aber es war zu spät.

Der Captain saß am Schreibtisch und blickte auf den dort installierten Monitor. Die Hände ruhten im Schoß, und im Gesicht zeigte sich Empörung.

Riker versuchte, Haltung und Miene des Kommandanten zu ignorieren, als er ihm einen Datenblock reichte. »Das dürfte Sie interessieren. Es ist Geordis Analyse der Subraum-Anomalie, die von den Borg als Fluchtweg genutzt wurde.«

Picards Gesicht veränderte sich nicht, als er seine Aufmerksamkeit auf das Display des Datenblocks richtete. Riker nutzte die Gelegenheit, um zum Monitor zu sehen.

Er präsentierte eine Nahaufnahme, und Riker erkannte Hugh – jenen Borg, der zum Kollektiv zurückgekehrt war.

»›Ein künstlich geschaffener Energiekanal‹«, las Picard vom kleinen Schirm und legte den Datenblock abrupt auf den Tisch. »Das könnte alles bedeuten.«

Riker straffte die Gestalt und achtete darauf, nicht mit den Achseln zu zucken. »Derzeit stehen uns kaum genug Informationen zur Verfügung, um...«

»Ich will keine Ausflüchte, sondern Antworten, Nummer Eins!« zischte Picard.

Riker versteifte sich und schwieg. Innerlich bereitete er sich darauf vor, zum Sündenbock oder Prügelknaben gemacht zu werden – was auch immer der Captain brauchte.

Es war nicht fair. Nein, es war nicht fair, daß Jean-Luc Picard erneut mit einer solchen Angelegenheit konfrontiert wurde, daß er wieder in den Mittelpunkt eines Problems mit den Borg rückte. Dieser Mann verdiente es nicht, daß sein Name ausgerechnet in einem solchen Zusammenhang Eingang in die Geschichtsbücher fand. Riker bedauerte die jüngste Entwicklung sehr.

Er blieb stumm und wartete.

»Entschuldigen Sie«, sagte der Captain. Er wich von den Gitterstäben seiner mentalen Zelle zurück und blickte zum Monitor. »Er befand sich hier, Will – in diesem Raum. Und ich ließ ihn gehen.«

Riker fragte sich, was dieser Hinweis bedeuten mochte. Was war während des Besuchs von Admiral Nechajew geschehen?

»Nehmen Sie fünf beliebige Raumschiffkommandanten«, murmelte Picard. »Geben Sie ihnen eine Chance, die Föderation von ihrem gefährlichsten Feind zu befreien. Zweifellos würden alle fünf eine solche Möglichkeit nutzen, selbst wenn dazu die Rechte eines Mannes geopfert werden müßten.«

Riker trat einen Schritt beiseite. »Ich möchte nicht melodramatisch klingen, Sir, aber ich habe Sie mir nie als ›irgendeinen‹ Kommandanten vorgestellt. Hugh zu den Borg zurückzuschicken … Es war eine sehr riskante und mutige Entscheidung. Und an ihrer moralischen Richtigkeit besteht kein Zweifel.«

Picard betrachtete auch weiterhin Hughs Abbild, und seine Züge verloren dabei ein wenig an Schärfe. Er schien nun bereit zu sein zu verzeihen, in erster Linie sich selbst.

»Es könnte sein, daß in diesem besonderen Fall Moral und Richtigkeit nicht unbedingt übereinstimmen.«

Riker schauderte unwillkürlich. Bisher waren diese beiden Worte für ihn wie Synonyme gewesen. Doch Jean-Luc Picard schien in der Lage zu sein, einen Unterschied zu erkennen.

»Es handelte sich um ein Individuum, Sir«, meinte Riker. »Es wäre falsch gewesen, ihn als Werkzeug zu benutzen, um seine Artgenossen zu töten.«

Eine Sekunde später begriff er, daß er besser auf diese Bemerkung verzichtet hätte. Picard war von den Borg benutzt worden, um Bürger der Föderation umzubringen. *Ich habe ihm nicht etwa Trost gespendet, sondern Salz in eine Wunde gestreut.*

»Oh, ich erinnere mich an die Argumente für seine Freilassung«, erwiderte der Captain. »Ich erinnere mich an die moralischen und ethischen Gründe. Damals habe ich das Für und Wider gründlich erwogen, um anschließend eine Entscheidung auf der Grundlage von moralischen Prinzipien zu treffen. Ich beschloß, ihn *ohne* das Killerprogramm zurückzuschicken. Das Ergebnis: Fünfhundert Männer, Frauen und Kinder sind gestorben.«

Picard unterbrach sich, und etwas an ihm deutete auf mehr als nur nachdenkliche Melancholie hin. Riker sah die subtilen Zeichen von Entsetzen, tief im Innern jenes Selbstkerns, wo Kommandoentscheidungen getroffen wurden. Das Gesicht des Captains metamorphierte zu einer starren Maske, hinter der ein emotionaler Orkan tobte.

»Ich habe der Moral den Vorrang gegeben«, sagte er. »Doch dies erforderte einen hohen Preis.«

Geordi LaForge bemerkte eine seltsame Art von Anspannung auf der Brücke, als er aus dem Turbolift trat und die Anwesenden der Reihe nach musterte.

Der Captain und Riker fehlten. Ebenso Data. Die übrigen Offiziere saßen an ihren Stationen und schienen sich noch mehr auf die Arbeit zu konzentrieren als sonst.

Der Chefingenieur sah Anspannung und verkrampfte

Muskeln. Das durch die Adern fließende Blut war für ihn ebenso klar erkennbar wie für einen Medo-Scanner. Bei ihm kam noch die Fähigkeit hinzu, zu verstehen und Anteil zu nehmen.

Die Brückenoffiziere versuchten, beschäftigt zu bleiben und sich dadurch von unangenehmen Gedanken abzulenken. Sie alle wußten, daß irgendwo im All Unheil und Verderben lauern mochten.

Wenn eine solche Belastung längere Zeit dauerte, so zehrte sie an den physischen und psychischen Kräften. Die Männer und Frauen saßen wie auf heißen Kohlen. Sie wußten, was dem Captain zugestoßen war. Und sie wollten nicht, daß sich so etwas wiederholte.

Natürlich lag ihnen auch nichts daran, selbst zu Opfern zu werden. Niemand gab sich der Illusion hin, daß ihr Schiff groß genug war, um keinen Gegner fürchten zu müssen. Oder daß sich die Borg allein durch den Namen *Enterprise* abschrecken ließen. Die Starfleet-Ausbildung war sehr gründlich, und bittere Erfahrungen ließen keinen Platz für Selbsttäuschung.

Geordi schloß die Hände fester um den Datenblock, atmete tief durch und wünschte sich, die Realität leugnen zu können. Er schritt zu Worf an der taktischen Station.

»Hallo«, sagte er dort.

Der Klingone sah auf, und wie üblich glühte es in seinen Augen gereizt. Er starrte nur stumm.

»Haben Sie Data gesehen?« fragte LaForge.

»Kommt darauf an, welchen Zeitraum Sie meinen.«

»Oh, ich weiß nicht ... Seit er die Brücke verließ?«

»Seitdem habe ich ihn nicht gesehen. Ich bin im Dienst gewesen.«

»Hm.« Der Chefingenieur überlegte kurz. »Eigentlich müßte auch Data im Dienst sein. Und gerade das beunruhigt mich.«

»Er hat sich bis zur Stabilisierung seines Verhaltens beurlauben lassen«, erklärte Worf.

»Oh, ich bitte Sie – so schlimm kann's bestimmt nicht gewesen sein.«

»Ich fürchte, doch.«

Geordi hatte seine letzten Worte scherzhaft gemeint – doch der Humor prallte wirkungslos an dem Klingonen ab. »Ich wollte mir seine Meinung in bezug auf die Analyse des Raumschiffs anhören, das die Borg benutzten.«

»Nein, darum geht es Ihnen nicht«, brummte Worf.

»Hier, sehen Sie selbst.« LaForge hob den Datenblock. »Nun?«

»Das ist nur ein Vorwand, um mit Data zu reden«, sagte der Klingone und deutete dabei auf das Gerät.

»Woher wollen Sie das wissen?«

»Meine Aufgabe besteht darin, immer über alles informiert zu sein. Dazu gehört auch, wer wohin geht und wer mit wem spricht.«

»Ach«, kommentierte Geordi. »Sie haben ihn also im Auge behalten, wie?«

Sie hatten einen gemeinsamen Nenner gefunden.

Geordi sah nach rechts und links, bevor er noch etwas näher trat.

»Worf ... Was genau ist auf Ohniaka Drei passiert? Ich meine, zu welchen Veränderungen kam es?«

»Haben Sie den Bericht gelesen?«

»Ja, natürlich, aber es steckt noch mehr dahinter, oder? Es muß etwas geschehen sein, das im Bericht keine Erwähnung fand. Ich habe Data gefragt, aber er weigerte sich, mir Einzelheiten zu nennen.«

»Dann steht es mir nicht zu, Ihnen Auskunft zu geben.«

Der Klingone drehte sich um und blickte zum großen Wandschirm. Seine Mischung aus Sturheit und Entschlossenheit schuf eine jähe Barriere zwischen ihnen.

Geordi musterte ihn und verfluchte den Umstand, daß er nicht wirklich *sah,* ohne die zusätzlichen analytischen Informationen, die ihm das VISOR übermittelte. Er liebte alles Technische, aber manchmal sehnte er sich eine

Möglichkeit herbei, das Mechanische und Elektronische vorübergehend aufzugeben, für die visuelle Wahrnehmung nicht auf ein hochmodernes Instrument angewiesen zu sein.

»Geben Sie sich einen Ruck«, drängte er. »Ich mache mir Sorgen um Data.«

Der Klingone schien sich regelrecht zu winden. Drei- oder viermal glitt sein Blick zwischen Geordi und dem Wandschirm hin und her. Er ähnelte nun einem in die Enge getriebenen Tier, das fliehen wollte.

»Ich bin ebenfalls besorgt«, räumte er schließlich ein.

LaForge straffte die Schultern. »Dann erzählen Sie mir alles.«

»Data wurde zornig.«

»Das weiß ich.«

Worf senkte die Stimme – was gerade ihm alles andere als leicht fiel. Er versuchte vergeblich, eine unbewegte Miene zur Schau zu stellen.

»Er wurde nicht nur zornig, sondern geriet regelrecht außer sich. Ich habe mehrmals beobachtet, wie er seine besonderen Kräfte einsetzte, aber nie auf diese Weise. Er ... verlor die Beherrschung. Ich hatte fast Mitleid mit dem Borg, der den Zorn des Androiden zu spüren bekam. Es handelte sich nicht um den Data, den wir alle kennen. Etwas anderes schien ihn übernommen zu haben.«

»Im Ernst?«

»Ich meine ... Er gab seinen Gefühlen nach.«

»Das passiert uns allen mal, oder?«

»Ja, das stimmt«, sagte Worf. »Aber wir sind emotionale Geschöpfe und daran gewöhnt, selbst mit sehr intensiven Gefühlen fertig zu werden.«

»Wir sollten der ganzen Sache etwas toleranter gegenüberstehen. Schon seit vielen Jahren möchte Data das menschliche Wesen besser kennenlernen. Er ist also zornig geworden. Nun, jeder von uns geht mal an die Decke.«

»Mag sein«, grollte Worf. »Aber Data ging nicht nur ›an die Decke‹, Geordi. Er verwandelte sich in einen Berserker!«

Einen deutlicheren Hinweis konnte LaForge von dem Klingonen kaum bekommen. Worf neigte nicht dazu, mit Superlativen um sich zu werfen. Seine Körpertemperatur blieb konstant – ein Zeichen dafür, daß er es ernst meinte und nicht übertrieb.

Andere Dinge veränderten sich. Winzige Dinge, die Geordis Aufmerksamkeit nicht entgingen. Sie deuteten darauf hin, daß irgend etwas nicht stimmte – und daß in diesem Zusammenhang allgemeine Hilflosigkeit herrschte.

Er seufzte. »Ich sollte besser nach Data sehen.«

»Sie wollen sich vergewissern, daß er keine Dummheiten anstellt«, vermutete Worf.

Geordi verzog das Gesicht. »Ja. So könnte man es auch ausdrücken.«

Er klopfte auf seinen Insignienkommunikator.

»Computer, lokalisiere Commander Data.«

»Tür auf«, sagte Geordi. Er ging weiter, brauchte nicht einmal stehenzubleiben; vor ihm öffnete sich der Zugang des Holodecks.

Er verharrte erst im Innern der Projektionskammer. Um ihn herum erstreckten sich leere Wände mit dem vertrauten schwarzgelben Gittermuster.

»Computer«, sagte er scharf, »hast du nicht darauf hingewiesen, daß sich Commander Data hier aufhält? Ich sehe ihn nirgends.«

»Commander Data befindet sich auf Holodeck Zwei«, lautete die Antwort. »Dies ist Holodeck Eins.«

Geordi schüttelte den Kopf. »Wie dumm von mir. Nun, hat sich Data nicht vorher in dieser Kammer aufgehalten?«

»Bestätigung.«

»Dann ist der Irrtum eigentlich kein Wunder.«

Er drehte sich um und schritt in Richtung Ausgang. Vor der Tür zögerte er jedoch.

»Computer?«

»Bereitschaft.«

»Hat Commander Data heute morgen ein Programm für dieses Holodeck gespeichert?«

»Bestätigung.«

»Ist es mit einem Privatcode geschützt?«

»Negativ.«

»Ich möchte es mir ansehen.«

»Programm wird gestartet.«

Von einem Augenblick zum anderen wurde es stockfinster in der Projektionskammer. Eine einzelne Lampe erschien: Ihr Licht fiel auf einen Tisch mit Spielkarten und Chips.

Geordi trat näher. »Data hat gepokert?«

»Bestätigung.«

»Aber das ergibt doch keinen Sinn. Er spielt häufig Poker mit uns. Hat er andere Spieler simuliert?«

»Bestätigung.«

»Sind sie privater Natur?«

»Negativ.«

»Zeig sie mir.«

Gestalten erschienen auf drei Stühlen.

Geordi erkannte die vermeintlichen Personen sofort als holographische Projektionen: kein Herzschlag, keine infraroten Emissionen, keine Atmung. Mit der holographischen Technik wurde versucht, der Realität so nahe wie möglich zu kommen. Aber Geordi – das einzige blinde Besatzungsmitglied der *Enterprise* – durchschaute die Illusion, und zwar mit Hilfe eines anderen Wunderwerks der Technik.

Das Holodeck hätte für ihn eigentlich nur eine Bühne mit schlechten Kulissen sein sollen, ohne die Möglichkeit, ihn mit irgendeinem Szenario zu fesseln.

Aber unter bestimmten Voraussetzungen weckte es Geordis Interesse und stimulierte sogar seine Phantasie. Dann ließ er sich vorgaukeln, es tatsächlich mit einer besonderen Form der Wirklichkeit zu tun zu haben.

Dadurch weiß ich, daß ich mehr Mensch bin als Maschine, dachte er, als er die drei Männer am Tisch musterte und sich dabei auf den Stuhl des Gebers sinken ließ.

Links saß ein älterer Mann mit zerzaustem weißen Haar und tief in den Höhlen liegenden Augen. Direkt gegenüber sah der Chefingenieur eine kleine, ganz offensichtlich behinderte Gestalt mit einem ansteckend wirkenden Lächeln – das VISOR zeigte es als einen Pinselstrich aus willkommenem Licht.

Rechts bemerkte LaForge jemanden, der von einem Gemälde aus dem siebzehnten Jahrhundert zu stammen schien.

Bei ihm handelte es sich ebenfalls um ein ›aktives‹ Hologramm, das Geordi nun erstaunt ansah. Lockiges braunes Haar reichte von einer Perücke herab und über einen hohen weißen Kragen hinweg.

Der Alte schob einige Chips in die Tischmitte und hob den Kopf. »Mr. Data, ich erhöhe um … Oh. Sie sind nicht Mr. Data!« entfuhr es ihm mit einem unüberhörbaren deutschen Akzent. »Wer sind Sie?«

»Ich heiße Geordi. Und Sie? Einen Augenblick … Sie wirken vertraut.«

»Ich bin Albert Einstein.«

Diese Vorstellung verblüffte LaForge so sehr, daß es ihm die Sprache verschlug. Seine Kinnlade klappte nach unten, als er den Kopf drehte und auf den lächelnden Behinderten deutete.

»Was ist los mit Ihnen, junger Mann?« fragte Einstein. »Das ist Stephen Hawking! Kennen Sie nicht einmal Ihre eigene Geschichte?«

»Nun, ich … Stephen Hawking … Meine Güte!«

Geordi verstand allmählich und sah nach rechts zu dem Mann mit der Perücke.

»Sie sind …«

Der Mann aus der Vergangenheit starrte ihn schockiert an.

»Er hat die Wissenschaft erfunden – so wie wir sie kennen«, ertönte Stephen Hawkings Stimme durch einen Sprachsynthesizer. Man konnte die einzelnen Worte nur mit Mühe verstehen.

Es klang alles andere als angenehm. Aber die Vorstellung, Stephen Hawking zuhören zu können... *Warum bin ich nicht längst auf die Idee gekommen, ein solches Programm zu entwickeln?* dachte Geordi. *Dies könnte eine hervorragende Schule sein!*

Stephen Hawking bewegte eine kleine Hand in dem Versuch, auf die dritte Gestalt zu deuten.

»Dieser Mann erklärte die fundamentalen Kräfte, die neunundneunzig Komma neun Prozent des Universums betreffen«, sagte das Phänomen des zwanzigsten Jahrhunderts. »Ich meine jene Wissenschaft, die Brücken stabil hält und dafür sorgt, daß Planeten in ihren Umlaufbahnen bleiben.«

Zwar konnte Hawking die Muskeln in Hals und Nacken kaum kontrollieren, aber irgendwie fand er die Kraft, den Kopf zu drehen. Durch den Synthesizer verlor die Stimme an Vornehmheit und Würde.

»Mit anderen Worten...«, fügte Hawking hinzu. »Das ist Isaac Newton.«

»Oh«, entfuhr es Geordi.

»Danke, Stephen«, sagte der Engländer und deutete dem Chefingenieur gegenüber eine Verbeugung an. »Bitte entschuldigen Sie. Ich habe nie zuvor einen Neger gesehen.«

»Oh, schon gut.« LaForge lachte. »Ich auch nicht.«

Newton deutete zum VISOR. »Ist das ein religiöser Ziergegenstand?«

»Nein. Ich bin blind. Dieses Gerät ermittelt Daten über meine Umgebung und gibt sie ans Gehirn weiter. Haben Sie mit Data gepokert?«

»Natürlich«, erwiderte Sir Isaac scharf. »Aus welchem

anderen Grund sind drei noch immer leistungsfähige Männer der Wissenschaft an diesen Tisch gefesselt?«

»Tut mir leid, Sir. Ich brauche Ihre Hilfe. Warum sollte Data mit Ihnen Poker spielen? Er hätte doch nur den Freizeitraum aufsuchen müssen, um sich dort seinen Freunden bei einer Pokerpartie hinzuzugesellen... Himmel, was sage ich da?« Er klopfte sich mit dem Finger an die Seite des Kopfes. »Mit solchen Genies zu spielen... Was ist los mit mir?«

Die drei Wissenschaftler wechselten nachdenkliche Blicke. Vielleicht fragten sie sich, ob die letzten Worte des Chefingenieurs rhetorischer Natur oder ernst gemeint waren. Wenn er wirklich Auskunft über seinen Zustand wollte – wahrscheinlich hätten sie ihm die gewünschten Informationen geben können.

»Können Sie mir sagen, warum Data mit Ihnen Poker gespielt hat?« erkundigte sich Geordi.

»Er wollte Erkenntnisse gewinnen«, sagte Einstein.

»Er wollte feststellen, wie wir aufeinander reagieren«, ließ sich Newton vernehmen. »Aber damit nicht genug. Es ging ihm um mehr.«

Geordi wandte sich ihm zu. »Wie meinen Sie das?«

»Er hielt nach Reaktionen in sich selbst Ausschau.«

»Absurd«, sagte Einstein. »Er war eine Maschine mit Haar. Ein mobiles Navigationssystem für einen Computer. Ich habe es in seinen Augen gesehen. Und man konnte es an seinen Bewegungen erkennen.«

Diese unverblümten und taktlosen Bemerkungen ärgerten Geordi. »Ich habe gehört, daß Sie mit Mathematik Schwierigkeiten hatten«, erwiderte er.

Einstein schüttelte den Kopf und legte die Karten auf den Tisch. »Woher stammt denn *das* Gerücht?«

Hawking lachte, und dadurch erbebte seine kleine Gestalt. »Was erzählen sich die Leute über mich?«

Geordi runzelte die Stirn. »Wie bitte?«

»Jenes Gerücht entstand, weil Albert die Zulassungsprüfung fürs Studium in Französisch ablegte, obwohl er nur Deutsch konnte. Es spricht für sein Genie, daß er sie trotzdem bestand.«

LaForge dachte einige Sekunden lang darüber nach und ließ dann die Schultern hängen.

»Bitte entschuldigen Sie, Dr. Einstein. Ich wollte Sie nicht beleidigen. Wissen Sie, wir haben da ein Problem mit Data, und er ist mein Freund. Etwas in ihm hat sich verändert, und uns erscheint das alles rätselhaft. Wir suchen nach Hinweisen und Anhaltspunkten.«

Einstein preßte die Lippen unterm buschigen Schnurrbart zusammen, verschränkte die Arme und beschloß offenbar, auch weiterhin beleidigt zu sein.

Er war kein sehr geduldiger Mann. Und gewöhnliche Dinge interessierten ihn kaum.

Geordi musterte ihn durchs VISOR und fragte sich, wie ›echt‹ Einstein, Hawking und Newton waren. Vermutlich wiesen diese Simulationen große Ähnlichkeit mit den echten Personen auf. Die Basisprogramme des Holodecks verhinderten normalerweise, daß historische Persönlichkeiten anders dargestellt wurden, als es dem Wissen über sie entsprach. Dem Computer mangelte es sicher nicht an Daten über diese Männer, woraus folgte: Ohne eine spiritistische Sitzung konnte er dem Original kaum näher kommen. LaForge spürte, wie Nervosität in ihm wuchs – plötzlich fühlte er sich wieder wie ein Student im ersten Studienjahr. Er saß mit einigen der größten Denker der Menschheitsgeschichte am Tisch, mit drei der fünfundzwanzig intelligentesten Personen aller Zeiten.

Das war der Grund, warum sie kein Interesse am Poker zeigten, weshalb sie ihn nicht aufgefordert hatten, zu spielen oder Karten zu geben. Dieses Verhalten entsprach vermutlich den Informationen der Basisprogramme. Wer dauernd jenseits der mentalen Grenzen dachte, die für andere Menschen galten, interessierte sich einfach nicht für normale Dinge. Diese Genies hatten revolutionäre Theorien entwickelt, bei denen es um die Unendlichkeit von Masse und Quantenfluktuationen ging.

Von einem Augenblick zum anderen wünschte sich Geordi mehr Zeit, um mit diesen Leuten zu reden.

Er ließ den Datenblock sinken.

»Können Sie mir helfen?« fragte er. »Haben Sie eine Ahnung, was Data wollte?«

»Ich *weiß* es«, erwiderte Newton. »Die Sache ist weitaus weniger rätselhaft, als Sie glauben. Sie brauchen keine Hinweise, denn die ganze Wahrheit befindet sich direkt vor Ihnen.«

Er wirkte sehr elegant und strahlte eine besonders exotische Kultiviertheit aus – für jene Art von Noblesse gab es in der modernen Zivilisation kaum mehr Platz. Gleichzeitig haftete ihm eine gewisse Schrulligkeit an, die Individualität verlieh. Seine Stimme genügte, um Geordis Aufmerksamkeit regelrecht zu fesseln. Irgend etwas an ihm wies darauf hin, daß er die Leere der eigenen Zukunft als sehr störend empfand.

»Wenn Ihr Freund ein diabolischer, nach dem Bild des Menschen geschaffener Apparat ist, und wenn er außerdem über seine eigene Natur Bescheid weiß ...«, sagte Sir Isaac. »Dann stellt er eine Ansammlung von Wissen dar, das andere Personen in ihm ablegten. Richtig?«

»Oder das auf seine eigenen Aktivitäten zurückgeht«, entgegnete LaForge. »Data sammelt neue Informationen und speichert sie.«

Newton nickte knapp. »Dann möchte er mehr als nur schlichte Informationen.«

»Ja«, ließ sich Hawking von der anderen Seite des Tisches her vernehmen.

Es waren einfache Worte, doch Geordi spürte, daß sich komplexe Konzepte dahinter verbargen. Bei diesen Männern genügte ein Blick, um Botschaften auszutauschen und zu *verstehen*. LaForge stammte aus einer Epoche, in der die Wissenschaft etwas Alltägliches darstellte – wer sich von ihr überfordert fühlte, galt als dumm.

Diese Männer hingegen hatten immer nach dem Neuen gestrebt und sich nie mit dem zufriedengegeben, was sie wußten und sahen.

An dieser Einstellung hielten sie auch jetzt fest.

»Warum hat sich Data ausgerechnet für uns drei entschieden?« fragte Einstein. »Warum wählte er nicht Michelangelo, Mozart und...« Er zuckte mit den Achseln. »... Hitler? Warum zog er drei Wissenschaftler vor?«

»Ja!« entfuhr es Geordi. »Wenn es ihm um Emotionen ging... Warum simulierte er dann nicht die drei besten Künstler oder Redner? Meinen Sie das?«

Einstein hatte die Arme noch immer verschränkt und nickte nur.

»Ihr Freund kann lernen«, sagte Newton. »Aber er ist nicht imstande, völlig neue Gedanken zu entwickeln. Allein dadurch könnte er über das gesammelte Wissen hinauswachsen. Ja, an Datas Stelle würde ich nach neuen Gedanken suchen.«

»Unser Blick reichte über den Horizont des Wissens hinweg«, meinte Hawking. Aufregung leuchtete in seinen Augen und schuf ein Licht, das den Schatten der Behinderung verdrängte.

»Jeder von Ihnen benutzte seine Kenntnisse gewissermaßen als ein Sprungbrett, mit dem sich etwas völlig Neues erreichen ließ«, sagte Geordi. »Wie stellten Sie das an?«

»Uns standen nicht nur Kenntnisse zur Verfügung«, erwiderte Hawking. »Wir hatten auch Intuition und ließen uns von ihr zu neuen Bereichen des Wissens tragen. Ein Androide ist dazu nicht imstande.«

LaForge beugte sich vor. »Sie haben mit Hilfe von Schlußfolgerungen Fakten zusammengetragen, um anschließend das Mittel der Deduktion zu verwenden – wodurch ganz neue Informationen entstanden. Anders ausgedrückt: Es bildeten sich neue Gedanken!«

»Genau«, pflichtete Einstein dem Chefingenieur bei.

Hawkings Aufregung nahm zu. »Wenn Albert Data

wäre, hätte er nie die Relativitätstheorie entwickeln können, weil ihm wichtige Informationen fehlten.«

LaForge deutete auf den behinderten Wissenschaftler. »Sie haben nie ein schwarzes Loch gesehen – und doch stammt eine der besten Beschreibungen von Ihnen!«

»Wenn Data nicht aus einer externen Quelle erfahren hätte, daß es die Gravitation gibt, so hätte er wohl kaum ihre Existenz vermutet«, sagte Hawking. »Für jenes Wunder brauchten wir Sir Isaacs Intuition und seine Bereitschaft, dem Bekannten neues Wissen hinzuzufügen.«

Newton seufzte. »Passen Sie auf. Ich könnte mich selbst zu wichtig nehmen.«

Sie lachten, auch Einstein, der sich nun ein wenig zu entspannen schien. Doch wenige Sekunden später offenbarte Newton eine Mischung aus Kummer und Nachdenklichkeit. Er schien Geordi Mitgefühl entgegenzubringen.

»Wenn es darum geht, vorhandene Daten zu verarbeiten, ist Ihr Freund allen Menschen überlegen, Mr. Geordi«, sagte er. »Ganz anders sieht es in Hinsicht auf intuitive Erkenntnissprünge aus. Selbst ein normales menschliches Ich ohne besondere Begabungen ist in der Lage, Wissen praktisch aus dem Nichts zu schaffen und zu neuen Schlüssen zu gelangen, ohne im Besitz aller Fakten zu sein. Die Ergebnisse eines derart kreativen Prozesses sind nicht immer zuverlässig, aber sie stellen in jedem Fall eine Weiterentwicklung dar.«

Geordi gewann fast den Eindruck, Musik hinter diesen Worten zu hören. Newton sprach langsam und wie hypnotisierend. Ihn trennte der größte zeitliche Abstand von der Gegenwart, und doch schien er nun eine für ihn sehr ferne Zukunft zu verstehen.

»Data programmierte eine Pokerrunde«, sagte LaForge. »Um zu beobachten, wie Sie zu neuen Erkenntnissen gelangen.«

Sir Isaac Newton blickte in die Dunkelheit jenseits des Lampenscheins, und Geordi stellte fest: Aus irgendeinem Grund sah der englische Wissenschaftler genau in die Richtung des verborgenen Holodeck-Ausgangs.

Wie war das möglich?

In Newtons Augen zeigte sich eine Wärme, die es dort unmöglich geben konnte – und die doch existierte.

»Ich frage mich, was er herausgefunden hat«, sagte er leise.

»Aufhören. Aufhören. Aufhören. Aufhören.«

Überall lagen Leichen.

Der Borg prallte an die Wand und erbebte am ganzen Leib. Die Servomechanismen zur Verstärkung der Muskelkraft vibrierten, als das robotische Geschöpf wieder aufsprang und erneut angriff.

Es rammte den Kopf an Datas Brust, doch es gelang dem Androiden, das Armmodul des Cyborgs zu packen. Er zerrte daran, was dem Borg das Gleichgewicht raubte und ihn nach vorn taumeln ließ. Data holte aus, und seine Faust traf den Schildgenerator.

Die Gestalt sank zu Boden.

Der Androide blickte auf sie hinab und wartete.

Nichts.

In einer Wand der wissenschaftlichen Station erschien eine Tür und öffnete sich.

Geordi kam herein und verschluckte die ihm auf der Zunge liegende Frage, als er die Umgebung sah – sie verblüffte ihn so sehr, daß er fast den Datenblock fallen ließ. Er starrte Data groß an.

Es dauerte einige Sekunden, bis er verstand, was hier vor sich ging.

»Data ...«, brachte er hervor. »Störe ich bei etwas?«

»Ja«, erwiderte der Androide. »Aber es macht weiter nichts. Brauchen Sie mich?«

Geordi reichte ihm den elektronischen Block. »Nun ... Ich wollte feststellen, ob Sie bereit sind, Ihren Dienst fortzusetzen. Ich benötige Hilfe bei der Analyse des Schiffes, das die Borg verwendeten.«

»Ich glaube, ich kann den Dienst fortführen.« Data nahm den Datenblock entgegen, betrachtete das Display und schenkte dem Etwas zu seinen Füßen keine Beachtung mehr.

Im Gegensatz zu LaForge.

Den Holodeck-Simulationen der Borg fehlte immer etwas – die Cyborgs wirkten nie ›lebendig‹ genug. Der Computer hielt sie für Roboter. Er verstand jenen Teil nicht, der pulsierte, heiß und kalt werden konnte.

Das VISOR wies Geordi auf den Unterschied hin, aber er schauderte trotzdem – ihm war ganz und gar nicht wohl dabei zumute, einem solchen Etwas so nahe zu sein.

»Womit sind Sie hier beschäftigt?« fragte er vorsichtig.

»Ich versuche, die Stimuli für den von mir empfundenen Zorn zu reproduzieren.«

»Hatten Sie Erfolg damit?« erkundigte sich LaForge voller Unruhe.

»Bisher nicht. Ich bin mit dem Experiment fast fertig. Darf ich es beenden, bevor wir zum Maschinenraum zurückkehren?«

Data sprach so, als ginge es darum, im Garten Unkraut zu jäten. Er ignorierte das Borg-Hologramm auf dem Boden – darin bestand vermutlich sein Problem – und sah auch weiterhin aufs Display des Datenblocks.

»Natürlich. Fahren Sie fort.« Geordi nahm das kleine Gerät entgegen und wich in Richtung Holodeck-Ausgang zurück. Doch er brachte es nicht fertig, die Projektionskammer zu verlassen. Er kam der Tür nicht einmal nahe genug, um den automatischen Öffnungsmechanismus auszulösen. Einige Meter vor dem Ausgang verharrte er und beobachtete, wie sich Data den Kontrollen des Holodecks zuwandte.

»Computer, Neubeginn der Borg-Simulation bei Zeitindex zwei Komma eins. Erhöhe die Stärke des Borg um zwanzig Prozent.«

Der Cyborg auf dem Boden verschwand, und ein anderer – oder vielleicht der gleiche – erschien auf der gegenüberliegenden Seite des Raums.

»Programm starten«, sagte Data scharf.

Der Borg stürmte im voll aktivierten Angriffsmodus los. An seinen Absichten konnte nicht der geringste Zweifel bestehen: Er wollte zerstören und töten!

Geordi zuckte unwillkürlich zusammen und verzog das Gesicht, als der Borg gegen Data prallte und ihn nach hinten stieß. Die zusätzliche Kraft gab dem Maschinenmonstrum einen Vorteil, und es zögerte nicht, ihn zu nutzen.

Der Androide wurde so wuchtig gegen eine Kühleinheit geschmettert, daß LaForge in Versuchung geriet, ihm zu Hilfe zu eilen. Ganz bewußt mußte er sich daran erinnern, daß es sich um eine holographische Simulation handelte. Andererseits: Wer glaubte, von einem Hologramm nicht verletzt werden zu können, irrte sich gewaltig. Besorgnis erwachte in Geordi. Wenn Data Verletzungen riskierte, um erneut Zorn zu empfinden… *In einem solchen Fall muß ich das Programm unterbrechen.*

Besessenheit war eine üble und auch gefährliche Sache.

»Aufhören. Aufhören. Aufhören. Aufhören«, sagte Data monoton und rammte den Borg immer wieder an die Wand. Doch sein Gesicht zeigte dabei keine Wut, nur Konzentration und Entschlossenheit. Nichts deutete auf Anstrengung oder dergleichen hin.

Schließlich drehte er sich um, wirkte dabei ruhig und gelassen.

»Computer«, sagte er. »Neubeginn der Borg-Simulation bei Zeitindex zwei Komma eins. Erhöhe die Stärke des Borg um dreißig Prozent.«

Die nach einer Frau klingende Sprachprozessorstimme des Computers erklang. »Anweisung kann nicht ausgeführt werden. Eine Erhöhung um dreißig Prozent ginge über das Sicherheitslimit hinaus.«

Data dachte etwa so lange darüber nach, wie Elektrizität brauchte, um jemandem einen Schlag zu versetzen. Dann sah er Geordi an. »Der Computer benötigt die ausdrückliche Genehmigung von zwei Senioroffizieren, um die Sicherheitsschranken zu deaktivieren. Helfen Sie mir?«

»He, Moment mal!« LaForge kehrte ins Zentrum der Simulation zurück, deutete auf den Borg am Boden und versuchte, ebenso ruhig zu sein wie Data. »Der Bursche könnte Sie umbringen.«

»Während des Zwischenfalls in der wissenschaftlichen Station bedrohten die Borg meine Existenz. Solange die Sicherheitssysteme des Holodecks funktionieren, weiß ich die ganze Zeit über, daß sie keine wirkliche Gefahr darstellen. Ich bemühe mich, die ursprüngliche Situation zu reproduzieren, und dabei spielt das Gefahrenelement eine wichtige Rolle.«

In Geordi brodelte zumindest ein Teil des Zorns, den der Androide in sich selbst wecken wollte.

»Wir reden hier von einem *Experiment,* Data. Sie dürfen nicht Ihr Leben riskieren, nur um eine Theorie zu beweisen!«

»Dieses Experiment enthält vielleicht den Schlüssel zu etwas, das ich mein ganzes Leben lang gesucht habe.«

»Es muß eine andere Möglichkeit für Sie geben, noch einmal zornig zu werden ...«

»Ich habe verschiedene Stimuli ausprobiert«, warf der Androide sanft ein. »Ohne konkrete Resultate. Ich verstehe Ihre Einwände, aber diese Angelegenheit betrifft mein Leben, und ich habe das Recht, es zu riskieren, wenn ich das für angebracht halte.«

LaForge fühlte sich von einer Art Schock erfaßt. Datas Worte klangen richtig, schienen eine fundamentale, unleugbare Wahrheit zum Ausdruck zu bringen.

Wollte der Androide die Stärke seines simulierten Gegners immer mehr erhöhen – bis er ihm zum Opfer fiel, wenn eine emotionale Reaktion ausblieb?

Eine Zeitlang erwog Geordi das Für und Wider, griff dann nach Datas Arm.

»Als Ihr Freund kann ich nicht zulassen, daß Sie ...«

»*Alarmstufe Rot!* Gefechtsstationen besetzen!«

Zum wiederholten Mal wandte sich Commander Riker mit solchen Worten an die Besatzung. Der Holodeck-Computer unterbrach das laufende Programm, und Data eilte zum Ausgang. Dem Chefingenieur blieb gar keine andere Wahl, als ihm zu folgen.

»Wir haben eine Bestätigung«, sagte Riker. »Die Kolonie MS-Eins wird tatsächlich angegriffen.«

Er und der Captain beugten sich über die rückwärtige wissenschaftliche Station. Worf stand an der taktischen Konsole, die Beine gerade wie zwei Säulen; er war wie immer bereit, seine Pflicht zu erfüllen, ohne irgendwelche Einschränkungen. Data schritt gerade zur Operatorstation.

Riker sah in die entsprechende Richtung und dachte daran, daß sich der Androide seit dem Ohniaka-Zwischenfall kaum im Kontrollraum aufgehalten hatte.

Das erschien ihm seltsam.

Datas Abwesenheit ergab ebensowenig Sinn wie der Zwischenfall selbst. Der Androide brauchte weder Erholungspausen noch Schlaf. Er ließ sich nur deshalb in regelmäßigen Abständen auf der Brücke vertreten, weil der Dienstplan Ablösungen für alle Offiziere vorsah.

Warum kam er erst jetzt, um die Kontrollen der Operatorstation zu bedienen? Er sah nicht einmal nach rechts und links, als er über die Rampe schritt.

»Wir nähern uns dem MS-System«, meldete er, noch bevor er Platz genommen hatte.

Riker beobachtete ihn einige Sekunden lang. Nichts deutete darauf hin, was dem Androiden durch den Kopf ging, und es gab auch keine Anzeichen für den Zorn, den Riker auf Ohniaka gesehen hatte. Auch Datas Verwirrung über sein eigenes Verhalten schien sich restlos aufgelöst zu haben. Er wirkte jetzt wieder völlig normal.

Aus den Augenwinkeln musterte der Erste Offizier auch den Captain – sein persönlicher Hintergrund kam einem Puzzle gleich, dessen einzelne Teile nicht immer zusammenpaßten.

Picard schien die Aufmerksamkeit seines Stellvertreters zu spüren. »Sonderbar«, murmelte er. »Zwei Borg-Angriffe – und in beiden Fällen war die *Enterprise* das nächste Schiff.«

Bevor Riker antworten konnte, sagte Data: »Wir erreichen jetzt das MS-System.«

»Ich habe den Borg-Raumer lokalisiert«, erklang Worfs dunkle Stimme. »Es versucht, das Sonnensystem zu verlassen.«

Captain Picard straffte die Gestalt und drehte sich um. »Beenden Sie unseren Warptransfer in der Nähe des Schiffes«, wies er den Klingonen an.

»Bereitschaft für Zielerfassung der Phaser«, ordnete Riker an.

Worfs Miene schien sich immer mehr zu verfinstern, als er grollte: »Wir sind jetzt in visueller Reichweite.«

»Auf den Schirm«, sagte der Captain.

Das Bild auf dem Wandschirm wechselte und zeigte den Schrecken – jenes Borg-Schiff, das sie gesucht hatten, in der Hoffnung, es nie zu finden.

Riker unterdrückte ein Schaudern. Er wollte sich Picard zuwenden, doch sein Blick klebte an dem fremden Raumschiff fest. Er fürchtete, daß es ihnen genau dann Verderben und Tod entgegenschleuderte, wenn er fortsah …

Er wollte nicht vom Ende überrascht werden.

»Abfangkurs programmieren«, sagte Picard. »Volle Impulskraft. Phaser auf Ziel ausrichten.«

Gut. Sie wollten dem Tod nicht nur ins Gesicht sehen, sondern ihm auch einen *Tritt* geben.

»Die Distanz schrumpft«, brummte Worf. »Noch dreißig Sekunden bis zur Phaserreichweite ...«

»Captain«, sagte Data plötzlich, »die Sensoren stellen eine Subraum-Anomalie fest, und zwar direkt vor dem Borg-Schiff.«

»Diesmal entwischen sie nicht«, erwiderte der Captain, und es klang wie ein Schwur. »Picard an Maschinenraum. Leiten Sie die Zusatz- und Notenergie ins Impulstriebwerk!«

»Bestätigung«, entgegnete Geordi.

Eine subjektive Ewigkeit später meldete Data: »Die Leistung des Impulstriebwerks beträgt nun hundertfünfundzwanzig Prozent des Normpotentials.«

»Zehn Sekunden bis zur Phaserreichweite«, fügte Worf hinzu.

Das Borg-Schiff füllte den Schirm, und es wirkte ebenso unheilvoll wie die Geschöpfe darin. Vorn blitzte es, woraufhin sich erneut ein dimensionaler Riß bildete und den Raumer verschlang.

Riker ballte die Fäuste so fest, daß sich ihm die Fingernägel in die Handballen bohrten. Sie mußten das Schiff unbedingt abfangen, doch der gesunde Menschenverstand forderte den Ersten Offizier auf wegzulaufen, Hilfe zu holen und dann zurückzukehren. Wenn sie sich jenen Teufeln allein stellten ... Dann liefen sie Gefahr, ebenso vernichtet zu werden wie die anderen Schiffe.

Aber wenn sie die Borg entkommen ließen ...

Wir müssen sie erledigen.

Riker verzichtete darauf, den Befehl zur Rückkehr zu geben. Statt dessen hielt er an der Entschlossenheit fest, den Feind zum Kampf zu stellen – es sei denn, der Captain erteilte andere Anweisungen.

Mit voller Impulskraft schlich die *Enterprise* nicht gerade durchs All, aber plötzlich wurde sie von einer weitaus gewaltigeren Energie erfaßt.

Die jähe Erschütterung stieß Riker gegen die taktische Konsole. Um ihn herum hielten sich Brückenoffiziere an

Schaltpulten fest, um nicht das Gleichgewicht zu verlieren. Das Schiff heulte, als es mit der externen Kraft rang.

»Wir sitzen in einem Energiefeld fest!« rief Data, um das Kreischen des Impulstriebwerks zu übertönen.

»Umkehrschub«, sagte Riker.

Worf beugte sich über seine Konsole. »Die Deflektoren versagen!«

Data blieb völlig ruhig und gelassen – obwohl unter diesen besonderen Umständen Zorn durchaus angemessen gewesen wäre. Wie unbeteiligt blickte er auf die Anzeigen der Operatorstation.

»Etwas zieht uns in die Anomalie«, erklärte er mit kühler Sachlichkeit.

7

Bewegung ... Ein wundervolles Wort, und ein wundervolles Empfinden, zur richtigen Zeit. Die Stromschnellen eines großen Flusses; die juchzenden Stimmen von Kindern, die auf Schlitten über einen schneebedeckten Hügelhang sausen; das Knarren von Fallschirmseilen, unmittelbar vor dem Öffnen des Schirms.

Geschwindigkeit. Letztendlich Sinn und Zweck eines Raumschiffs. Auch dieses Wort klang wundervoll. Allerdings ... Derzeit war die Geschwindigkeit des Schiffes außer Kontrolle.

Das Schiff raste durchs Nichts, mit einer Geschwindigkeit, die weit über die des Lichts hinausging. Aber es ließ sich nicht mehr kontrollieren. Der Alptraum eines jeden Besatzungsmitglieds – und der Alptraum vieler Millionen von Seeleuten vor ihnen. Die *Enterprise* ... dem Wind ausgeliefert, ein Schiff ohne Ruder, Beschleunigung ohne Bremse, ein Fahrzeug ohne Steuer.

Der große Wandschirm zeigte Hunderte von Farbschlieren, die sich nicht kontrollieren ließen – sie wallten und wogten, zuckten am Schiff vorbei. Wenn es möglich war, Wahnsinn visuell erfaßbar zu machen, so wies das Ergebnis sicher Ähnlichkeiten mit dieser Darstellung auf.

»Hauptenergie ausgefallen! Auf Notenergie umschalten!«

»Die Massenträgheits-Absorbersysteme reagieren nicht mehr!«

»Picard an Maschinenraum! Können Sie die Zusatzenergie ins Warptriebwerk leiten? Vielleicht gelingt es uns dadurch ...«

Etwas packte den Captain, riß ihn aus dem Kommandosessel und schleuderte ihn zu Boden. Eine Sekunde später – oder im gleichen Augenblick? – landete Riker neben ihm. Eine schwere Last schien sich auf sie herabzusenken und ihnen die Luft aus den Lungen zu pressen. Um sie herum herrschte hektische Aktivität, als die Brückenoffiziere versuchten, ein Auseinanderbrechen der *Enterprise* zu verhindern. Irgend etwas fraß einen Teil des Bewegungsmoments, was angesichts der nicht mehr zuverlässig funktionierenden Trägheitsabsorber zu heftigen Erschütterungen führte.

Übergangslos hörten sie auf. Die schimmernden Farbschlieren im zentralen Projektionsfeld waren verschwunden.

Captain Picard hielt sich mit beiden Händen am Kommandosessel fest und zählte die Anwesenden. Waren noch genug Offiziere einsatzfähig, um die wichtigsten Kontrollen zu bedienen?

Riker stand auf und folgte dem Beispiel des Captains – die Angewohnheiten eines kommandierenden Offiziers.

Mit Ausnahme von Data hielten alle den Atem an und starrten. Wieso herrschte plötzlich Ruhe? Niemand von ihnen wagte zu hoffen, daß wirklich alles überstanden war.

Picard straffte die Gestalt. »Statusbericht!«

»Wir befinden uns wieder im Normalraum«, erwiderte der Androide. »Die Navigationssysteme sind noch immer ausgefallen. Ich versuche, mit Hilfe der sekundären Systeme unsere Position zu bestimmen.«

Der Captain setzte zu einer Antwort an, doch Worf kam ihm zuvor. »Das Borg-Schiff ist direkt vor uns und kommt schnell näher. Es greift an!«

»Auf den Schirm.«

Eben hatte das zentrale Projektionsfeld eine Vision der

Hölle gezeigt, und nun präsentierte es den Teufel. Der fremde Raumer schien anzuschwellen, als er sich der *Enterprise* näherte. An den Absichten der Borg bestand kein Zweifel.

»Ausweichmanöver!« befahl Riker.

Picard wandte sich der taktischen Station zu. »Worf?«

Der Klingone berührte Schaltflächen und knirschte mit den Zähnen. »Die Kapazität der Schilde ist auf sechzehn Prozent gesunken, Captain.«

Er wirkte wütend genug, um die *Enterprise* zu verlassen und mit bloßen Händen gegen den heranrasenden Raumer zu kämpfen.

Eine Lanze aus Energie zuckte dem Starfleet-Schiff entgegen und traf es.

Die *Enterprise* ›fiel‹ dreitausend Meter, bevor die Stabilisierungssysteme reagierten. Das Summen der Trägheitsabsorber wurde lauter, als sie versuchten, alle Andruckkräfte zu neutralisieren und zu gewährleisten, daß die Besatzungsmitglieder an Ort und Stelle blieben.

Ein schreckliches Gefühl, vergleichbar mit dem Entsetzen bei einem Erdbeben: Man konnte dem Deck unter den Füßen nicht mehr vertrauen.

Sekunden verstrichen, und Picard schwieg zunächst, um der Crew eine Atempause zu gönnen. Er überlegte, welche Befehle es zu erteilen galt, um den enormen Nachteil der schwachen Schilde auszugleichen und genug Energie für eine einigermaßen wirkungsvolle Verteidigung zu leisten.

Aus den Augenwinkeln sah er ein sonderbares Glühen.

Zuerst glaubte er, daß der seltsame Glanz auf einer optischen Täuschung beruhte, doch einen Atemzug später gesellte sich dem Leuchten Substanz hinzu.

Dämonen erschienen auf der Brücke.

Zwei Borg. Und sie feuerten sofort.

Die Brückenoffiziere gingen in Deckung. Picard bekam einen Stoß und fiel – Riker nahm die Pflicht des

Ersten Offiziers wahr und versuchte, den Captain zu schützen.

Die Borg feuerten erneut.

Hinter der taktischen Station blitzte es, als ein Sicherheitswächter seinen Phaser einsetzte.

Er verfehlte das Ziel, und die Eindringlinge ließen ihm keine Chance. Einer von ihnen schoß, und die Entladung traf den Mann am Hals, warf ihn zurück.

Picard fühlte sich versucht, aufzuspringen und den fallenden Körper aufzufangen, den Mann behutsam auf den Boden gleiten zu lassen und ihm zu versichern, daß der Captain an seinem Schicksal Anteil nahm.

Doch der Sicherheitswächter war bereits tot, noch bevor er das Deck berührte, und daraufhin bestand keine Möglichkeit mehr, eine solche Botschaft zu übermitteln.

Worf stand auf dem Oberdeck, zielte und drückte ab. Ein Phaserstrahl brannte sich in die Brust des Borg, der den Sicherheitswächter erschossen hatte. Kabelstränge platzten auseinander; Schläuche leckten. Das individuelle Lebenserhaltungssystem versagte, und Körperflüssigkeit tropfte aus der Wunde. Das robotische Wesen taumelte, gestikulierte fahrig, stieß an die Wand und sank daran entlang zu Boden.

Picard rollte zur Seite und sah, wie Riker von dem anderen Borg getroffen wurde.

Nicht noch ein Opfer.

Und nicht ausgerechnet Riker …

Ein Energieblitz erfaßte den Cyborg, der auf den Ersten Offizier geschossen hatte, und die gräßliche Gestalt wurde von den Beinen gerissen.

Picard hörte ein Röcheln, das auf schreckliche Weise an die lebendige Hälfte des Borg erinnerte – und Rikers Beschreibungen bestätigte. Diese Wesen waren keine kalten, gefühllosen, aufs Töten programmierte Marionetten.

Sie kämpften mit *Leidenschaft*.

Gab es noch weitere Gegner dieser Art? Insgesamt drei Borg lagen auf dem Boden – ein dritter war nach den ersten beiden im Kontrollraum der *Enterprise* materialisiert.

Riker stemmte sich mühsam in die Höhe und wankte zu dem getroffenen Sicherheitswächter. Worf wandte sich seiner Konsole zu und betätigte die Kontrollen.

Wie durch ein Wunder fand sich Picard auf den Beinen wieder, drehte sich um die eigene Achse und zählte Gesichter. Er hielt den Atem an, als Riker neben dem reglosen Wächter kniete. Nach zwei oder drei Sekunden sah der Erste Offizier auf und schüttelte den Kopf.

Eine Faust aus Schmerz traf den Captain mitten auf der Brust. Er mußte sich sehr bemühen, um seine Stimme einigermaßen ruhig klingen zu lassen. Es nützte nichts, wenn er jetzt die Beherrschung verlor.

»Sind sonst alle in Ordnung?«

Schnaufende und keuchende Brückenoffiziere krochen hinter ihrer Deckung hervor. Sie mieden die Nähe der Borg, scheuten sie wie gefährliche Giftschlangen.

»Die Sicherheitsabteilung meldet keine weiteren Eindringlinge«, sagte Worf und atmete tief durch.

Picard sah zum Wandschirm, dazu bereit, ein Angriffsmanöver gegen das Borg-Schiff zu befehlen. Doch vor der *Enterprise* erstreckte sich nur leeres All.

Worf kam einer Frage des Captains zuvor. »Der Borg-Raumer ist verschwunden. Die aufgezeichneten Sensor-Daten deuten darauf hin, daß er vor dreißig Sekunden durch einen zweiten Raum-Zeit-Riß entkam.«

Picard nickte langsam. »Mit anderen Worten: Die drei Borg sollten uns ablenken, um dem Schiff Gelegenheit zur Flucht zu geben.«

Riker holte zischend Luft und deutete auf den Borg, den er selbst erledigt hatte.

»Es gibt noch eine andere Veränderung in ihrem Verhalten«, brachte er hervor. »Die Borg ließen ihre Gefallenen zurück, ohne sie zu entmaterialisieren.«

Data verharrte auf der Rampe, die Arme noch immer angewinkelt – er schien nicht sicher zu sein, ob der Kampf wirklich vorbei war.

Wie in Zeitlupe kniete er neben dem robotischen Wesen, das direkt vor ihm lag, berührte vorsichtig die schwarze Panzerung und spürte Vibrationen.

»Captain ...« Es klang verwundert. »Dieser Borg lebt noch.«

ARRESTBEREICH

Das dumpfe Summen der Sicherheitselektronik war praktisch unüberhörbar und wies auf eine ständige Überwachung hin. Es handelte sich quasi um den Puls des Arrestbereichs – und um einen integralen Bestandteil des Alarmsystems. Jeder Gefangene lernte, ihn zu hören und seine warnende Botschaft zu verstehen.

Beverly Crusher hielt einen Medo-Scanner in der Hand, und profundes Unbehagen prickelte in ihr, als sie sich in der Arrestzelle über die Liege beugte. Darauf ruhte eine Gestalt, die einem Zerrbild des Lebens gleichkam und sie innerlich schaudern ließ.

Der Captain und Data standen neben ihr, aber sie hätte es vorgezogen, sich hinter ihnen zu verstecken. Und hinter Worf und seinem Phaser. Und hinter der Sicherheitsschwelle mit dem Kraftfeld, das für den Häftling in der Zelle eine undurchdringliche Barriere darstellte.

Von Worf trennten die Ärztin zwei Schritte zuviel. Data war ein wenig näher, und Jean-Luc zu nahe.

Eindeutig zu nahe.

»Ich habe seinen Zustand stabilisiert«, sagte Beverly und trachtete danach, ihrer Stimme einen ruhigen Klang zu verleihen. »Er ist noch immer sehr schwach, aber ich schätze, er wird sich ganz erholen.«

Was auch immer das in seinem Fall bedeuten mochte.

Dr. Crushers Meinung nach war eine vollständige Rekonvaleszenz nur dann möglich, wenn alle mechanisch-elektronischen Komponenten vom Körper entfernt wurden, wenn die biologische Komponente wieder lernte, ohne fremde Hilfe zu leben.

Wie dem auch sei: Selbst die Borg hatten ein Recht auf ihre eigenen Überlebensmethoden, auf ihre eigene Evolution – wenn man in diesem Zusammenhang überhaupt von ›Evolution‹ reden konnte.

Der Borg hatte das eine Auge geschlossen; das andere verbarg sich unter einer Vorrichtung, die zur Verbesserung der visuellen Wahrnehmung diente. Er wirkte unschuldig und auch hilflos. Die Ärztin in Beverly reagierte mit Anteilnahme darauf – sie hätte überhaupt nicht weglaufen *können*.

»Sind Sie imstande, ihn zu wecken?« Ungeduld vibrierte in Picards Worten.

»Ja«, erwiderte Beverly. »Aber ich halte das nicht für eine gute Idee. Blutdruck und Puls sind noch immer ...«

»Beenden Sie seine Bewußtlosigkeit.«

Die Ärztin drehte den Kopf – und sah rasch wieder nach unten, bevor sie dem Blick des Captains begegnen konnte.

»Dadurch gerät das Wohl meines Patienten in Gefahr«, sagte sie.

»Das Wohl Ihres Patienten ist mir gleichgültig«, erwiderte Picard scharf. »Wir brauchen Informationen, und er hat sie. Wecken Sie ihn. Das ist ein Befehl.«

Daraufhin sah Beverly Crusher den Captain an. Sie war nicht nur überrascht, sondern regelrecht verblüfft. Sie kannte Picard als ruhige, ausgeglichene Persönlichkeit; ein solches Gebaren widersprach seinem Stil.

Sie fühlte, wie sich ihre Züge verhärteten, doch ihr Ärger blieb ohne Wirkung auf die Entschlossenheit in Jean-Lucs Gesicht.

»Na schön«, fügte sie sich.

Ihre Aufmerksamkeit kehrte zu dem Patienten zurück.

Sie dachte an die Pflichten, die Eid und Rang mit sich brachten – viele von ihnen standen nun in einem krassen Gegensatz zum Befehl des Captains. Sie hätte Widerstand leisten und sich auf ihre Privilegien als Erster Medo-Offizier der *Enterprise* berufen können – in bestimmten Situationen hatte sie das Recht, sich über die Autorität des Kommandanten hinwegzusetzen.

Allerdings gab es da noch eine andere Art von Autorität, gegen die sich nichts ausrichten ließ: Jean-Luc Picards einzigartige Erfahrungen, die er nicht nur *bei* den Borg gesammelt hatte, sondern *als einer von ihnen.*

Beverly Crusher nahm den Injektor, hielt ihn an die richtige Stelle und betätigte den Auslöser. Aus den Augenwinkeln sah sie, wie sich Worf in Bewegung setzte und näher kam. Er hielt die Waffe einsatzbereit in der Hand.

Picard wandte sich dem bajoranischen Sicherheitswächter zu. »Deaktivieren Sie das Kraftfeld.«

Das Glühen im Zellenzugang verschwand. Beverly schnappte nach Luft, als Worf sie von der Liege fortzog und nach draußen schob. Der Wächter berührte erneut eine Schaltfläche, und daraufhin zeigten sich wieder die energetischen Schlieren eines Schirmfelds in der Tür.

Jetzt konnte sie nur noch zusehen. Ihre Rolle hatte sich verändert: Aus der Ärztin wurde eine Beobachterin. Und ganz gleich, was in den nächsten Sekunden und Minuten geschah – es gab keine Möglichkeit für sie, in das Geschehen einzugreifen.

Sie blickte durch das Kraftfeld und fühlte sich dabei ebenso nutzlos wie der bajoranische Wächter.

In der Zelle rührte sich nun der verletzte Borg. In den nicht abgeschirmten Körperbereichen – die Hand, eine Hälfte des Gesichts – zuckte es, und Beverly mußte plötzlich an etwas denken: Über Jahrhunderte hinweg hatte man den Körper an Medo-Schulen und Universitäten immer wieder mit einer Maschine verglichen.

Sie sah, wie sich Jean-Luc Picard versteifte. Diese

Sache war sicherlich nicht leicht für ihn, denn sie weckte überaus unangenehme Erinnerungen.

Der Borg blinzelte mit dem einen sichtbaren Auge und versuchte dann, sich aufzusetzen.

Beverly beobachtete Benommenheit und Verwirrung. Für einige Sekunden regte sich erneut Mitgefühl in ihr.

Picard schien in eine Aura des Frostes gehüllt zu sein. »Wie lautet deine Bezeichnung?« fragte er.

Der Borg fokussierte den Blick auf ihn.

Und verzog das Gesicht.

Verachtung! Es war ganz deutlich zu erkennen: Das Geschöpf haßte sie alle.

Ein Borg, der hassen konnte ...

Das Kollektiv war nicht dazu in der Lage. Im Gegensatz zu diesem Individuum. Es hatte sich einer höheren Sache verschrieben – das sah man auf den ersten Blick.

Beverly glaubte, die charakteristischen Merkmale von Fanatismus zu erkennen.

Die blassen Lippen des Borg bewegten sich, und er sprach mit einer Stimme, in der Elektrizität zu knistern schien.

»Ich habe keine Bezeichnung mehr. Mein Name lautet Crosis.«

»Crosis?« erwiderte Picard. »Von wem haben Sie diesen Namen bekommen?«

Beverly stellte fest, daß Jean-Luc nun zum Sie überging. Geschah das instinktiv? Weil er jetzt nicht mehr mit einem Etwas sprach, sondern mit einer *Person?*

»Der Eine gab ihn mir.«

Die Ärztin trat noch näher an das Kraftfeld heran, bis ein erstes Flackern auf drohende Entladungen hinwies. Ja, im erkennbaren Gesicht des Borg kam so etwas wie Fanatismus zum Ausdruck. Erneut gerieten die blutleeren Lippen in Bewegung und formten nun ein arrogantes Lächeln.

»Wer ist der Eine?« fragte Picard.

»Der Eine ist derjenige, der euch vernichten wird«, erwiderte Crosis voller Genugtuung.

Picard sah zu Worf und Data, blickte dann zu Beverly auf der anderen Seite des energetischen Schirms.

So etwas hatten sie von einem Borg sicher nicht erwartet. Andererseits: Die Roboterwesen waren immer für Überraschungen gut.

»Sie sind ein Borg«, sagte Picard. »Besteht Ihr Ziel nicht darin, uns alle zu assimilieren, ins Kollektiv aufzunehmen?«

Sag ja, dachte Beverly. *Verhalte dich so, wie wir es von euch gewöhnt sind.*

»Wir assimilieren keine niederen biologischen Organismen«, antwortete Crosis. »Wir vernichten sie.«

»Erzählen Sie mir mehr vom Einen«, meinte Picard. »Hat er einen Namen? Heißt er vielleicht ... Hugh?«

Beverly beobachtete, wie aus der haßerfüllten Miene eine Art Todesmaske wurde. Sie wußte nicht genau, was schlimmer war, wünschte sich nur, daß Jean-Luc und die anderen endlich den Raum verließen – auf dieser Seite des Kraftfelds gab es mehr Sicherheit.

»Mensch«, zischte der Borg. »Man durchtrenne die Wirbelsäule im Bereich des dritten Wirbels. Der Tod tritt sofort ein.«

»Warum will der Eine biologische Organismen vernichten?« fragte Picard.

Vielleicht sah oder ahnte er etwas, das Beverly Crusher vom Korridor aus nicht sehen konnte.

Crosis drehte den Kopf und sah zu Worf.

»Klingone. Man zertrümmere das kraniale Exoskelett am trizipitalen Lobus. Der Tod tritt sofort ein.«

Worf blickte zu Picard, aber ansonsten reagierte er nicht. Auch er sah die Veränderung und war ebenso überrascht wie die anderen.

Picard hob die Stimme. »Ich bin Locutus von den Borg. Beantworte meine Fragen.«

Es lief Beverly kalt über den Rücken, als sie diese

Worte hörte. Aus einem Reflex heraus hielt sie den Atem an und wartete ...

Doch der Borg schien nicht beeindruckt zu sein. Er blickt jetzt in ihre Richtung, und sie wagte es nicht, sich von der Stelle zu rühren. Das eine Auge, die technischen Erweiterungen ...

»Bajoraner. Man steche in die untere Herzkammer. Der Tod tritt sofort ein.«

Die Ärztin atmete erleichtert auf, als sie begriff: Das Geschöpf sah nicht etwa sie an, sondern den Sicherheitswächter.

Trotzdem trat sie zur Seite. Sie wollte nicht hören, wie der Borg ihren Tod beschrieb. Seine Worte klangen gräßlich und ließen Furcht in der Ärztin wachsen. Sie bedauerte nun, das Wesen geweckt zu haben.

In der Zelle wandte sich Picard von dem Gefangenen ab.

»Auf diese Weise kommen wir nicht weiter«, sagte er. »Doktor Crusher ... Wir haben es mit insgesamt drei Borg zu tun bekommen. Die anderen beiden sind tot, und ich bitte Sie, Autopsien durchzuführen. Vergleichen Sie die Ergebnisse mit dem, was wir über Hughs Anatomie wissen. Stellen Sie fest, ob eventuelle Veränderungen die Verhaltensunterschiede erklären.«

Beverly wollte *Ist das alles?* fragen, aber Picard gab ihr gar keine Gelegenheit dazu. Er sah zu Data.

»Führen Sie eine biospektrale Analyse durch. Finden Sie heraus, ob dieser Borg versucht, seinen Artgenossen Subraum-Signale zu übermitteln.«

»Aye, Sir«, erwiderte der Androide schlicht. Er sprach so, als ginge ihn die ganze Sache überhaupt nichts an.

Das Schirmfeld wurde erneut deaktiviert. Picard und Worf verließen die Zelle, in eine Wolke aus Verdruß gehüllt.

Bevor sich Beverly Crusher umdrehte, um mit ihrem neuen Hobby zu beginnen – das nichts mit Nähen zu tun hatte –, sah sie noch, wie Commander Data den Tricorder hob.

Ein Androide schickte sich an, Geist, Körper und Seele eines Cyborgs zu untersuchen.

Biologische Analyse. Modifizierter Vergleich.

Biospektrales und kardiovaskuläres Diagramm. Ambientendiagnose.

»Sie sind nicht wie die anderen.«

Physische Widerstandskraft. Ultraviolette Sondierung.

Data sah vom Tricorder auf. Der Borg hatte zu ihm gesprochen. Crosis' Gesicht zeigte etwas, das ihn von allen anderen Borg und Cyborgs unterschied – auch von Androiden wie Data.

Individualität. Nichts deutete mehr auf die Anonymität des Kollektivs hin.

Dies war keine Drohne, sondern eine Person.

Data hatte sich manchmal gefragt, ob er jemals so etwas wie Neid oder Eifersucht spüren würde. Etwa in Hinsicht auf einen anderen *Mechanismus?*

Zahllose Mikrosekunden lang war er damit beschäftigt gewesen, in sich selbst Aspekte der menschlichen Natur zu suchen.

Nun sah er sie, im biologischen Blick von Crosis.

»Sie brauchen nicht vernichtet zu werden«, sagte der Borg. »Bei Ihnen ist eine Assimilation möglich.«

Data hob den Tricorder und konzentrierte seine Aufmerksamkeit aufs Display. Potentiometerkurve. Graphische Balkenanzeige für Vibration und allgemeine Belastung. Daten-Analyzer ...

Daten-Analyzer.

Er sah auf. Crosis beobachtete ihn.

Data konnte den Blick nicht abwenden. »Ich möchte nicht assimiliert werden«, sagte er.

Data senkte den Kopf wieder und vermied es, einen neuerlichen Blickkontakt herzustellen. Darunter litt seine Effizienz.

»Widerstand ist zwecklos«, entgegnete Crosis. »Kämpfen Sie nicht gegen etwas an, das Sie sich Ihr ganzes Leben lang gewünscht haben.«

Data setzte die Untersuchung fort und ging zu einer in die Wand integrierten Schalttafel, um von dort aus die gesammelten Informationen dem Bordcomputer zu übermitteln. Der Captain erwartete Korrelationen und weitere Überprüfungen.

Das Sie sich Ihr ganzes Leben lang gewünscht haben … Ihr ganzes Leben lang gewünscht haben …

»Einst war ich wie Sie«, fuhr der Gefangene fort. »Ohne Gefühl. Aber der Eine half mir. Er kann auch Ihnen dabei helfen, das Emotionale für sich zu erschließen. Hatten Sie jemals eine *echte* Emotion, Data?«

Der Androide vermied es, die Arbeit zu unterbrechen. Er setzte den Datentransfer fort.

Doch irgend etwas in ihm wiederholte die Frage und zwang das Selbst, Antwort zu geben.

»Ja«, sagte er. »Auf Ohniaka Drei habe ich einen Borg getötet. Dabei wurde ich zornig.«

Crosis beobachtete ihn auch weiterhin. »Wie fühlte es sich an, zornig zu werden? Empfanden Sie es als angenehm?«

Multitasking-Sequenzinitialisierung. Nichtlineares Feedback. Multiple Datenübermittlung.

»Es wäre unethisch, den Tod eines anderen Wesens als angenehm zu empfinden.«

Zwar kamen die Worte aus Datas Mund, aber jemand anders schien sie formuliert zu haben. Sie klangen wie die Auskunft eines Computers.

Irgendwo in seinem Innern regte sich etwas.

»Sie haben meine Frage nicht beantwortet«, sagte Crosis. »Fühlte es sich gut an, jemanden zu töten?«

Data zögerte. Der Tricorder blieb unbeeindruckt – er fütterte die Schnittstelle in der Wand auch weiterhin mit Daten.

Die Frage des Borg zerrte die Wahrheit aus ihm heraus. Er konnte sie nicht länger zurückhalten.

»Ja.«

»Wenn es unethisch ist, den Tod eines anderen Wesens als unangenehm zu empfinden …«, meinte Crosis. »Dann sind Sie offenbar eine sehr unethische Person.«

Ein Kompliment und gleichzeitig auch eine Beleidigung. Der Borg hatte ihn als ›unethisch‹ bezeichnet *und* von ›Person‹ gesprochen. Gehörte das eine zum anderen?

»Das stimmt nicht«, erwiderte Data. »Mein Schöpfer Dr. Soong stattete mich mit einem Programm aus, das Richtig und Falsch definiert. Es stellt so etwas wie ein Gewissen für mich dar.«

Eine gute Antwort: präzise, direkt, komplett.

Und doch …

»Sie haben also ein Gewissen …«

Data wartete.

»Auf Ohniaka Drei hat es offenbar nicht funktioniert«, fuhr Crosis fort. »Immerhin gefiel es Ihnen, einen Borg zu töten.«

Der Blick des Borg bohrte sich bis in den Ich-Kern des Androiden.

Eine Zeitlang musterten sich die beiden künstlichen Geschöpfe gegenseitig, und Data spürte, wie seine interne Verarbeitungsgeschwindigkeit nachließ.

Er mußte einen sonderbaren inneren Widerstand überwinden, um sich wieder auf die Anweisungen des Captains zu besinnen.

»Bitte entfernen Sie sich vom Kraftfeld. Ihre Nähe zur energetischen Barriere beeinflußt die Sondierungen.«

Doch der Borg blieb stehen. Crosis' Stimme entfaltete eine fast hypnotische Wirkung. »Es hat Ihnen gefallen.«

Aufhören!

»Die plötzliche Gefühlsaufwallung in Ihnen, als Sie sahen, wie Ihr Opfer starb …«

Aufhören! Aufhören! Aufhören! Aufhören!

»Es war eine völlig neue Erfahrung für Sie.«

Das Zittern in Data wurde stärker, erfaßte einen Teil der Selbstsphäre, die für mentale Stimuli unzugänglich sein sollte. Hitze, Kälte und Nervosität pulsierten durch die biologischen Systeme und ignorierten alle technischen Kontrollen, die das Fundament seiner Existenz bildeten.

Die Stimme des Borg zog Data näher und näher, obwohl er noch immer an der gleichen Stelle stand wie vorher.

Er öffnete den Mund, suchte nach einer geeigneten Antwort und erwog tausend Möglichkeiten, bevor er sich für eine entschied.

»Es war ein ... bemerkenswertes Erlebnis.«

Crosis lächelte.

Oder vielleicht assoziierte Data ein Lächeln mit dem Tonfall, den er von seinen menschlichen Kollegen her kannte.

»Sie möchten noch einmal auf jene Weise empfinden«, sagte der Borg und führte ihn damit in Versuchung.

Aufhören ...

Sekunden verstrichen, und während dieser Zeit bestand Datas einzige Aktivität darin, sich an Ohniaka Drei zu erinnern. Er hatte vergeblich versucht, die emotionale Erfahrung zu wiederholen, und nun wurde sie ihm von einer anderen Maschine angeboten.

In diesem Fall gab es nur eine Antwort.

»Ja.«

Crosis sah ihn auf die gleiche Weise an wie die anderen, aber in seinen Augen – beziehungsweise in dem einen sichtbaren Auge – gab es keine Wärme. Damit meinte Data nicht etwa Temperatur, sondern die Anteilnahme anderer Personen. Hatte er wirklich nie Emotionen gespürt? Aber wieso gewann er dann den Eindruck, sich an Gefühl zu *erinnern*?

»Sie würden alles geben, um noch einmal Emotionalität zu erfahren«, sagte Crosis. »Sie wären sogar bereit, zu diesem Zweck erneut zu töten.«

Eine kaum merkliche Vibration erfaßte Datas Arme. Was geschah mit seiner Programmierung? Es sollte ganz einfach sein, die Kontrolle über das eigene Ich wiederherzustellen und die richtigen Argumente zu finden ...

»Nein«, entgegnete er. »Dazu wäre ich nicht bereit. Weil ein derartiges Verhalten ... unethisch ist.«

»Sie scheinen nicht sehr überzeugt zu sein. Sind Sie sicher, daß Ihr Ethikprogramm funktioniert?«

Programm.

Ethik sollte kein Programm sein. Richtig und Falsch ... Ließen sich diese Konzepte auf jede Situation anwenden? Richtig und Falsch, so klar und überschaubar, daß sie immer Gültigkeit hatten ... Konnte ein Programm alle Besonderheiten von Interaktionen berücksichtigen, die hundert Milliarden Personen an zehn Millionen Orten betrafen?

Ließen sich dafür passende Algorithmen schreiben?

War jemand imstande, mit einem Programm für alle Wechselfälle des Lebens Richtiges und Falsches vorherzusagen?

Mochte es *falsch* gewesen sein, den Borg auf Ohniaka zu töten?

Und ganz gleich, welche Maßstäbe man anlegte, aus welcher philosophischen, kulturellen oder rechtlichen Perspektive man die Angelegenheit auch sah: Konnte es falsch sein, angesichts des Todes eines gefährlichen Gegners Genugtuung zu empfinden?

Data wandte sich ab und ging mit zielstrebigen Schritten zur Tür. Er wollte die Zelle verlassen und zu seiner primären Funktion zurückkehren, so wie es den Befehlen des Captains entsprach ...

»Data!« rief der Borg. »Haben Sie einen Freund?«

Der Androide blieb stehen und starrte in die Schlieren der energetischen Barriere. Ein Freund. Der Ausdrucksweise mangelte es an Genauigkeit, aber Data verstand trotzdem, was Crosis meinte.

»Ja«, erwiderte er. »Er heißt Geordi.«

Der visuelle Sensor des Cyborgs glühte. »Stellen Sie sich vor, daß Geordi hier bei uns ist…« Crosis sprach nun ganz langsam. »Stellen Sie sich vor, Sie könnten wieder Emotionen haben, so wie auf Ohniaka Drei – vorausgesetzt, Sie töten Ihren Freund. Wären Sie unter solchen Umständen bereit, Geordi zu töten?«

Data spürte Hitze, die sich in ihm zusammenballte, wie Gewitterwolken in der Atmosphäre eines ungastlichen Planeten. Bilder huschten durch den inneren Fokus seines Selbst, Hunderte, Tausende von Erinnerungsbildern, die sich seiner Kontrolle entzogen – und die er auch gar nicht kontrollieren *wollte*.

Sehnsucht brannte in dem Durcheinander aus Emotionen, das nun in ihm brodelte. Ruckartig drehte er sich um, sah den Borg namens Crosis an und gab einer orgiastischen Wahrheit nach. Er hatte immer gewußt, stark zu sein, aber nun kam noch eine andere Erkenntnis hinzu: Er war auch gefährlich.

Und das gefiel ihm.

»Ja!« sagte er. »Dazu wäre ich bereit.«

8

Aufhören ... Aufhören ...
Zorn. Das spontane Gefühl provozierter Feindseligkeit gegen jemanden oder etwas.

Antagonismus und Feindlichkeit. Mörderische Wut. Dem Ärger Luft machen. Die Beherrschung verlieren.

Animalische Reaktionen auf Stimuli.

Eine heftige, die ganze Innenwelt erschütternde emotionale Explosion. Der Schock stellte die Hälfte dieses aufregenden Erlebnisses dar. Die andere ...

Ein herrlich prickelndes, *heißes* Empfinden, für das er jeden Preis zahlen würde, selbst den Tod einer anderen Person.

Sein Quartier erschien ihm unvollständig und unangemessen, als er eintrat.

Ich möchte nicht, daß es aufhört.

Er bewegte sich, ohne den Blick zu fokussieren, nahm Platz und ließ die Gedanken treiben, unbeeinflußt von jenen Kontrollen, die er bisher immer als selbstverständlich erachtet hatte.

Andere hielten ihn für ruhig und reserviert. Sie ahnten nichts von der in ihm glühenden Leidenschaft! Seit vielen Jahren waren sie zusammen, und niemand wußte etwas.

Dieses neue Spiel ... Wie berauschend! Viel interessanter als Poker. Fast so gut wie Mord.

Augen sahen ihn an. Er spürte ihren Blick.

Crosis?

Data drehte den Kopf und erwartete Zufriedenheit im Gesicht des Borg. Er wollte auf seine neue Perspektive hinweisen und betonen, wie sehr ihm die Veränderungen gefielen.

Eine Sekunde später starrte er in die großen Augen seiner Katze.

Sie saß auf dem Tisch und sah ihn auf die für Katzen typische Weise an: mit einem durchdringenden Blick. Deutlich waren die elliptischen Pupillen zu erkennen. Das Tier wollte gestreichelt werden, erwartete jene Art von Aufmerksamkeit, die warmblütige Geschöpfe seit Jahrmillionen ganz offen suchten.

Bisher hatte er nichts Törichtes darin gesehen, daß sich ein Androide eine Katze hielt. Jetzt erschien es ihm absurd, was ihn jedoch nicht daran hinderte, die Präsenz der Katze zu begrüßen. Erstaunlich, wie sehr ihre Augen denen des Borg in der Arrestzelle ähnelten – die Augen eines Wesens, das *gern* tötete, um selbst am Leben zu bleiben und zu dominieren.

Komm her, Katze. Lehre mich die Kunst des idealen Feuers.

Die beiden Blicke trafen sich und klebten aneinander fest.

Ein seltsamer Hypnotismus machte sich bemerkbar. Eine Art Herausforderung, die Menschen als schaurig oder unheimlich bezeichnet hätten. Bis vor einigen Minuten wäre Data imstande gewesen, ein derartiges Empfinden genau zu beschreiben.

Jetzt *fühlte* er es.

Die Katze wich zurück, legte die Ohren an und fauchte. Sie zögerte kurz, um festzustellen, ob sich Datas Verhalten änderte. Als das nicht der Fall war, fauchte sie erneut, kratzte mit den Krallen über den Tisch, schlug mit der Pfote nach dem Androiden und sauste fort. Sie verschwand im Nebenzimmer.

Data sah zur Tür. Er betastete die Kratzspuren auf dem Tisch und dachte über das nach, was er gerade beobachtet hatte.

Er wünschte sich, es noch einmal zu sehen.

Nach einer Weile stand er auf, verließ das Quartier

und kehrte zum Arrestbereich zurück, wo Emotionen auf ihn warteten.

DIE UNTEREN DECKS

Die *Enterprise* war ein sehr großes Raumschiff. Bisher hatte Data nur eine Ansammlung von Decks darin gesehen, die man passierte und nutzte.

Auch dieser Blickwinkel verschob sich nun.

Jetzt bildete das Innere des Schiffes ein aufregendes Labyrinth, in dem er den Stoizismus des Androiden abstreifen und herumschleichen konnte.

Die erregende Welt des Abenteuers blieb ihm nicht länger versperrt. List, Verstohlenheit, gegen die Regeln verstoßen. Sich von den Fesseln des Narren befreien, der er bisher gewesen war.

Poker hatte damit nichts zu tun.

Es war ihnen gelungen, die Hürden des Sicherheitssystems zu überwinden, ohne daß ein Alarm ausgelöst wurde. Eine Leistung, auf die man stolz sein konnte.

Jetzt schritten sie durchs Schiff und waren zum vorderen Traktorstrahlgenerator unterwegs.

Nur noch wenige Minuten trennten sie vom Ziel.

Herrlich! Data kümmerte sich nicht mehr um eine präzise Zeitangabe. Ein ungenauer Wert genügte ihm.

Data drückte Crosis hinter sich an die Wand und wartete, bis die beiden Besatzungsmitglieder im Nebenkorridor weitergegangen waren. Er sah ihnen nach und fühlte sich dabei von einem sonderbaren Verlangen heimgesucht. Imaginäre Bilder entstanden in seinem inneren Fokus: Er hätte die beiden Männer am Hals packen und ihnen die Kehlen zerquetschen können.

Wonne ging mit dieser Vorstellung einher.

Er dachte noch etwas länger darüber nach.

Das Überraschungsmoment. Die Verblüffung in den Augen seiner Opfer… Wie aufregend!

Er fragte sich plötzlich, wieviel er während seiner bisherigen Existenz versäumt hatte.

Schluß damit. Von jetzt an war er nicht mehr der immer gelassene und ach so rationale Androide, der Gefühle erklären konnte, ohne sie wirklich zu *verstehen*. Er wollte sie jetzt *erleben* und voll auskosten, sie ganz ins eigene Sein integrieren.

Crosis folgte ihm gehorsam durch die *Enterprise*, und Data fand Gefallen an der Rolle des Anführers. Alle fürchteten die Borg … Und ein solches Wesen nahm nun Anweisungen von ihm entgegen. Folge mir. Nach links. Nach rechts. Tu dies. Laß das sein. Und so weiter.

»Es ist jetzt nicht mehr weit«, sagte Data. »Denken Sie daran, nicht zu sprechen. Andernfalls reagiert das Sicherheitssystem auf Ihre Stimme und lokalisiert Sie.«

Er war sich der Gefahr bewußt, und dieses Gefühl hätte ihn fast laut lachen lassen. Heimlichkeit – eine prächtige Unterhaltung! Data wollte das Gefahrenelement noch verstärken, die Situation immer kritischer werden lassen. Er wünschte sich fast, daß Crosis seine Warnungen ignorierte und etwas sagte, damit er einen Kampf gegen das Sicherheitssystem führen konnte.

»Da sind wir.« Er betrat die Kammer mit dem Traktorstrahlgenerator. »Warten Sie, während ich hier dafür sorge, daß man den Traktorstrahl nicht gegen uns einsetzen kann. Dadurch sollte uns eigentlich die Flucht möglich sein.«

Crosis nickte, und in dem einen sichtbaren Auge leuchtete es.

»Ich manipuliere die Feldverstärker, reduziere die Gravitonpolarität auf weniger als fünf Prozent und verhindere gleichzeitig, daß man von der Nebenkontrolle aus die hiesigen Systeme beeinflussen kann – bis wir weg sind. Es macht Spaß.«

Das Selbstgespräch ergab keinen Sinn, aber Data fand trotzdem Gefallen daran. Seine Bemerkungen galten nicht etwa Crosis, sondern den eigenen Ohren. Er mochte den Klang seiner Stimme.

»He! Was machen Sie da?«

Die beiden künstlichen Wesen drehten sich um und sahen einen Wartungstechniker in mittleren Jahren. Der Mann trug einen Schutzanzug über der Uniform, und Data erinnerte sich an seinen Namen: Er hieß Solario.

»Was hat das zu bedeuten, Commander?« Solario schob sich etwas näher. Sein Blick galt vor allem Crosis, und sein Gesicht verriet Argwohn. »Brauchen Sie Hilfe, Sir?«

»Ja«, erwiderte Data sofort. »Man hat mich als Geisel genommen. Gemeinsam können wir ihn sicher überwältigen.«

Der verblüffte Wartungstechniker wußte offenbar nicht, was er von diesem Hinweis halten sollte. In seiner Verwirrung traf er die einzige vernünftige Entscheidung: Er beschloß, Alarm zu geben. Der Schutzanzug hinderte ihn an der Benutzung des Insignienkommunikators, und deshalb eilte er zum nächsten Interkom-Anschluß.

»Sicherheitsabteilung! Hier ist ...«

Datas Hand traf den Mann am Kopf – Solario erschlaffte sofort und sank zu Boden. Seine Augen blieben offen, trübten sich jedoch.

Ein Schlag hatte genügt, um ihn außer Gefecht zu setzen.

Data beugte sich über den Techniker und seufzte. »Er lebt noch.«

Crosis näherte sich und starrte auf den Bewußtlosen. »Schade«, sagte er, fing Datas Blick ein und lächelte.

DIE BRÜCKE

Das Herz des Schiffes. Und auch das Gehirn.

Die Darstellungen auf dem graphischen Schirm der hinteren wissenschaftlichen Station wechselten immer wieder und zeigte den Betrachtern eine Art Tunnel durch die Raum-Zeit.

Picard starrte ins Projektionsfeld und sah eine Miniaturversion des Loches, durch das die Borg entkommen waren. Riker stand neben ihm, und die Öffnung im Nichts schien ihn ebensowenig zu begeistern wie den Captain. Worf stand an der taktischen Station – er wollte seine Konsole nicht verlassen und bereit sein, falls das fremde Schiff zurückkehrte.

Geordi LaForge wartete, bis sie alle Einzelheiten in sich aufgenommen hatten. Dann deutete er auf den Schirm.

»Unsere gegenwärtige Theorie geht davon aus, daß die Borg mehrere Transwarp-Kanäle durch den Subraum geschaffen haben. Sobald ein Raumschiff in einen solchen Kanal gerät, wird es auf extrem hohe Warpgeschwindigkeit beschleunigt. Stellen Sie sich vor, in einen schnell fließenden Fluß zu fallen und von der Strömung mitgerissen zu werden.«

»Wie schnell kann ein Schiff durch solche Kanäle fliegen?« fragte Picard.

»Das wissen wir nicht. Die normalen Subraum-Beschränkungen verlieren ihre Gültigkeit bei Transwarp-Variablen. Wenn die während *unseres* Transfers zurückgelegte Entfernung ein gutes Beispiel bietet, so würde ich sagen: Die Geschwindigkeit in einem derartigen Kanal übertrifft unseren maximalen Warpfaktor mindestens ums Zwanzigfache.«

Ein Dutzend weitere Fragen lagen Picard auf der Zunge, aber er bekam keine Gelegenheit, eine von ihnen zu stellen. Riker trat vor und wandte sich an den Chefingenieur. »Auf welche Weise erhalten die Borg Zugang zu den Transwarp-Kanälen?«

Geordis VISOR spiegelte das Licht der Brückenlampen wider, als er den Kopf drehte. »Bevor wir die Anomalie orteten, strahlte das fremde Schiff einen hochenergetischen Tachyonenimpuls aus. Allem Anschein nach reagieren die Kanäle auf Tachyonensignale einer bestimmten Frequenz.«

Picard wußte, daß sie den ersten Transfer nur durch

Glück heil überstanden hatten. Trotzdem regte sich nun eine ganz bestimmte Vorstellung in ihm. »Gibt es eine Möglichkeit für uns, das richtige Signal …«

»Captain!« entfuhr es Worf. Von seinem Pult her ertönten mehrere Warnsignale. »Ein Shuttle verläßt Hangar Zwei!«

»Wer hat den Einsatz des Shuttles angeordnet?« fragte Picard und näherte sich dem Klingonen.

»Niemand. Es liegt keine Starterlaubnis vor.«

»Stellen Sie eine Kom-Verbindung her.«

»Verbindung hergestellt.«

»Picard an Shuttle! Ich fordere Sie auf, sich zu identifizieren und unverzüglich zum Schiff zurückzukehren.«

Stille folgte. Einige Sekunden verstrichen.

»Keine Antwort, Sir«, meldete Worf.

»Richten Sie einen Traktorstrahl auf das Shuttle und holen Sie es zurück.«

Normalerweise wäre ein solches Manöver nicht weiter schwer gewesen: Der Traktorstrahl – er kam einem ausgestreckten Arm der *Enterprise* gleich, und ihre Energie formte dabei die Muskeln – tastete durchs All, erfaßte das gewünschte Objekt und zog es zum Schiff. Ganz einfach.

Doch diesmal gab es Probleme.

Picard runzelte die Stirn, als er merkte, daß der Arm des Schiffes noch immer an der metaphorischen Seite baumelte und sich nicht strecken wollte.

»Der Traktorstrahlgenerator wurde manipuliert.« Der wütende Klingone rang mit seinen Instinkten und versuchte, ruhig zu sprechen. »Die Kommandopriorität funktioniert nicht mehr.«

Riker trat ebenfalls vor. »Können Sie feststellen, wer sich an Bord des Shuttles befindet?«

Worf berührte wieder Schaltflächen und aktivierte weitere Komponenten des Sicherheitssystems.

»Subraum-Signale stören die Sensorerfassung«, grollte er.

»Captain«, ließ sich Geordi von weiter hinten vernehmen, »ich registriere Tachyonen-Impulse! Alles deutet darauf hin, daß ein Transwarp-Kanal geöffnet werden soll!«

»Der Borg-Gefangene!« entfuhr es Worf. Zorn glitzerte in den Augen des Klingonen. »Und Commander Data!«

Picard schnippte mit den Fingern, und die Brückenoffiziere lasen seine Gedanken. Das Bild auf dem großen Wandschirm wechselte, zeigte das Shuttle und eine Szene, die das größere Schiff verspottete.

Die kleine, für kurze Strecken konzipierte und nicht mit einem Warptriebwerk ausgestattete Raumfähre raste wie von einem gewaltigen Katapult davongeschleudert durchs All, und das aus den Schubdüsen leckende Feuer war wie brennender Hohn.

Vor dem Shuttle erschien etwas, das die *Enterprise* ebenfalls verspottete: die Öffnung eines Tunnels, der durch Raum und Zeit reichte. Der Anomalie wuchs ein Maul, das die kleine Fähre verschlang.

Unmittelbar darauf verschwand der Riß im Kosmos.

»Der Transwarp-Kanal ist wieder geschlossen«, stellte Worf fest. »Der Borg und Commander Data sind fort.«

Sie hatten gewettet und sich fünf Minuten Zeit gegeben, um vom Arrestbereich aus den Shuttlehangar zu erreichen. Tatsächlich schafften sie es in nur drei.

Gefühle vibrierten in Data, als er das Shuttle mit hoher Geschwindigkeit von der *Enterprise* fortsteuerte. Er erinnerte sich an jene Sekunden, an das Warten auf eine Vernichtung bringende Phaser-Entladung. Er freute sich über diese Reminiszenzen, fühlte dabei ähnlich wie ein zum Schwänzen aufgelegtes Kind, das ein offenes Fenster sah.

Er kannte das Risiko natürlich, aber dadurch wurde

alles noch viel reizvoller. Köstlich! Data hatte die Aktivierung der Anomalie einige Sekunden hinausgezögert, um festzustellen, ob Picard das Feuer auf die Raumfähre eröffnen würde – obgleich er wußte, daß sich nicht nur Crosis an Bord befand, sondern auch der Zweite Offizier der *Enterprise.*

Vermutlich glauben der Captain und die anderen, man hätte mich entführt.

Er neigte den Kopf zurück und lachte. Crosis beobachtete ihn, und ein dünnes Lächeln umspielte seine blassen Lippen.

Der durch Gefahr verursachte Nervenkitzel, die zusätzliche Aufregung durch eine Verzögerung der Flucht ... Data stellte sich vor, wie die Brückenoffiziere im Kontrollraum der *Enterprise* verzweifelt versuchten, den Traktorstrahlgenerator einsatzbereit zu machen, um ihn zurückzuholen.

Er lachte erneut.

Vor ihnen öffnete sich der Raum-Zeit-Riß, und das Shuttle flog hinein. Selbst wenn nie eine Rückkehr erfolgte ... Er war froh, das Schiff verlassen zu haben. Nein, mehr als nur froh. Er wollte gar nicht zurück und freute sich auf das, was nun begann!

Er dachte daran, eine Falle für Picard und die anderen vorzubereiten. Bestimmt kamen sie, um ihn zu retten – ohne in Erwägung zu ziehen, daß er sich gar keine Rettung wünschte.

Sie hatten ihn zornig gesehen, oder? Glaubten sie vielleicht, daß es nur eine Emotion in ihm gab?

Er fühlte sich gemein und gehässig. Und er genoß diese Empfindungen in vollen Zügen.

Er sah zu Crosis. »Es macht Spaß.«

Der Borg nickte.

»Bald bekommen Sie noch mehr Spaß, Data«, erwiderte er. »Der Eine wartet auf Sie.«

9

»Können wir dem Shuttle in den Transwarp-Kanal folgen, Mr. LaForge?«

Jean-Luc Picard spürte, wie sich seine Nackenmuskeln versteiften. Der Grund: Er kannte die Antwort bereits. Sie brachte nicht nur Probleme mit sich, sondern auch erhebliche Gefahr. Was zu einem Dilemma führte, mit dem ein Captain häufig konfrontiert wurde: *Soll ich das Leben der ganzen Besatzung aufs Spiel setzen, um ein Crewmitglied zu retten?*

Selbst wenn sie den Tunnel durchs Raum-Zeit-Gefüge öffnen und die *Enterprise* hineinsteuern konnten – würden sie das Ziel rechtzeitig genug erreichen, um Data vor einer Assimilation oder Vernichtung durch die Borg zu bewahren?

Wieso hatte der Gefangene überhaupt fliehen können? Was war mit Data während der letzten fünfzehn, zehn oder fünf Minuten geschehen?

In der Rückschau erschien es überaus dumm, ihn mit dem Borg allein zu lassen, obwohl es in jüngster Vergangenheit in seinem Verhalten zu seltsamen Veränderungen gekommen war – die ihrerseits mit den Borg in Zusammenhang standen.

Nicht schnell genug getroffene Entscheidungen, übersehene Fakten, ignorierter Instinkt – *solche Fehler dürften mir eigentlich nicht unterlaufen,* dachte Picard betroffen.

»Wir haben den vom Shuttle ausgegangenen Tachyonen-Impuls geortet«, sagte LaForge. »Vielleicht gelingt es uns, das richtige Signal zu senden.« Es klang nicht sehr zuversichtlich.

Picard trat an Rikers Seite. Der Erste Offizier straffte die Gestalt, schwieg jedoch.

»Die Frage lautet: Ist Data ein Gefangener, oder verließ er die *Enterprise* freiwillig?«

Die leisen Worte des Captains galten Riker, doch die Antwort kam nicht etwa von ihm, sondern von Worf an der taktischen Konsole.

»Der Traktorstrahlgenerator wurde mit Commander Datas Prioritätscode manipuliert.«

Damit gab es eigentlich keinen Zweifel mehr.

Und doch …

Picard warf Riker einen kurzen Blick zu. Weder ihm noch dem Ersten Offizier gefielen die Schlüsse, die aus Worfs Information gezogen werden mußten.

»Vielleicht hat der Borg Data irgendwie gezwungen, den Code preiszugeben«, spekulierte Riker.

Der Captain schüttelte den Kopf. »Möglicherweise ist Data aufgrund seiner emotionalen Erfahrung viel stärker beeinflußt worden, als wir bisher annahmen. Wie dem auch sei: Wir müssen ihn finden.«

Geordi seufzte und drehte sich um. »Ich habe dem Hauptdeflektor eine Tachyonenmatrix hinzugefügt. Damit können wir den Aktivierungsimpuls simulieren.«

Die Phantome früherer Kommandanten erschienen vor Picards innerem Auge, und er lauschte ihren Stimmen des Zweifels. Sollte er jetzt die *Enterprise* und das Leben aller Personen an Bord riskieren? Oder war es besser, zunächst zu warten – auch auf die Gefahr hin, daß später ein viel größeres Risiko entstand, daß die Borg einen Vorteil errangen und ihre ganze Kultur bedrohten?

Derartige provokative Kommandofragen tauchten immer wieder bei Akademieprüfungen auf, und alle Beteiligten wußten, daß sich aus ihrer Beantwortung keine realen Konsequenzen ergaben.

Diesmal sah die Sache anders aus.

Wenn die Borg Datas Gedächtnisspeicher anzapften,

so bekamen sie technische Informationen über alle Raumschiffe von Starfleet. Das durfte Picard nicht zulassen.

Er wandte sich von der taktischen Station ab und sah zum Wandschirm.

»Na schön«, sagte er. »Alarmstufe Rot, Mr. Worf.«

»Gefechtsstationen besetzen«, fügte Riker hinzu.

Sofort änderte sich der Status an Bord. Indikatoren glühten rot, und in allen Sektionen ertönte das rhythmische Heulen der Alarmsirenen. Die Besatzungsmitglieder eilten zu ihren Posten, und jedes einzelne von ihnen wußte: Im schlimmsten Fall mußte er oder sie direkte Verantwortung übernehmen und Lücken in der Kommandokette schließen.

Die Fernbereichsensoren erwachten zu elektronischem Leben und suchten im All nach Hinweisen. Die Shuttles wurden vorbereitet – sie mußten innerhalb von dreißig Sekunden starten können. Das energetische Niveau des Warpkerns stieg auf fünfundsiebzig Prozent der Normkapazität.

Die Akkumulatoren der Phaserkanonen füllten sich mit Bereitschaftsenergie. Photonentorpedos ruhten in den Startkatapulten. Deflektoren und Diagnosesysteme wurden auf Automatik umgeschaltet.

In diesem Zustand kam das Schiff praktisch allein zurecht. Und genau das war auch Sinn der Sache.

Die jähe, elektrisierende Aufregung an Bord hätte Tote ins Leben zurückholen und dazu veranlassen können, begeisterten Applaus zu spenden.

Picard spürte die neue Atmosphäre und nahm sie mit einigen tiefen Atemzügen in sich auf. Dann trat er vor.

»Bringen Sie uns zu den letzten Koordinaten des Shuttles«, sagte er.

»Schilde sind aktiviert«, meldete Worf. »Waffen einsatzbereit.«

Der Captain drehte sich um. »Mr. LaForge?«

»Wir können den Tachyonen-Impuls jederzeit senden, Sir«, sagte Geordi. Es klang noch immer nicht sehr überzeugt.

»Also los.«

Der Chefingenieur nickte nicht, berührte einfach nur einige Schaltflächen auf seiner Konsole.

»Tachyonen-Impuls wird mit erforderlicher Frequenz gesendet.«

»Die Sensoren orten keine Raum-Zeit-Verzerrung«, grollte Worf enttäuscht.

Geordi holte nervös Luft. »Ich beginne nun damit, die Bandbreite zu verändern.«

»Es geschieht noch immer nichts.«

Worfs Ungeduld wirkte ansteckend. Picard spürte, wie seine Anspannung zunahm. Riker gesellte sich an seine Seite, und gemeinsam blickten sie zum Wandschirm. Das Projektionsfeld zeigte ihnen leeres All.

Die beiden Männer warteten stumm. Sie hätten La-Forge zur Eile auffordern können, aber das erschien ihnen kaum sinnvoll.

Data – ein Gefangener? War er gezwungen worden, die *Enterprise* zu verlassen?

Oder hatte er den Borg freiwillig begleitet? Picard empfand beide Möglichkeiten als erschreckend und wußte nicht, welche Entdeckung er sich auf der anderen Seite des Transwarp-Kanals wünschen sollte.

Ging es dem Androiden vielleicht darum, Gefahren von der *Enterprise* abzuwenden? Hatte er zu diesem Zweck mit der Ausführung irgendeines komplizierten Plans begonnen?

So viele Möglichkeiten … Es fehlten konkrete Anhaltspunkte.

Bis auf einen: den Zorn auf Ohniaka Drei. Jener Zwischenfall bewies, daß Data von Emotionen überwältigt werden konnte.

»Direkt voraus bildet sich eine Subraum-Anomalie!« entfuhr es Worf.

Auf dem Wandschirm war nun zu sehen, wie sich mitten im All ein Loch formte. Es wirkte nicht so stabil wie die Tunnelöffnung, die das Shuttle aufgenommen hatte.

Und wenn schon, dachte Picard. *Wir fliegen trotzdem hinein.*

Er nickte dem Offizier am Navigationspult zu.

»Steuern Sie uns in die Anomalie«, sagte er. »Mit halber Impulskraft.«

Das Schiff verhielt sich wie ein störrisches Pferd, das vor einem Hindernis scheute.

Es erbebte.

Die Männer und Frauen an Bord hielten sich fest, wie Reiter an der Mähne.

»Energetisches Niveau sinkt auf siebenundsechzig Prozent«, brummte Worf fast vorwurfsvoll.

»Kompensation durch Zusatzenergie«, erwiderte Geordi. Seine Finger huschten über Sensorflächen.

Es knackte und knirschte in der Struktur der *Enterprise,* doch nun legte sich das Schiff in den Wind und stemmte sich dem seltsamen Sturm entgegen. Es hatte einen solchen Transfer schon einmal hinter sich gebracht und jene ›Erfahrung‹ gründlich analysiert. Deshalb wählte es nun den Weg des geringsten Widerstands.

Und dann erreichte es das Ende des Tunnels. Der gewöhnliche Weltraum erschien auf dem Wandschirm, so als sei überhaupt nichts geschehen. Doch im Vergleich zu dem Anblick zwanzig Sekunden zuvor ließen sich nun einige Veränderungen feststellen. Manche Sternkonstellationen wirkten geringfügig verzerrt.

Aus dem Kreischen der Bordsysteme wurde wieder das vertraute leise Summen.

»Eine kurze Reise«, kommentierte Riker.

Nur Picard hörte ihn, und er ging nicht auf die Bemerkung ein. »Bericht!«

Der Erste Offizier beugte sich vor und blickte auf die

Anzeigen. »Die Navigationssensoren stellen fest, daß wir fünfundsechzig Lichtjahre zurückgelegt haben.«

»Läßt sich das Shuttle lokalisieren?«

»Nein, Sir«, erwiderte Worf. »Es befindet sich nicht innerhalb unserer Ortungsreichweite.«

Riker trat zur taktischen Station. »Vielleicht finden wir energetische Spuren, die vom Triebwerk stammen.«

»Captain ...«, warf Geordi ein. »Sehen Sie sich das hier an. Ich habe eine Sondierung der drei Sonnensysteme in Sensorreichweite vorgenommen. Es gibt Anzeichen für zwei hochentwickelte Zivilisationen, aber nichts deutet auf Leben hin.« Er zögerte und wartete, bis sich der Captain genähert hatte. »In den betreffenden Systemen scheinen vor relativ kurzer Zeit Plasmawaffen eingesetzt worden zu sein.«

Picard nickte ernst. »Die Borg sind recht fleißig gewesen.«

Er verfluchte seine Unwissenheit. So viele Fragen ohne Antworten ... Die Borg waren bereit, alle Besatzungsmitglieder eines Raumschiffs zu töten – warum sollten sie vor Völkermord zurückschrecken? Der Locutus-Teil von Picard erinnerte sich viel zu gut an den Feldzug gegen Starfleet. Tausende hatten ihn mit dem Leben bezahlt.

Ging es diesmal um *Milliarden* Opfer? Waren die Borg überhaupt noch aufzuhalten?

»Ich habe die energetische Spur des Shuttle-Triebwerks gefunden, Captain«, sagte Worf.

Picard sah zum Navigationsoffizier. »Programmieren Sie einen entsprechenden Kurs. Wir folgen der Raumfähre mit voller Impulskraft.«

LaForge erhob sich und deutete auf ein Display. »Sehen Sie sich das an, Captain.«

Ärger nagte an Picards Seele, als er den Kommandobereich verließ und den rückwärtigen Teil der Brücke aufsuchte. Jetzt konnten sie nur noch der Spur folgen: einem Hauch Schubenergie im All, für bloße Augen unsichtbar. Jene energetischen Brotkrumen boten nun den einzigen Hinweis darauf, in welche Richtung sie sich wenden mußten.

Die nächsten Minuten schienen sich immer mehr zu dehnen. Sie stellten die Geduld der Brückenoffiziere auf eine harte Probe – sie alle dachten an Data.

Picard versuchte, zumindest äußerlich ruhig und gelassen zu bleiben, als er die Energiespur auf den Displays betrachtete. Während die Bordsysteme der *Enterprise* darauf reagierten, Daten aufnahmen und verarbeiteten, galten die Überlegungen des Captains dem Androiden. Er hatte sich Data immer als eine Art hochbegabtes und sehr nützliches Kind vorgestellt – oder als eine über alle Maßen vernünftige Erweiterung des eigenen Selbst. Wenn jemand mal ein wenig durchdrehte, so bot das kaum Anlaß zur Besorgnis – bei einer *Person* galt so etwas mehr oder weniger als normal. Ein gelegentlicher Verlust der Beherrschung gehörte einfach zum Leben.

Doch wenn ein komplexer Mechanismus plötzlich Fehlfunktionen entwickelte... So etwas war erschreckend. Insbesondere dann, wenn der ›Apparat‹ als lebendig definiert werden konnte. Seit H. G. Wells hatte man die künstliche Intelligenz über Jahrhunderte hinweg immer wieder als etwas Bedrohliches beschrieben. Der Grund dafür: Nur wenige Leute verstanden, was KI wirklich bedeutete.

Picard war sicher gewesen, sie zu verstehen – bis er Data begegnete. Und als es ihm gelang, die Unsicherheit in bezug auf den Androiden zu überwinden, ihm volles Vertrauen zu schenken...

Und nun geschah so etwas.

»Ein Planet, Sir«, meldete Riker. »Wir nähern uns ihm mit einem Drittel Lichtgeschwindigkeit. Klasse M. Keine feindliche Aktivität. Energetische Emissionen im Bereich des Normalen.«

»Sieht alles ganz friedlich aus«, murmelte Picard.

»Aber vielleicht trügt der Schein.« Er sah zu Riker und überließ es ihm, die notwendigen Anweisungen zu erteilen.

Der Erste Offizier brachte das Schiff so ruhig in die Umlaufbahn, als ginge es nur darum, an einer orbitalen Starbase anzulegen.

»Die energetische Spur reicht bis zu einem ganz bestimmten Punkt auf dem Planeten«, sagte Riker schließlich. »Allerdings verhindern starke Interferenzen eine gründliche Sondierung.«

»Steckt Absicht hinter den Störsignalen?«

Riker öffnete den Mund, um zu antworten, doch Geordi kam ihm zuvor.

»Offenbar ist es ein natürliches Phänomen, Sir. In der Atmosphäre des Planeten gibt es eine ausgeprägte elektromagnetische Aktivität.«

»Können wir den Transporter benutzen?«

»Das sollte eigentlich möglich sein. Aber vielleicht warten fünfzig Borg am Ort des Retransfers – es läßt sich von hier aus nicht feststellen.«

»Ich schätze, uns bleibt nichts anderes übrig, als ein Risiko einzugehen«, meinte Riker.

»Ja«, bestätigte Picard. Endlich konnten sie etwas unternehmen. »Nummer Eins ... Stellen Sie eine bewaffnete Einsatzgruppe zusammen und beamen Sie sich auf den Planeten. Der Transporterchef soll den Transferfokus ständig auf Sie gerichtet halten, damit wir Sie sofort zurückholen können, wenn sich Probleme ergeben.«

»Aye, Sir«, erwiderte Riker sofort. »Mr. Worf!«

Ein verlassenes Raumschiff wirkte traurig, selbst in einer Frühlingsumgebung.

Das kleine Shuttle stand in einer grünen Hügellandschaft. Überall wuchsen Gras, Büsche und Sträucher; das Summen von Insekten lag in der Luft.

Riker sah die Raumfähre sofort nach dem Retransfer – alles andere bemerkte er erst danach.

Worf und vier Sicherheitswächter eilten zum Shuttle, gingen dort in Stellung und nahmen eine verteidigungsbereite Position ein. Der Klingone hielt den Phaser in der einen Hand und den Tricorder in der anderen; seine Begleiter hielten bereits nach Fußspuren Ausschau.

Der Erste Offizier klopfte auf seinen Insignienkommunikator. »Riker an *Enterprise*. Wir sind auf dem Planeten. Weit und breit ist nichts von den Borg – oder von Data – zu sehen.« Er näherte sich der Raumfähre, spürte harten Boden unter den Füßen und wußte: Die Wächter würden keine Spuren finden.

Er beugte sich durch die offene Luke und fügte hinzu: »Das Shuttle ist leer.«

»Die elektromagnetischen Interferenzen beschränken die Reichweite der Tricorder«, brummte Worf auf der anderen Seite des kleinen Raumschiffs. »Sondierungen sind nur im Umkreis von hundert Metern möglich.«

Es klang beleidigt.

Noch mehr gute Nachrichten, dachte Riker. *Das Schicksal will uns keinen Gefallen erweisen.*

»Hier unten gibt es keine Gebäude«, setzte er seinen Bericht fort. »Es läßt sich nicht feststellen, wohin der Borg und Data gegangen sind, Captain.«

»Wann haben sie das Shuttle verlassen?« fragte Picard.

Der Erste Offizier beugte sich erneut durch die Luke und warf einen Blick auf die Instrumente in der Pilotenkanzel. »Das Triebwerk ist seit gut drei Stunden deaktiviert.«

»Warten Sie, Nummer Eins.«

Der Kom-Kanal blieb auch weiterhin geöffnet, und Riker lauschte der Stimme des Captains mit der Geduld eines chronischen Nägelkauers. »Angenommen, der Borg und Data sind nach wie vor zusammen... Welche Entfernung könnten sie in der Zwischenzeit zurückgelegt haben?«

Riker hätte fast geantwortet, doch dann hörte er Geordis Stimme im Hintergrund. Der Tonfall des Chefingenieurs wies auf Besorgnis hin. »Data ist selbst in schwierigem Gelände ziemlich flink. Aber nach dem, was wir über die Borg wissen ... Ich glaube nicht, daß sie zusammen schneller sind als Sie oder ich. Mit anderen Worten: Mehr als zwanzig Kilometer weit dürften sie nicht gekommen sein.«

Eine kurze Pause folgte. Riker glaubte fast zu hören, wie der Captain dachte und zu Schlußfolgerungen gelangte, die ihm nicht gefielen.

»Es sind viele Einsatzgruppen notwendig, um einen so großen Bereich zu durchsuchen«, sagte er schließlich. »Aber die Umstände lassen uns keine Wahl. Picard an Riker.«

»Hier Riker.«

»Ich schicke Ihnen weitere Leute, Will. Richten Sie einen Kommandoposten ein und entwickeln Sie einen Suchplan. Wir müssen diese Sache zu Fuß erledigen.«

Riker seufzte innerlich, als er daran dachte, was ihnen bevorstand. »Verstanden, Sir«, bestätigte er die Anweisungen.

»Picard Ende.«

Das kaum merkliche Vibrieren des Insignienkommunikators ließ nach, und daraufhin wußte der Erste Offizier, daß die Kom-Verbindung zum Schiff unterbrochen war.

»Worf!« rief er. »Geben Sie Ihren Tricorder jemand anders und kommen Sie hierher. Anstrengende Arbeit wartet auf uns.«

»Mr. LaForge ... Ich möchte Shuttles für Aufklärungsflüge in geringer Höhe einsetzen. Alle qualifizierten Piloten sollen sich im Haupthangar einfinden.«

»Aye, Sir.«

Picard hatte das Gefühl, als würde sich eine imaginäre Schlinge um seinen Hals zusammenziehen. Zur Ausstattung der *Enterprise* gehörten viele Shuttles und Kleintransporter, doch er war fast versucht, auch den Einsatz von Wartungsschlitten und individuellen Antigravmodulen anzuordnen – alles zu dem Zweck, den Zweiten Offizier in einem Stück zurückzuholen.

Bei diesem Gedanken zuckte der Captain innerlich zusammen. *In einem Stück*... Ein umgangssprachlicher Ausdruck, der in diesem besonderen Kontext ohne Sinn blieb. Manchmal hatte er Data in mehreren Stücken gesehen, und er legte keinen Wert darauf, daß sich eine solche Erfahrung wiederholte.

»Alle zur Verfügung stehenden Besatzungsmitglieder, unter ihnen auch Sie und ich, werden in Gruppen aus jeweils vier Personen eingeteilt«, sagte Picard. »Jede Gruppe bekommt drei Handphaser und ein Gewehr. An Bord der *Enterprise* bleibt nur eine Minimalcrew zurück.«

Geordi wandte sich dem Turbolift zu – und zögerte. »Wer bekommt den Befehl über das Schiff?«

Der Captain überlegte kurz. Unter normalen Umständen ging das Kommando auf Offiziere und nach ihnen auf Besatzungsmitglieder mit Pilotenstatus über.

Aber dies waren keine normalen Umstände.

KRANKENSTATION, CHIRURGISCHE ABTEILUNG

»Ach du meine Güte!«

Beverlys Aufmerksamkeit wurde durch Deanna Trois Stimme vom Operationstisch abgelenkt.

»Erschrecken Sie mich nicht so«, sagte sie. »Und kommen Sie herein. Keine Angst – er ist tot.«

Dr. Crushers Hände waren kalt. Sie verabscheute es zu sezieren, wenn sie nervös war.

Sie atmete tief und gleichmäßig, summte die Melodien alter Lieder und versuchte auf diese Weise, einen kühlen Kopf zu bewahren.

Sie hatte Autopsien an vielen Geschöpfen durchgeführt, doch dieses maschinenartige Monstrum erfüllte sie mit Unruhe und Furcht.

Die Operationsleuchte glühte über den freigelegten inneren Organen des Borg und projizierte einen gespenstischen Glanz ins Gesicht der näher tretenden Counselor.

»Wie können Sie sicher sein, daß er wirklich tot ist?« fragte Deanna.

»Weil ich gerade sein zentrales Nervensystem seziert und gründlich analysiert habe«, erwiderte Beverly. »Eins steht fest: Von diesem Burschen hat niemand mehr etwas zu befürchten.«

»Ich wußte nicht, daß Sie mit… einer solchen Angelegenheit beschäftigt sind«, meinte Troi. »Zwar hat mir jemand mitgeteilt, daß sich zwei Borg in der Krankenstation befinden, aber…«

»Wie bitte? Soll das heißen, Sie sind nicht hierhergeeilt, um das Spektakel zu genießen? Sie können mir sogar helfen, wenn Sie wollen…«

»Nein, danke! Ich wahre einen sicheren Abstand und sehe einfach nur zu. Äh, sind Sie allein?«

»Nein. Zwei meiner Assistenten haben sich den anderen Borg vorgenommen, und drei Gruppen untersuchen verschiedene Körperteile. Was ist auf der Brücke los? Der Captain hat noch nicht einmal einen Bericht angefordert. Schon seit einer halben Stunde erwarte ich, daß er sich mit mir in Verbindung setzt.«

Deanna runzelte die Stirn. »Captain Picard hat zu tun. Data ist fort.«

»Er ist fort?« Beverly zögerte. Rosarote Flüssigkeit aus der Wirbelsäule des Borg tropfte von ihren Handschuhen. »Was soll das heißen?«

»Er wurde entführt – das vermuten wir wenigstens. Es könnte aber auch sein, daß er den Borg-Gefangenen aus irgendeinem Grund freiwillig begleitete. Sie verschwanden mit einem Shuttle.«

Beverly Crusher kam sich vor wie jemand, der die Ereignisse der letzten Tage verpaßt hatte. »Crosis ist entkommen?«

Sie sah sich selbst, wie sie vor dem Schirmfeld im Zugang der Arrestzelle stand und den Borg beobachtete. Ganz deutlich entsann sie sich an das Unheil in seinem einen sichtbaren Auge ... Die Ärztin schauderte, als sie sich vorstellte, daß ein solches Wesen – ein Ungeheuer – die *Enterprise* durchstreifte.

In Deannas Gesicht veränderte sich etwas, deutlicher Hinweis darauf, daß sie Beverlys starke emotionale Reaktion bemerkt hatte.

Die Falten fraßen sich tiefer in Trois Stirn. »Crosis? Ein Borg mit einem Namen?«

Beverly stützte sich an dem Operationstisch ab und seufzte. »Wir sollten eine Wanze im Büro des Captains verstecken – dann erführen wir vielleicht immer die ganze Geschichte und nicht nur einen Teil davon.«

»Ja, vielleicht«, sagte Deanna. Es sollte scherzhaft klingen, aber sie lächelte nicht – der aufgeschnittene Borg hinderte sie daran.

»Was führt Sie hierher?« fragte die Ärztin. Sie griff zwischen eine Bandscheibe und etwas, das wie ein Biofilternetz aussah.

»Ich kam mir während des ganzen Durcheinanders wie das fünfte Rad am Wagen vor«, gestand Deanna. »Außerdem wollte ich mit Ihnen über Data und seinen psychischen Zustand reden.«

»Hat er überhaupt einen?«

»Ich glaube schon. Seit kurzer Zeit.«

Beverly sah abrupt auf. »Wie meinen Sie das?«

»Picard an Crusher.«

»Na bitte. Wenn Sie bitte so freundlich wären ...« Die Ärztin wandte ihre linke Seite der Counselor zu, die für sie auf den Insignienkommunikator klopfte. »Hier Crusher, Captain.«

»Wir haben einen Notfall, Doktor. Ich brauche Sie hier

auf der Brücke. Sie bekommen das Kommando über die *Enterprise.*«

Die beiden Frauen starrten sich groß an. Damit hatten sie bestimmt nicht gerechnet.

Picard wußte ihr Schweigen offenbar zu deuten. »Die aktuelle Situation erfordert den planetaren Einsatz aller Offiziere und Piloten«, erklärte er. »Commander Data ist mit einem Shuttle durch eine wurmlochartige Anomalie im All geflogen. Vielleicht hat man ihn dazu gezwungen, vielleicht auch nicht. Wir sind ihm durch den Tunnel in der Raum-Zeit gefolgt und treffen nun Vorbereitungen dafür, ohne die Hilfe der Sensoren ein bestimmtes Gebiet auf dem Planeten unter uns zu durchsuchen. Ich möchte, daß ein Senioroffizier das Kommando hat.«

»Ich habe mich über die Erschütterungen gewundert...«, murmelte Beverly. Etwas lauter und fester: »Ich bitte um Entschuldigung, Sir, aber ich sehe keinen Sinn darin, den Befehl über die *Enterprise* mir zu geben. Die Kommandokette reicht bis zum letzten Maat im Maschinenraum, bevor das medizinische Personal an die Reihe kommt. Wir sind die einzigen Leute an Bord, die absolut keine Pilotenerfahrung haben und trotzdem eine Starfleet-Uniform tragen. Mir fällt's schwer, zwischen Kurs und Konkurs zu unterscheiden.«

»Aber Sie kennen die Physiologie der Borg«, erwiderte Picard. »Sie wissen über ihre Verhaltensmuster und Schwächen besser Bescheid als sonst jemand an Bord. Deshalb möchte ich Ihnen das Kommando übergeben, wenn ich die *Enterprise* verlasse, Doktor. Ihre Crew besteht aus Technikern und Junior-Besatzungsmitgliedern – sie fliegen das Schiff, wann und wohin Sie wollen. Wenn diese Sache zu einer interstellaren Krise führt, so soll aus dem Logbuch hervorgehen, daß die Entscheidung vom ranghöchsten Offizier an Bord getroffen wurde. Bringen Sie das Wesen in kryonischer Stasis unter, waschen Sie sich die Hände und kommen Sie in einer halben Stunde in den Bereitschaftsraum, damit ich Ihnen die Lage schildern kann.«

Eine seltsame Taubheit dehnte sich in Beverly aus. Über die Operationsleuchte hinweg blickte sie zu Deanna, deren Gesicht Verblüffung und Mitgefühl zeigte.

Zwei oder drei Sekunden später straffte Dr. Crusher die Schultern und deaktivierte das sterilisierende Feld.

»Ich verstehe«, sagte sie.

DIE BRÜCKE, ZWEI STUNDEN SPÄTER

»Wenn die Borg angreifen, so warten Sie nicht darauf, daß ich zusammen mit den anderen zurückkehre. Steuern Sie die *Enterprise* in den Transwarp-Kanal und kehren Sie zur Föderation zurück.«

Aus dem Mund von Jean-Luc Picard klang das alles ganz einfach.

Beverly beschloß, ihm eine einfache Antwort zu gaben. »Alles klar.«

Fast hätte sie laut gestöhnt. *»Alles klar«? Warum füge ich nicht auch noch ein fröhliches ›Kumpel‹ hinzu?*

Der Captain musterte sie, und sein Blick vermittelte eine stumme Botschaft: Sie beide mußten nun mit Situationen fertig werden, die ihnen nicht gefielen.

Jean-Luc trug eine Waffe: Er war darauf vorbereitet, daß es hart auf hart ging, daß es wirklich brenzlig wurde. Es gefiel Beverly nicht sonderlich, ihn auf diese Weise zu sehen: bereit, in den Kampf zu ziehen.

Sie hielt dem durchdringenden Blick des Captains stand und dachte dabei an die Beziehung zwischen ihnen, die besonderer Natur war und es vermutlich auch immer sein würde. Zwar hatten sie beide beschlossen, sich nicht zu nahe zu kommen, aber trotzdem existierte eine gewisse emotionale Intensität, von der sie sich nicht befreien konnten oder wollten.

Die Ärztin begriff nun: Picard gab ihr den Befehl über

die *Enterprise* nicht nur deshalb, damit ein Offizier die Verantwortung übernahm – für den Fall, daß etwas Katastrophales geschah. Nein, es ging dem Captain nicht allein um ihren Rang. Er wollte jemanden an seinem Platz wissen, dem er vertraute, den er für fähig hielt. Die Kommandokette interessierte ihn dabei überhaupt nicht. Wenn es um die *Enterprise* und das Leben ihrer Besatzungsmitglieder ging, war Picard bereit, die Vorschriften zu ignorieren und eigene Entscheidungen zu treffen.

»Viel Glück, Jean-Luc«, sagte Beverly leise.

Ein Teil des Ernstes in Picards Miene verflüchtigte sich, als er das Lächeln der Ärztin sah.

Er lächelte ebenfalls, wenn auch ein wenig gezwungen. »Viel Glück … Captain.«

10

AUF DEM PLANETEN

Der Planet wirkte trügerisch einladend, präsentierte den Besuchern blühende Büsche und summende Wiesen. Die hügelige Landschaft schmeichelte dem Auge und lockte mit unberührter Jungfräulichkeit. In der Ferne ragten obsidianschwarze Berge auf. Das Gras war wie Flanell.

Einige Dutzend Meter entfernt brach eine weitere Gruppe auf, um mit der Suche zu beginnen.

Captain Picard sah sich einmal um und konzentrierte seine Aufmerksamkeit dann auf die unmittelbare Umgebung. Geordi LaForge, Deanna Troi und ein Sicherheitswächter gehörten zu seiner eigenen Suchgruppe.

Zusammen mit ihnen näherte er sich dem Shuttle.

Davor saßen Riker und Worf an einem Tisch, auf dem ein Computerterminal stand.

»Bisher sind zwölf Gruppen im Einsatz«, sagte der Erste Offizier. Er deutete auf den Bildschirm, vollführte dann eine Geste, die dem Land galt. »Ihrem Team habe ich Sektor Gamma zwei fünf zugewiesen – er erstreckt sich in jener Richtung. Worf und ich nehmen uns Theta eins sechs vor, sobald die letzte Gruppe eingetroffen ist.«

Picards Anspannung war so groß, daß er nicht einmal nickte. »Wer bleibt am Kommandoposten zurück?«

Riker wies auf zwei in der Nähe stehende Techniker. »Wallace und Towles.«

Der Captain erlaubte sich ein Seufzen – manchmal empfand es ein Senioroffizier als frustrierend, wenn er feststellen mußte, daß bereits alles erledigt war. Er sah von Troi zu LaForge. »Fertig?«

Die anderen wechselten einen kurzen Blick und folgte ihm ohne ein »Ja, Sir«.

Picard machte ihnen deshalb keine Vorwürfe. Es schien schon jetzt ein ziemlich langer Tag zu sein.

Stunden vergingen, bevor er die erste Rast zuließ. Dauernd nahmen sie Sondierungen mit den Tricordern vor, und es dauerte nicht lange, bis sie voller Sehnsucht an die leistungsfähigen Scanner der *Enterprise* dachten – damit konnte man selbst eine zehntausend Kilometer entfernte Mücke entdecken.

Als Picard stehenblieb und seinen Tricorder auf den Hang eines Hügels richtete, nutzte Deanna die gute Gelegenheit und setzte sich. Geordi nahm nicht Platz, aber er verlagerte das Gewicht erschöpft vom einen Bein aufs andere und seufzte tief, als er das Display seines Ortungsgeräts betrachtete.

»Irgend etwas Besonderes, Mr. LaForge?« fragte Picard.

Geordi zögerte, doch die Anzeigen des Tricorders veränderten sich nicht. »Nein, Sir.«

»Was halten Sie davon, wenn wir einen unserer Phaser so modifizieren, daß er einen luwetrischen Impuls sendet? Dadurch könnte es zu einer Resonanzfluktuation in Datas Energiezellen kommen.«

»Die sich mit Hilfe unserer Tricorder anmessen ließe«, erwiderte Geordi und zuckte andeutungsweise mit den Schultern. »Ich habe bereits daran gedacht. Das Problem ist: Der Impuls müßte so stark sein, daß er im positronischen Netz Datas eine wahrscheinlich fatale Überlastung bewirkt und ...«

»Captain!«

Die beiden Männer drehten sich um.

Troi stand nun und sah in die entgegengesetzte Richtung. Falten fraßen sich in die Stirn der Counselor, als sie die Anzeigen ihres Tricorders betrachtete.

»Ich glaube, ich habe etwas gefunden«, sagte sie vorsichtig.

Picard ging voran. Zusammen mit Geordi eilte er an Troi vorbei und schob sich durchs Gebüsch.

Der Sicherheitswächter versuchte, zu ihnen aufzuschließen und die Spitze zu übernehmen, um im Falle eines Angriffs den Captain zu schützen. Das Phasergewehr hielt er an die Brust gepreßt, damit es sich nicht im Dickicht verfing.

Sie hatten bereits Erfahrungen mit Deannas intuitiven Entdeckungen gesammelt. Wenn sie von ›ich glaube‹ sprach, meinte sie meistens ›ich weiß‹.

Kurz darauf bemerkten sie etwas, das wie der obere Teil eines Gebäudes aussah. Oder handelte es sich um den Gipfel eines fernen Berges? Spielten ihnen die müden Augen einen Streich?

Nein, es war tatsächlich ein Bauwerk.

»Kommen Sie«, sagte Picard leise.

Vielleicht näherten sie sich nun einer Ruine, die seit zehntausend Jahren in der frischen Brise dieses permanenten Frühlings verfiel.

Sie kletterten, bis sie vor Anstrengung keuchten, bis sie das Etwas sahen, dem ihre Bemühungen galten. Es war so groß, daß es die Entfernung scheinbar schrumpfen ließ. Sie mußten noch fast einen Kilometer zurücklegen, bevor sie in die Nähe des gewaltigen Gebäudes gelangten. Jetzt konnte man es nicht mehr mit einem Berg verwechseln.

Nein, es handelte sich gewiß nicht um ein natürlich entstandenes Objekt. Maschinen und Hände hatten es geschaffen, aus ziegelartigen Steinen. Wie unheilvoll ragte es zwischen den Hügeln auf.

Als Picard und seine Begleiter die eine Seite erreichten, sahen sie unverständliche Hieroglyphen in der Mauer. Was mochten jene Zeichen bedeuten?

Der Captain zog den Phaser. Geordi arbeitete mit dem Tricorder und konzentrierte sich so sehr auf das Ortungsgerät, daß er auf dem Weg zum Gebäude mehrmals stolperte.

»Das Innere läßt sich kaum sondieren«, sagte er nach einer Weile.

Es ärgerte Picard, daß er sich immer nur mit halben Antworten zufriedengeben mußte. »Läßt sich feststellen, ob dieses Bauwerk von den Borg geschaffen wurde?«

»Ich bezweifle es. Die Steine und anderen Baumaterialien stammen ausschließlich von diesem Planeten. Außerdem habe ich bisher keine energetischen Spuren von Borg geortet… Dort drüben, etwa zwanzig Meter entfernt, befindet sich ein Zugang.«

Picard trat wortlos an seinen Gefährten vorbei und bahnte sich einen Weg durch die wuchernde Vegetation.

Sie alle wandten sich in die Richtung, in die LaForge gedeutet hatte, und kurze Zeit später betraten sie einen großen, dunklen Raum. Er wirkte wie ein Konzertsaal ohne Stühle und ohne Publikum, enthielt weder Hinweise auf seinen Zweck noch irgendwelche schießwütigen Borg. Hier und dort zeigte sich ein seltsames Glühen und verdrängte einen Teil der Finsternis. Sonnenschein, der durch Fugen und Ritzen filterte? Oder künstliches Licht?

Auch diese Frage blieb unbeantwortet.

Picard und die anderen warteten, bis sich ihre Augen ans Halbdunkel gewöhnt hatten. Dann setzten sie den Weg fort.

Am Ende des Saals fanden sie eine Plattform und mehrere Türen, die darauf hindeuteten, daß es noch viele andere Räume gab.

»Vielleicht ist dies so etwas wie eine Versammlungshalle«, spekulierte Deanna.

Picard sah sich argwöhnisch um. »Kein Staub und kein Unkraut. Dieses Gebäude kann nicht seit Jahrtausenden verlassen sein. Jemand hat dafür gesorgt, daß dieser Ort in einem guten Zustand blieb.«

Geordi sah auch weiterhin auf die Anzeigen des Tricorders, der sich nach wie vor hartnäckig weigerte, ihm

Daten zu liefern. Er schnitt eine Grimasse und richtete das Gerät auf eins der Lichter.

»Hier stimmt was nicht«, sagte er verblüfft. »Der Tricorder registriert keine energetischen Emissionen von der Lichtquelle.«

Picard trat näher und wandte sich widerstrebend von der Plattform mit den Türen ab, um auf das Display zu blicken.

»Ein Schirmfeld!« entfuhr es ihm. »Das ganze Gebäude könnte vor Sondierungssignalen abgeschirmt sein. Verschwinden wir von hier.«

Sie drehten sich um – aber es war bereits zu spät.

Schreie erklangen und hallten durch den Saal. Ein unheimliches Kreischen – wie von Banshees, die einen Todesfall im Dorf ankündigten.

Mehr als zwanzig Borg sprangen durch die Türen und Korridoröffnungen. Mit dämonischem Geheul griffen sie an.

Der Sicherheitswächter hob das Gewehr, doch er konnte den Auslöser nur einmal betätigen. Fünf Strahlblitze trafen ihn, und als das Fauchen der Entladungen verklang, war nichts mehr von dem Mann übrig.

Wo er eben noch gestanden hatte, zerfaserte nun eine Rauchwolke.

Wie entsetzlich, auf diese Weise zu sterben! Sich einfach in Luft aufzulösen ... Es kam einer Verhöhnung des Lebens gleich. Geboren zu werden, zu wachsen und zu lernen, zu hoffen und zu träumen – um dann einem gnadenlosen Feind zum Opfer zu fallen, der die individuelle Existenz einfach auslöschte.

Picard erstickte fast an der Ungerechtigkeit dieses Vorgangs.

Ungeachtet der gefährlichen Situation dachte er daran, der Familie des Sicherheitswächters einen Brief zu schreiben, seinen Angehörigen mitzuteilen, warum nichts von ihm übrig war, das sich bestatten ließ.

Wie sehr er solche Brief haßte ...

Besinn dich auf das Hier und Jetzt!

Ihre Bewaffnung bestand jetzt nur noch aus Handphasern, was bedeutete: Picard und seine Begleiter waren in die Defensive gedrängt. Deanna und Geordi feuerten nicht – sie warteten auf das Zeichen des Captains. Sie durften keine Energie vergeuden und mußten die Ladungen der Ergzellen für einzelne Salven verwenden.

Der Gegner war weit in der Überzahl. Die Borg knirschten mit den Zähnen, und in ihren Augen blitzte es, als sie sich näherten. Die Spulen der Lebenserhaltungssysteme vibrierten – deutliches Zeichen dafür, daß die Erregung der robotischen Geschöpfe wuchs.

Jetzt sah Picard mit eigenen Augen, was Riker ihm beschrieben hatte, und er begriff: Worte allein genügten nicht, um einen umfassenden Eindruck von der Veränderung zu vermitteln. Irgend etwas hatte das Böse in eine Kultur gebracht, die bereits von Unheil und Verdorbenheit geprägt gewesen war.

Der Captain stand nicht zum erstenmal dem Tod gegenüber, doch diesmal sah er ihn in Gestalt von Monstren, die direkt aus der Hölle zu kommen schienen. Unter solchen Umständen genügte ein Blinzeln, um zu sterben. Er zwang sich, die Augen geöffnet zu halten.

Tief in seinem Innern erbebte etwas, als er sich vorstellte, daß sein eigenes Leben ebenso enden konnte wie das des Sicherheitswächters – in einer Rauchwolke. Nein, das durfte sich nicht wiederholen, weder bei ihm noch bei den anderen.

»Halt!«

Dem Himmel sei Dank – Data!

Tiefe Erleichterung durchströmte den Captain. Wenn die Borg jetzt nur ...

Sie verharrten abrupt, wie gehorsame Marionetten.

Picard hob den Kopf und sah zur Plattform.

Data stand dort. Er trug keine Uniform mehr, und seine Kleidung wies seltsame Symbole auf, die der Captain nun zum erstenmal sah.

»Data?« fragte er, und seine Stimme schien den ganzen Saal zu füllen.

Das Wesen auf der Plattform lächelte hintergründig.

Die neben Picard stehende Deanna Troi schnappte plötzlich nach Luft. »Das ist nicht Data!« platzte es aus ihr heraus.

»Sie sollten auf die Counselor hören, Captain«, sagte der Androide. »Offenbar versteht sie weitaus mehr.«

Das arrogante Gebaren wirkte irgendwie vertraut. Der vermeintliche Data war ein Zerrbild des Offiziers, den sie alle kannten und dem sie mehrmals ihr Leben anvertraut hatten – ohne jemals enttäuscht zu werden.

Eine bittere Erkenntnis reifte in Picard heran. »Lore«, sagte er leise.

»Ja«, bestätigte das Geschöpf. »Und ich bin nicht allein.«

Der Androide lächelte süffisant und sah zur Seite.

Picard, Geordi und Deanna folgten seinem Blick.

Data.

Ja, diesmal war er es wirklich, gekleidet in eine Starfleet-Uniform. Er stand in der üblichen Haltung, und nichts deutete auf Verletzungen hin. Alles in Ordnung.

Doch das Gesicht …

Der Ausdruck darin entsprach nicht dem Data, den sie kannten. Er erweckte den Eindruck, sie überhaupt nicht zu erkennen. Nein, schlimmer: Es schien ihm *gleichgültig* zu sein, wer sie waren.

»Die Söhne von Soong haben sich verbündet«, sagte Data.

Die Miene des Androiden zeigte ein neues Gefühl.

Stolz.

»Gemeinsam werden wir die Föderation vernichten«, fügte er hinzu.

Picard wollte ihm einen Befehl erteilen, um festzustellen, wie er darauf reagierte. Um herauszufinden, ob noch etwas von jener *Person* existierte, mit der sie über

Jahre hinweg zusammengearbeitet hatten, die sie alle kannten und schätzten.

Doch er bekam keine Chance dazu. Andere Stimmen erklangen, und seine eigene hätte sich in ihnen verloren.

Die blutleeren Lippen der Borg teilten sich, und erneut ertönte ihr nervenzerfetzendes Kreischen – ein Heulen, das zur Decke des Saals emporraste, dort abprallte und herabschmetterte.

Sie bejubelten ihre Herren …

11

LOGBUCH DES
STELLVERTRETENDEN CAPTAINS,
NACHTRAG:

Die an Bord der *Enterprise* zurückgebliebene Minimalcrew kann nicht bei der Suche nach Commander Data helfen. Die ungewöhnlich starken elektromagnetischen Interferenzen beeinträchtigen die Leistungsfähigkeit der Sensoren. Das Ortungspotential des Schiffes ist drastisch reduziert, was bedeutet: Wir könnten praktisch jeden Augenblick von einem Borg-Raumer überrascht werden.

Beverly Crusher drehte sich um und sah zur taktischen Station. Die dort sitzende Frau erschien ihr viel zu jung – vor den komplexen Kontrollen wirkte sie winzig und hilflos.

Bin ich jemals so jung gewesen?

Beverly verdrängte diese sentimentale Frage. Dies war nicht der geeignete Zeitpunkt, um an den Fähigkeiten der jungen Leute im Kontrollraum zu zweifeln. *Ihnen blieb ebensowenig eine Wahl wie mir. Ich werde jetzt mit Dingen konfrontiert, von denen ich mich überfordert fühle; diesen jungen Männern und Frauen ergeht es ebenso.*

»Fähnrich ...«, sagte die Ärztin. »Wir müssen die Sensoren so modifizieren, daß sich die EM-Impulse weniger störend auswirken.« Sie beugte sich ein wenig vor und schlüpfte instinktiv in die Rolle der Mutter. »Sind Sie dazu imstande?«

Die junge Frau war ganz offensichtlich nervös. Kein Wunder. Sie befand sich zum erstenmal in einer derartigen Situation.

»Ja, Sir.« Einige Sekunden verstrichen, bevor sie hinzufügte: »Ich glaube es jedenfalls.«

Sie versuchte, die taktischen Kontrollen so zu bedienen, als sei sie bestens mit ihnen vertraut – aber sie war es eben nicht. Und deshalb brauchte sie für die Aufgabe wesentlich mehr Zeit als ein erfahrener Offizier. Ihre Körpersprache verriet sowohl Unsicherheit als auch ehrliches Bemühen.

Beverly lächelte. »Wie heißen Sie?«

Die junge Frau warf ihr einen kurzen Blick zu und versuchte, noch schneller zu arbeiten. »Taitt, Sir.«

»Ich erinnere mich nicht daran, Sie schon einmal gesehen zu haben.«

Bei einer anderen Person – sogar beim Captain – hätte eine solche Bemerkung dumm geklungen, aber als Bordärztin lernte Beverly Crusher früher oder später alle Besatzungsmitglieder kennen.

Allerdings bin ich nicht als Ärztin hier, sondern nehme Jean-Luc Picards Platz ein – das erwartet man von mir.

»Ich kam vor sechs Wochen an Bord«, erwiderte Taitt kleinlaut. Sie berührte Sensorflächen auf der Konsole, zögerte, korrigierte Fehler, veränderte Justierungen und nahm neuerliche Korrekturen vor. Entschlossen setzte sie den Versuch fort, die negativen Auswirkungen der elektromagnetischen Strahlung auf die Sensoren zu verringern.

Beverly seufzte, und dabei ging es nicht nur um die junge Frau, sondern um alle Personen auf der Brücke – sie saßen nun vor Geräten, die sie nur aus den Simulationskammern der Starfleet-Akademie kannten.

»Nun, Taitt…« Beverly Crusher sprach so laut, daß ihre Stimme auch die übrigen ›Brückenoffiziere‹ erreichte. »Sicher haben Sie nicht damit gerechnet, nach nur sechs Wochen als taktischer Offizier tätig zu werden.«

Die junge Frau sah erneut zu ihr, und in ihren Augen zeigte sich Dankbarkeit für den Hinweis, daß die anderen ihre mißliche Lage teilten.

»Nein, Sir«, erwiderte sie. »Das habe ich wirklich nicht... Ich glaube, es ist mir jetzt gelungen, einen Teil der Störsignale von der Sensorerfassung fernzuhalten. Modifikationen werden aktiviert.«

»Gute Arbeit«, sagte Beverly, noch bevor sich herausstellte, ob Taitt erfolgreich gewesen war.

Crusher schritt zum unteren Brückendeck und hoffte, daß ihre Beine nicht zitterten – zumindest nicht mehr als Taitts Hände. Vielleicht fühlte sie sich besser, wenn sie im Kommandosessel saß. Taitt empfand es bestimmt nicht als angenehm, wenn die Stellvertreterin des Captains direkt hinter ihr stand, während sie versuchte, unvertraute Aufgaben mit unvertrauten Instrumenten zu bewältigen.

»Riker an *Enterprise*.«

Beverlys Anspannung nahm jäh zu. »Ich höre, Will.«

»Ich bekomme keinen Kontakt zum Captain.« Die Stimme des Ersten Offiziers klang besorgt. »Vielleicht liegt es an den Interferenzen, aber ich möchte ganz sicher sein.«

»Verstehe«, entgegnete Beverly und hoffte, daß auch der Kommunikationscomputer verstand. »*Enterprise* an Picard.«

Während der ersten fünf Sekunden erhoffte sie sich eine Antwort. Sie dachte an technische Gründe dafür, daß sich keine Kom-Verbindung zu Jean-Luc herstellen ließ. Irgendein Defekt. So etwas kam vor. Manchmal versagte der eine oder andere Schaltkreis. Oder es lag an den EM-Impulsen, wie Riker glaubte.

Nach sieben Sekunden wußte Beverly, daß der Captain in Schwierigkeiten war.

Sie versuchte es noch einmal. »Crusher an Picard.«

»Ich empfange auch keine Kom-Signale von den anderen Mitgliedern der Suchgruppe, zu der Captain Picard gehört«, meldete Taitt.

Beverly spürte, wie sich ihre Nackenmuskeln versteiften, als sie zur taktischen Station sah. »Als sie sich das letzte Mal meldete, begannen sie mit der Untersuchung eines Gebäudes im Sektor Gamma zwei fünf.«

Sie wußte, daß Riker mithörte, und von ihm erwartete sie eine Antwort – nicht von der jungen Frau, die plötzlich erblaßte.

»Sir ... Ein Raumschiff nähert sich uns!«

Die Kommandantin drehte sich um. »Ein Schiff der Borg?«

Taitt rang mit den Kontrollen. Hier und dort unterliefen ihr neue Fehler, die korrigiert werden mußten.

»Die ... die Konfiguration ähnelt der eines Raumers, dem die *Enterprise* schon einmal begegnete, und zwar in der Nähe von Ohniaka Drei.«

»Alarmstufe Rot!« Beverly sprang auf. »Wann erreicht das Schiff Gefechtsdistanz?«

»Äh ...« Taitt schnappte nach Luft. »In ... neunzig Sekunden. Das heißt ... nein, in siebzig!«

Die junge Frau versuchte tapfer, nicht die Fassung zu verlieren, und die anderen folgten ihrem Beispiel. Einige von ihnen wechselten verstohlene Blicke, um festzustellen, ob ihre Kameraden ebenso nervös waren wie sie selbst.

Diese Brückencrew bildete kein reibungslos funktionierendes Team, und sie konnte auch nicht hoffen, bis zum Eintreffen der Borg alle notwendigen Erfahrungen zu sammeln.

Beverly zwang sich, nur noch an die Erfordernisse des Augenblicks zu denken: das Schiff dort draußen, der Umstand, daß sie die einzige Verbindung zu ihren Freunden und Kollegen auf dem Planeten darstellte.

Es kam darauf an, sofort zu handeln.

»Crusher an Transporterraum Drei«, sagte sie.

»Hier Salazar, Sir.«

»Beginnen Sie damit, die Einsatzgruppen zurückzuholen!«

»Aye, Sir.«

Salazars Stimme klang ruhig, und Beverly hielt sich geistig daran fest, bemühte sich um die gleiche Art von Gelassenheit. »Setzen Sie auch die Frachttransporter ein, wenn es nötig ist. Der Retransfer muß so schnell wie möglich erfolgen.«

»Beverly ...«, warf Riker ein. »Worf und ich bleiben hier, um nach der Gruppe des Captains zu suchen.«

Die Vorstellung, Jean-Luc zurückzulassen, belastete sie sehr. Jetzt kam ein anderer beunruhigender Gedanke hinzu: *Wenn Riker auf dem Planeten bleibt, muß ich auch weiterhin den Captain vertreten.*

Und damit noch nicht genug. Die Borg waren erbarmungslos. Selbst wenn es dem Ersten Offizier gelang, Picard zu finden: Die Borg würden sie verfolgen. *Wohin sollen Will und Jean-Luc fliehen, wenn sich die* Enterprise *nicht mehr im Orbit befindet?*

Beverly drehte den Kopf und sah zum Wandschirm, der den Planeten zeigte. »Ich lasse Sie nicht dort unten.«

»Nehmen Sie so viele Personen wie möglich auf und steuern Sie das Schiff dann in den Transwarp-Kanal«, erwiderte Riker. »Der Captain hat angeordnet, die *Enterprise* in den Föderationsraum zurückzubringen.«

Beverly hielt unwillkürlich den Atem an. Selbst wenn man sie ›Sir‹ nannte und Befehle von ihr entgegennahm: Sie war nicht der Captain, und daran hatte man sie gerade erinnert. Sie mußte sich an Jean-Lucs Anweisungen halten, auch wenn es bedeutete, Besatzungsmitglieder auf dem Planeten zurückzulassen. Jene Leute gehörten nicht zu *ihrer* Crew, begriff sie nun, sondern zu der Picards. Nach ihm war Riker dafür zuständig, und nach ihm ... Data.

Datas Rettung mußte noch weitaus wichtiger sein, als

Beverly bisher angenommen hatte. Immerhin gab Riker ihr den Vorrang gegenüber seiner primären Pflicht, die darin bestand, das Schiff zu schützen.

Ging es ihm vielleicht um den Schutz der ganzen Föderation?

Die Order des Captains ...

Ein Kloß schien sich im Hals der Ärztin zu bilden. »Bestätigung.«

»Riker Ende.«

Damit bestand keine Kom-Verbindung mehr zum Planeten. Beverly wußte nun, was Riker und die anderen von ihr erwarteten. Sie fühlte sich innerlich hin und her gerissen. O ja, sie verfügte über Kommandoautorität, aber leider genügte sie nur, um das Schiff in Sicherheit zu bringen.

»Treffen Sie Vorbereitungen dafür, aus der Umlaufbahn zu schwenken«, sagte sie zu dem jungen Mann an den Navigationskontrollen.

»Sir!« rief Taitt hinter ihr. »Das energetische Niveau in den bugwärtigen Waffensystemen des Borg-Schiffes steigt! Gefechtsdistanz wird in ... zwanzig Sekunden erreicht.«

»Salazar!« sagte Beverly. »Wie viele Personen befinden sich noch auf dem Planeten?«

»Dreiundsiebzig, Sir«, antwortete der Transporteroffizier.

Die Ärztin trat vor und blickte auch weiterhin zum zentralen Projektionsfeld. »Das Borg-Schiff auf den Schirm.«

Jemand kam der Aufforderung nach, und auf dem großen Schirm erschien ein grauer Raumer. Er näherte sich schnell.

»Soll ich die Schilde aktivieren, Sir?« fragte Taitt mit vibrierender Stimme.

»Noch nicht. Ich möchte bis zur letzten Sekunde Leute aufnehmen.«

Aus den Augenwinkeln bemerkte Beverly den einen

oder anderen Blick. Die jungen Männer und Frauen wußten, daß die Stellvertreterin des Captains ihre Befehle mißachtete, indem sie länger im Orbit blieb als unbedingt notwendig. Dr. Crusher fühlte sich im Zentrum der allgemeinen Aufmerksamkeit.

»Noch zehn Sekunden«, sagte Taitt.

»Bereitschaft – auf meinen Befehl hin Schilde aktivieren und aus dem Orbit schwenken.«

»Noch fünf Sekunden.«

»Jetzt!«

Ohne jede Vorwarnung eröffnete der Borg-Raumer das Feuer. Die *Enterprise* erbebte, schlingerte und neigte sich nach Backbord.

»Kapazität der Deflektoren auf siebzig Prozent gesunken!« rief Taitt.

»Das Feuer erwidern und dabei die energetischen Frequenzen verändern«, sagte Beverly und hielt sich an der Rückenlehne des Kommandosessels fest. Hoffentlich stimmten die Ausdrücke. Sie hatte nur an einem Seminar für ›Anweisungen in Notsituationen‹ teilgenommen – zum Glück brauchten Ärzte ein gutes Gedächtnis.

»Äh, ja«, bestätigte Taitt.

»Feuer!« befahl Beverly.

Strahlblitze zuckten durchs All und erfaßten das Borg-Schiff, als die *Enterprise* daran vorbeiglitt.

»Direkter Treffer!« freute sich die junge Frau an der taktischen Station. Ihre Begeisterung ließ nach, als sie hinzufügen mußte: »Keine Beschädigungen.«

»Navigation!« fauchte Beverly. »Kurs zum Transwarp-Kanal, maximale Geschwindigkeit.«

Der Mann an der Navigationskonsole kam mit den Kontrollen besser zurecht als Taitt. Das Schiff reagierte, und Beverly glaubte zu *fühlen,* wie es beschleunigte, schneller und immer schneller wurde. Sie wußte auch: Mit jeder verstreichenden Sekunde entfernten sie sich nun von den Leuten, die ihre Hilfe brauchten.

»Wie viele Personen haben wir zurückgelassen, Salazar?« fragte sie.

»Siebenundvierzig, Sir.«

Beverly wandte sich zur Seite und blickte zu einem kleineren Bildschirm. Dort schrumpfte der Planet, wurde zu einer Scheibe und dann zu einem Punkt, der schließlich verschwand.

Die glatten, unschuldigen und unerfahrenen Gesichter um sie herum ... Vielleicht fragten sich die jungen Leute, ob man sie in einer ähnlichen Situation ebenfalls zurückgelassen hatte.

Jean-Luc, Riker und die anderen ... Sie sind den Borg jetzt hilflos ausgeliefert. Weil ich den Befehl gegeben habe, die Enterprise *in den Transwarp-Kanal zu steuern.*

»Die Borg folgen uns nicht, Sir«, meldete Taitt leise.

Das bedeutete: Ihnen drohte keine Gefahr. *Und* es bedeutete, daß die Borg in der Nähe des Planeten blieben, auf dem Picard, Riker, Data und die anderen festsaßen.

Weil ich das Schiff in Sicherheit bringen muß. So lauten die Anweisungen.

Anweisungen ...

»Eine Minute mehr, und wir hätten sie alle an Bord holen können«, murmelte Beverly.

Will Riker fühlte die Einsamkeit auf dem Planeten ebenso wie die Kälte im Winter. Wohin er auch sah: Sie erstreckte sich bis zum Horizont und darüber hinaus – Kälte.

Worf stand hinter ihm und schwieg.

Der Erste Offizier klopfte auf seinen Insignienkommunikator. »Riker an Einsatzgruppenleiter.«

»Hier Lieutenant Powell, Sir«, ertönte eine beherrscht klingende Stimme.

»Rufen Sie alle Zurückgelassenen zusammen. Verbergen Sie sich irgendwo und vermeiden Sie Begegnungen mit den Borg.«

»Aye, Sir.«

Aus irgendeinem Grund hatte Riker mehr erwartet, und das überraschte ihn selbst – was gab es sonst noch zu sagen?

»Riker Ende«, sagte er.

Es gab nur eine Richtung, in die sie sich wenden konnten: Es ging darum, jenen Ort aufzusuchen, von dem sich Picard zuletzt gemeldet hatte. Und wenn sie ihn dort nicht fanden … Dann mußte die Suche nach Data fortgesetzt werden.

Was hatte jetzt Priorität? Die Suche nach dem Captain oder die nach Data? In erste Linie mußte verhindert werden, daß die in den Speicherbanken des Androiden enthaltenen Informationen dem Feind zugänglich wurden.

Aber vielleicht stellte sich gar nicht das Problem, in dieser Hinsicht eine Entscheidung zu treffen.

Vielleicht genügte es, eine der beiden genannten Personen zu finden – um dadurch auch die andere zu lokalisieren.

Andererseits …

Riker wußte, daß die Borg kaltblütig Tausende von Menschen getötet hatten. Es ließ sich also nicht ausschließen, daß sie nur noch die Leiche des Captains fanden.

Eine düstere Stimmung senkte sich auf ihn herab. Er blinzelte mehrmals, um gräßliche Vorstellungsbilder zu vertreiben und sich auf die aktuelle Situation zu konzentrieren.

Der Captain war schon einmal von den Borg entführt worden, und diese Tatsache weckte schreckliche Erinnerungen. Riker dachte daran, daß es sich diesmal um eine neue Situation handelte, mit neuen Borg. Er hoffte inständig, daß die robotischen Wesen aufgrund ihrer Emotionen wirklich *anders* waren. Aber wenn nicht, wenn sie Picard wieder in Locutus verwandelten …

Ganz deutlich entsann sich Riker an die Konfrontation mit dem Borg, der das Selbst des Captains in sich trug.

Ich möchte nicht noch einmal gegen ihn kämpfen. Diesmal bliebe mir wahrscheinlich keine andere Wahl, als ihn zu töten.

Er unterdrückte ein Schaudern und drehte sich zu Worf um. Als er sprach, lauschte er dem Klang der eigenen Stimme – dadurch fiel es ihm etwas leichter, die unangenehmen Gedanken zu vertreiben.

»Selbst wenn es Beverly gelingt, zur Föderation zurückzukehren ... Die ersten Starfleet-Schiffe können erst in einigen Tagen hier eintreffen. Bis dahin sind wir auf uns allein gestellt.«

12

DER BORG-SAAL

Captain Jean-Luc Picard hielt sich zurück und hoffte, daß seine Begleiter ebenfalls derartige Vorsicht walten ließen. Eine Schar Borg umringte Troi, LaForge und ihn: geisterhafte Gestalten mit blassen Gesichtern, haßerfüllten Augen, schwarzen Rüstungen und diversen integrierten Geräten. Geschöpfe, die irgendwo zwischen Maschine und gewöhnlichem Leben standen. Inzwischen galten sie überall als Boten des Unheils und Verderbens.

Data stand in der Nähe. Besser gesagt: ein *anderer* Data.

Der entflohene Gefangene namens Crosis wartete ein oder zwei Schritte hinter Data.

Und dann Lore, Datas bizarres Spiegelbild ... Seine Haltung brachte erstaunlich menschlich wirkende Überheblichkeit zum Ausdruck, als er der bewaffneten Horde zuwinkte.

»Was halten Sie von meinen Gefolgsleuten, Picard?« fragte er. »Beeindruckend, nicht wahr?«

Der Captain war entschlossen, Lore so wenig Genugtuung wie möglich zu gewähren. Er hätte es nicht für möglich gehalten, daß die Borg noch gefährlicher werden konnten. Zuvor waren sie wie Killer-Ameisen gewesen, die ihre Stärke aus zahlenmäßiger Überlegenheit und einem kollektiven Ich bezogen, wie eine Flutwelle über alles hinwegrasten, das sich ihnen in den Weg stellte.

Jenem ungeheuren Vernichtungspotential gesellten sich jetzt auch noch mörderische Gefühle hinzu – die *Lust* am Töten und Zerstören.

»Nun, eigentlich bin ich nicht sehr beeindruckt«, erwiderte Picard. »Sie haben die Borg nur gelehrt, sich zu freuen, wenn sie jemanden töten.«

»Sie irren sich, Captain«, sagte Data. »Mein Bruder und ich streben Höheres an.«

Jean-Luc zuckte fast zusammen, als er das Wort ›Bruder‹ hörte. In diesem Zusammenhang gewann es eine ganz neue Bedeutung: Es klang wie Hohn und Spott.

Vielleicht hätte er der Versuchung nachgegeben, darauf hinzuweisen, aber Deanna kam ihm zuvor.

»Data ... Ich spüre *Emotionen* in Ihnen.«

In den gelben Augen des Androiden flackerte es. »Ja«, sagte er. »Ich verdanke sie meinem Bruder.«

Picard trat vor. »Er hat Ihnen den Chip gegeben.« Plötzlich wußte er, was geschehen war. »Den Dr. Soong für Sie hergestellt hat.«

Data wäre vielleicht bereit gewesen, diese Frage ehrlich zu beantworten, doch Lore gab ihm keine Chance dazu. Er unterbrach das Gespräch zwischen dem Captain und seinem Zweiten Offizier mit lautem Lachen.

»O nein, nein. Das von unserem Vater entwickelte emotionale Programm befindet sich noch immer in meinem Besitz. Eigentlich möchte ich mich auch gar nicht davon trennen. Es hat einen so starken Familiensinn in mir geweckt.«

Familie, dachte Picard. *Lore weiß gar nicht, was es damit auf sich hat. Auch dieses Wort wurde von ihm pervertiert.*

»Ich hatte den brennenden Wunsch, meinen lieben Bruder wiederzusehen«, fuhr Lore fort. Der höhnische Klang haftete an seiner Stimme fest. Mit einer übertriebenen Geste deutete er auf Data, wie ein Marktschreier, der die Aufmerksamkeit des Publikums zu erregen versuchte.

»Sie haben ihn hierhergebracht, nicht wahr?« fragte Deanna.

»Er kam von allein«, entgegnete Lore. »Ich mußte die *Enterprise* nur dazu bringen, Ermittlungen in Hinsicht auf unsere Angriffe durchzuführen. Sobald ihm die Borg von meinen Plänen berichteten … Ich wußte, daß er sich daraufhin mir anschließen würde.«

LaForge konnte es kaum fassen. »Soll das heißen, Sie haben die Außenposten angegriffen und so viele Leute umgebracht – nur um Data an diesen Ort zu locken?«

Picard wandte sich an Data, bevor Lore Gelegenheit bekam, das Feuer in der Stimme des Chefingenieurs zu ersticken. »Wie hat er es angestellt, Data? Was veranlaßte Sie hierherzukommen?«

»*Ich* rede mit Ihnen, Picard!« donnerte Lore. »*Ich* sage Ihnen, was Sie wissen müssen.«

»Sie kontrollieren ihn«, erwiderte der Captain. »Und sie haben die Borg manipuliert.«

Der Zorn wich aus Lores Zügen, und das anmaßende Lächeln kehrte auf seine Lippen zurück. »Sie verstehen nicht. Die enorme Tragweite meines Handelns bleibt Ihnen verborgen.«

»Data erwähnte Ihre Absicht, die Föderation zu vernichten.« Troi sprach leise, aber trotzdem erreichte ihre Stimme die fernsten Winkel des Saals.

Lore winkte ab. »Nach der Durchführung meines Plans ist eine Föderation gar nicht mehr nötig. Dann beugen sich die Leute freiwillig meiner Führung.«

»Aus irgendeinem Grund bezweifle ich das«, meinte LaForge.

Lore sah ihn an, und in seinen Augen irrlichterte es. »Ich kann Ihnen Ihre Dummheit nicht zur Last legen. Sie haben keine Ahnung, was hier geschehen ist, wie ich meine wahre Berufung fand – und wie die Borg etwas entdeckten, an das sie glauben.«

»Glauben.« Wieder ein Wort, dessen wahren Bedeutungsinhalt Lore ignorierte, das er so verwendete, als hätte er eine neue Religion gegründet.

Der Captain zögerte und spürte, daß besondere Vorsicht angebracht war. Bestimmt gab es einen guten Grund dafür, warum Lore solche Worte verwendete.

Worte, die jetzt gefährlich sein mochten ...

»Ich möchte mehr darüber erfahren«, sagte Picard. »Aber Data soll uns davon erzählen.«

Erneut glühte es in Lores Augen. »Ich habe bereits darauf hingewiesen: Wenn Sie etwas wissen müssen, so erfahren Sie es von *mir*.«

Picard erahnte eine Chance, die Oberhand zu gewinnen. Demonstrativ wandte er sich von Lore ab. »Was halten Sie davon, Data? Er will Sie nicht einmal reden lassen.«

»Verlieren Sie keine Zeit mit dem Versuch, einen Keil zwischen uns zu treiben, Captain«, sagte Data. »Loyalität verbindet mich mit meinem Bruder.«

Lore strahlte, aber der Captain gab die Hoffnung nicht auf und sah auch weiterhin Data an.

»Sehen Sie, Picard?« triumphierte Lore. »Sie haben jetzt keine Macht mehr über ihn. Mit meiner Hilfe streifte er Ihre Fesseln ab.« Er deutete zur gespenstischen Menge aus grauschwarzen Borg. »Auch ihnen habe ich geholfen.«

Er genoß es ganz offensichtlich, im Mittelpunkt zu stehen, trat nun durch die Horde, um auch die volle Aufmerksamkeit der Borg zu gewinnen. Er hob die Stimme – und daraufhin war Picard sicher, daß es sich um eine Show handelte. Es ging Lore noch immer darum, eine Anhängerschaft zu gewinnen oder sie zu vergrößern.

Was bedeutete: Es war auch möglich, Druck in die andere Richtung auszuüben. Welches Ziel auch immer Lore anstrebte – ganz offensichtlich hatte er es noch nicht erreicht.

Noch gab es die Chance, einen Teil des Schadens wiedergutzumachen und dafür zu sorgen, daß sich die Ereignisse in eine ganz neue Richtung entwickelten.

»Sehen Sie nur«, sagte Lore laut und gestikulierte. »Sehen Sie, in was meine Hilfe diese Geschöpfe verwandelt hat. Es sind keine geistlosen Maschinen mehr! Jetzt kennen sie die Leidenschaft des Lebens ...«

»Soll das heißen, daß die Borg durch *Sie* zu Individuen geworden sind?« fragte Troi.

Gut, dachte Picard. *Wir müssen ihn immer wieder unterbrechen und zu Erklärungen veranlassen.*

»Nein«, erwiderte Lore. »Dafür sind Sie und Ihre Freunde verantwortlich. Ich habe nur Ordnung in dem Chaos geschaffen, das nach der Rückkehr des Borg entstand, mit dem Sie Freundschaft schlossen.«

»Hugh stellte eine Verbindung mit den anderen her«, sagte Data. »Er vermittelte ihnen den Sinn für Individualität. Es wäre fast das Ende der Borg gewesen.«

»Data ...« Picard trat noch einen Schritt vor. »Erinnern Sie sich an Hughs Aufenthalt an Bord der *Enterprise?* Wissen Sie noch, wie Sie damals waren?«

Lore schob sich zwischen sie. »Das spielt keine Rolle«, zischte er.

»Für mich schon«, entgegnete der Captain. »Ich möchte wissen, was mit Data geschehen ist.«

Wut kochte in Lore, und er konnte sie kaum unter Kontrolle halten.

Ausgezeichnet. Es gab also einen Ansatzpunkt. Und wenn sie genug Zeit bekamen ...

»Wichtig ist nur, was ich hier vollbracht habe«, fuhr Lore fort. »Ich fand meine Berufung, Picard. Ich weiß jetzt, zu welchem Zweck ich erschaffen wurde. Und diese Erkenntnis kann mir niemand nehmen.«

In der Stimme zitterte ein Hauch Unsicherheit, den nur die Menschen erkannten, nicht jedoch die Borg. Einmal mehr deutete Lore auf jene Wesen, die er als seine Gefolgsleute bezeichnete.

»Ohne mich wäre ihnen der Untergang sicher gewesen«, behauptete Datas Bruder. »Als ich ihr erstes Raumschiff fand ... Sie waren völlig desorientiert und hilflos. Sie konnten ihr Schiff nicht einmal steuern – weil sie keine Ahnung hatten, auf welche Weise sie als Individuen miteinander kooperieren sollten. Ihrer Existenz fehlte ein Sinn.«

Er hob den Kopf und schob stolz das Kinn vor.

»Ich habe ihnen einen solchen Sinn gegeben«, betonte er. »Und dadurch fand ich meine eigene Bestimmung.«

»Sie haben die Hilflosigkeit der Borg ausgenutzt«, sagte Picard. »Ohne Ihr Eingreifen hätten sie sich vielleicht den von Hugh ausgelösten Veränderungen angepaßt. Dann wären sie imstande gewesen, selbst über ihre Zukunft zu bestimmen.«

Data näherte sich seinem Bruder. Vielleicht spürte er, daß Lore den Menschen gegenüber immer unsicherer wurde und dadurch die Beherrschung zu verlieren drohte.

»Die Borg streben jene Perfektion an, die wir beide als künstliche Lebensformen repräsentieren«, erläuterte Data. »Wir sind die Zukunft.«

»Die Herrschaft des biologischen Lebens geht zu Ende«, verkündete Lore theatralisch. »Leute wie Sie haben nur noch historische Bedeutung, Picard. Und bald gehört auch die Föderation zur Vergangenheit – sie besteht aus Fleisch, das bereits verfault.«

»Die Söhne von Soong leiten eine neue Ära ein«, fügte Data hinzu.

»Data!« entfuhr es Geordi. »Sie können sich unmöglich aus freiem Willen auf so etwas einlassen!«

Der Androide wandte sich dem Chefingenieur zu, der ihn immer wie einen Menschen behandelt hatte, und einige Sekunden lang zögerte er. Ein Schatten des Zweifels huschte über sein Gesicht.

»Antworte ihm, Bruder«, sagte Lore und hob das letzte Wort mit einer besonderen Betonung hervor.

Wenn sich dadurch irgendeine Wirkung auf Data ergab – welcher Art auch immer –, so blieb sie verborgen.

Lore vollführte eine Geste, die Picard nur aus den Augenwinkeln sah, jedoch einen Verdacht in ihm weckte. Standen dem anderen Androiden quasimechanische Mittel zur Verfügung, um Data zu manipulieren?

Datas Miene veränderte sich, als er einen frostigen Blick auf LaForge richtete.

»Nicht nur aus freiem Willen, sondern sogar mit Begeisterung.«

Picard schüttelte den Kopf und wandte sich ab. Von dieser Seite war keine Hilfe zu erwarten.

Er sah zu den Borg. »Hören Sie mir zu! Ganz gleich, was Lore Ihnen bietet – Sie können es auch allein und aus eigener Kraft erreichen! Entscheiden Sie selbst über Ihre Zukunft!«

»Sparen Sie sich die Mühe, Picard«, sagte Lore. »Die Borg sind mir treu ergeben. Komm zu mir, Remmis.«

Ein Cyborg trat vor. Auf den ersten Blick sahen die robotischen Wesen alle gleich aus, doch wenn man genauer hinsah, ließen sich individuelle Besonderheiten feststellen, zum Beispiel bei den Komponenten der jeweiligen Lebenserhaltungssysteme. Bei einigen Borg ersetzten Zielerfassungssensoren die Augen; bei anderen bestanden die ›Arme‹ aus Waffen und Werkzeugen. Dieses Exemplar hatte keine künstlichen Augen, doch der linke Arm setzte sich aus verschiedenen Reparaturinstrumenten zusammen. Kein Kämpfer – ein Arbeiter.

Lore winkte wie beiläufig. »Töte dich.«

Es blieb Picard nicht einmal Zeit genug, Luft zu holen und zu protestieren. Remmis griff nach dem Schlauch in seiner Stirn und riß ihn los. Funken stoben, und mit einem metallenen Scheppern fiel der Borg zu Boden.

Der Captain beugte sich entsetzt vor und spürte, wie Geordi nach seinem Arm griff, ihn zurückhielt.

»Haben Sie das gesehen, Picard?« fragte Lore spöttisch. »Wäre jemand aus Ihrer Crew dazu bereit?«

Jean-Luc wollte antworten, daß er nie auf den irrsinnigen Gedanken käme, von einem Besatzungsmitglied der *Enterprise* ein derart sinnloses Opfer zu verlangen – und daß er genau aus diesem Grund mit der Loyalität seiner Crew rechnen durfte. Doch irgend etwas schnürte ihm den Hals zu, und er spürte, wie ihm das Blut ins Gesicht schoß. Er zwang sich, einen Schritt zurückzuweichen und ruhig zu bleiben. Er wollte Lore nicht die Genugtuung geben, ihn zornig zu sehen.

»Führ sie ab, Bruder«, sagte der Androide wie gleichgültig.

Picard drehte sich um, als Data eine Borg-Waffe zog und winkte.

Der Zorn brannte noch heißer im Captain, als er begriff: Die aktuellen Ereignisse entzogen sich seiner Kontrolle. Er wußte auch, daß er sehr vorsichtig sein mußte: Geordi und Deanna beobachteten ihn genau, warteten auf ein Zeichen. Wenn sie eine seiner Bewegungen falsch interpretierten...

Er schritt an Remmis vorbei. Noch immer rann Flüssigkeit aus der offenen Stirn des toten Borg, und grünlicher Dampf stieg auf.

Es blieb Picard nichts anderes übrig, als sich zu fügen. Wenn er Widerstand zu leisten versuchte... Data hätte bestimmt nicht gezögert, von der Waffe Gebrauch zu machen und sie alle zu erschießen.

Gestrüpp zwischen Felsen – eine solche Landschaft entsprach nicht gerade Rikers Vorstellungen vom Paradies. Will konnte sie kaum zum Anlaß nehmen, die ganze Situation positiver zu sehen.

Neben ihm summte Worfs Tricorder.

»Noch immer keine Spur von dem Gebäude«, brummte der Klingone, und seine Stimme verriet Ärger.

Riker seufzte. »Angesichts der Interferenzen könnten wir es nicht einmal orten, wenn es nur hundert Meter entfernt wäre. Vielleicht dauert die Suche noch Stunden.«

Er wußte, daß es nicht besonders ermutigend klang.

Immer wieder dachte er an die *Enterprise*. Nie zuvor in seinem Leben hatte er sich mit solcher Intensität gewünscht, an zwei Orten gleichzeitig zu sein. Es erschien ihm völlig unangemessen, daß er sich auf einem Planeten befand, obwohl der Captain nicht im Kontrollraum weilte. *Mein Platz ist irgendwo dort oben.*

Doch es ging um mehr als ›nur‹ die Sicherheit der *Enterprise.* Wenn er hier versagte, geriet die ganze Föderation in Gefahr. Erinnerungen an das Grauen während der ersten Borg-Angriffe fraßen sich durch Rikers Schuldgefühle. Nein, der interstellare Völkerbund konnte nicht damit rechnen, auch beim zweiten Mal Glück zu haben und eine massive Attacke der Borg zu überstehen. Wenn der Feind noch einmal zuschlug, unterstützt von Data und dem enormen Wissen des Androiden … *Unter solchen Umständen hätten wir nicht die geringste Chance.*

Worf schwieg. Er ging mehrere Schritte weit in eine andere Richtung und veränderte die Justierungen des Tricorders. Seltsamerweise richtete er den Erfassungsbereich des Ortungsgeräts nicht etwa auf den Horizont, sondern auf den Boden.

Riker beobachtete ihn stumm. Die Haltung des Klingonen deutete darauf hin, daß er vielleicht etwas entdeckt hatte. Möglicherweise versuchte er es mit einer neuen Strategie. Oder …

»Hier gibt es eine schwache energetische Spur«, sagte Worf schließlich, und diesmal vibrierte vage Hoffnung in den Worten.

Riker trat über knorrige Wurzeln hinweg und an kleinen Felsen vorbei, erreichte den Klingonen und warf einen Blick aufs Display des Tricorders. »Thermische Reststrahlung … Jemand hat hier Rast gemacht.«

»Die Emissionsstruktur deutet auf Menschen hin.« Worf bewegte den Tricorder hin und her, woraufhin sich die Anzeige veränderte.

»Sie sind dem Verlauf dieses Pfads gefolgt«, sagte Riker, und die Erleichterung war ihm deutlich anzuhören.

Er wußte jetzt, daß sie kein halber Kontinent vom Ziel trennte, und allein diese Erkenntnis brachte Kraft in die müden Beine zurück. Jetzt ging es darum, so schnell wie möglich zum Captain zu gelangen – rechtzeitig genug, um zu helfen.

Besorgnis verscheuchte das zufriedene Lächeln von den Lippen des Ersten Offiziers.

»Kommen Sie, Worf«, drängte er. »Beeilen wir uns.«

»Hören Sie mir zu, Data.«

Der düstere Korridor endete in einer wenig einladend wirkenden Arrestzelle. In Abständen von etwa dreißig Metern waren Borg-Wächter postiert. Einige von ihnen blieben in der Dunkelheit verborgen, aber sie befanden sich alle in Hörweite.

Das war der Aufmerksamkeit des Captains nicht entgangen.

Im Innern der Zelle wandte er sich an seinen Offizier, dem er bis vor kurzer Zeit bedingungslos vertraut hatte. »Es ist noch nicht zu spät, mit dieser Sache aufzuhören«, sagte er.

»Sie sind wohl kaum in der Lage, das derzeitige Geschehen zu beenden, Captain«, erwiderte Data mit einer für ihn völlig untypischen Genugtuung. »Die *Enterprise* hat den Orbit des Planeten schon vor einer ganzen Weile verlassen. Sie sitzen auf dieser Welt fest.«

Troi trat dem Androiden entgegen. Wollte sie ihn von Picard ablenken? »Was ist mit Ihnen passiert?«

»Etwas, das schon vor vielen Jahren hätte passieren sollen.«

Picard bedeutete der Counselor, wieder zurückzuweichen, und daraufhin näherte sich LaForge.

»Data«, begann der junge Chefingenieur, »wir haben lange zusammengearbeitet…«

»Zeitverschwendung, wie ich jetzt weiß«, warf Data ein.

»Das kann ich nicht glauben«, ließ sich Picard vernehmen. »Ich habe beobachtet, wie Sie zu einem guten Offizier wurden, einem…«

»Menschen?« Ärger und Bitterkeit glühten in den Augen des Androiden. »Auch damit habe ich Zeit vergeudet – mit dem Bestreben, menschlicher zu werden. Und Sie unterstützten meine Bemühungen. Sie überzeugten mich davon, minderwertig und unterlegen zu sein.«

Der Captain schüttelte den Kopf. »So etwas lag nie in unserer Absicht.«

»Inzwischen ist mir klar, daß Sie nur neidisch auf mich waren.«

»Sie sind zornig«, sagte Troi.

Datas Blick glitt zu ihr. »Spüren Sie es mit Ihren empathischen Fähigkeiten?«

Es klang scharf und anklagend, aber die Counselor ließ sich davon nicht beeindrucken. »Ja«, bestätigte sie. »Und ich glaube, daß es in Ihren Systemen irgendwo eine Fehlfunktion gibt.«

»Meine Gefühle sind nicht das Ergebnis von Fehlfunktionen! Ich habe mich weiterentwickelt.«

Geordi versuchte nicht, die Verzweiflung aus seiner Stimme zu verbannen – vielleicht war dies die letzte Gelegenheit, allein mit Data zu sprechen. »Begreifen Sie denn nicht, was Lore mit Ihnen angestellt hat? Durch ihn sind Sie zu einem Echo seiner abartigen Ideen geworden. *Er* spricht aus Ihnen.«

Datas Züge verhärteten sich. »Sie irren sich, Geordi. Ich teile die Ansichten meines Bruders und spreche für mich selbst.«

Ein Anflug von Panik – Picard war davon überzeugt, so etwas gesehen zu haben. Data tarnte dieses Empfinden mit Zorn, aber es existierte.

Unsicherheit. Es gab keine andere Erklärung. Data war nicht annähernd so sicher, wie er den Anschein zu erwecken versuchte.

Diese Schwäche können wir nutzen.

»Data...« Picard winkte Deanna und Geordi zurück. »Erinnern Sie sich an Ihr Leben an Bord der *Enterprise?*«

»Ich erinnere mich an alles.«

»Dann dürfte Ihnen klar sein, daß Sie sich verändert haben. Der Data, den ich kenne, würde Lores Pläne nicht aus freiem Willen unterstützen.«

»Mein Leben an Bord der *Enterprise* war Zeitverschwendung«, erwiderte Data. »Mein Streben nach Annäherung an die menschliche Natur kam einem evolutionären Schritt in die falsche Richtung gleich.«

»Ich spüre nur Zorn und Haß in Ihnen, Data«, ertönte Deannas sanfte Stimme. »Haben Sie keine anderen Emotionen?«

»Es gibt keine anderen.«

Picard und Troi wechselten einen Blick – die Antwort des Androiden bot einen Hinweis. Zweifellos waren sie hier auf einen wichtigen Punkt gestoßen.

»Was ist mit Liebe?« fragte Deanna. »Mit Freude und Glück?«

»Das sind Worte ohne Inhalt«, behauptete Data. »Liebe ist nichts weiter als die Abwesenheit von Haß. Was Freude und Glück betrifft... Sie sind das Fehlen von Furcht.«

Und ›Brüder‹ sind Maschinen, die vom gleichen Konstrukteur geschaffen wurden, dachte Picard. *Ja, jetzt kommen wir weiter ...*

»Wenn Sie bestimmte Emotionen nicht aus eigener Erfahrung kennen, so bedeutet das keineswegs, daß solche Gefühle nicht existieren«, argumentierte LaForge. »Lore gibt Ihnen nur die negativen.«

Data durchbohrte ihn mit einem Blick. »Counselor Troi hat mich darauf hingewiesen, daß Gefühle weder positiv noch negativ sind. Nur unsere Reaktionen auf sie sind gut oder schlecht.«

»Na schön«, sagte Picard. »Und was ist mit den Dingen, die Lore vorschlägt? Was ist mit den vielen Personen, die bereits gestorben sind?«

»Sie verstehen nicht.« Data wandte sich wieder dem Captain zu. »Bei einer so großen und wichtigen Mission lassen sich Opfer nicht vermeiden – so bedauerlich das auch sein mag. Wichtig ist vor allem, das Ziel zu erreichen.« Und zu Geordi: »Geben Sie mir Ihr VISOR.«

LaForge wich verblüfft zurück. »Wie bitte?«

Data hob die Borg-Waffe. »Wenn Sie es mir nicht geben, muß ich es mir mit Gewalt nehmen.«

Picard versuchte, zwischen den Androiden und Chefingenieur zu treten, doch Data warf ihm einen warnenden Blick zu. Die Waffe zeigte auf LaForge.

»Warum?« fragte Geordi.

Data nahm das VISOR vom Gesicht des Mannes, der einmal ein guter Freund gewesen war. Mit der gleichen Teilnahmslosigkeit hätte er nach einem Schraubenschlüssel greifen können.

LaForge war plötzlich blind und verlor die Orientierung. Die weißen Augen blinzelten und starrten blicklos in eine Welt, die der Chefingenieur nun nicht mehr visuell wahrnehmen konnte.

Unter normalen Umständen wäre Geordi auch ohne das VISOR zurechtgekommen, aber hier an diesem Ort bedeutete der Verlust des Geräts, daß er dem Gegner völlig wehrlos ausgeliefert war. Tausende von Borg, die einem wahnsinnigen Androiden gehorchten – und LaForge konnte sie nicht einmal sehen.

In Picard verkrampfte sich etwas, als er den kalten Blick eines Wesens spürte, das einmal sein Zweiter Offizier gewesen war.

Data verließ die Zelle, und der Borg-Wächter aktivierte das Kraftfeld im Zugang. Picard, Geordi und Deanna blieben als Gefangene zurück.

»Ich bin nicht mehr Ihre Marionette«, sagte der Androide.

13

DIE BRÜCKE

Seit fünf Minuten öffneten und schlossen sich dauernd die Türen der Turbolifte. Offiziere eilten auf die Brücke und nahmen an Konsolen Platz, die sie kannten – während die unerfahrenen jungen Männer und Frauen erleichtert zu ihren vertrauten Pflichten zurückkehrten. Hast und Anspannung auf verschiedenen Ebenen – und Beverly verstand jede einzelne von ihnen.

Siebenundvierzig Herzen schlugen in ihren Gedanken. Siebenundvierzig.

Warum war sie nicht eine Minute länger im Orbit des Planeten geblieben? Warum hatte sie nicht versucht, sechzig Sekunden lang dem Feuer der Borg standzuhalten?

Wenn Jean-Luc zurückkehrte (sie weigerte sich, eine andere Möglichkeit in Betracht zu ziehen), so gelangte er sicher zu dem Schluß, daß sie sich zu früh auf und davon gemacht hatte. Voreilige Flucht – ein guter Kommandant vermied so etwas.

Ich habe nur einen Befehl ausgeführt, erinnerte sich Beverly. *Das ist alles.*

So etwas genügte nicht. Ein richtiger Captain verstand es, bestimmte Order veränderten Situationen anzupassen. Ein *richtiger* Captain brachte den Mut auf, Anweisungen nicht blind zu folgen, sie auch zu ignorieren, wenn es notwendig sein sollte.

Oh, sicher, sie konnte sich immer mit dem Hinweis herausreden, daß sie von Jean-Luc klare Befehle bekommen und sich an sie gehalten hatte.

Genausogut hätte sie sagen können: »Jemand anders hat die Schuld.«

Beverly spannte die Muskeln in den Beinen – bis ein Prickeln in den Füßen auf die unterbrochene Blutzufuhr hinwies.

Siebenundvierzig.

»Sir …« Taitts Stimme unterbrach die Grübeleien der Ärztin. »Wir haben die Koordinaten des Transwarp-Kanals erreicht. Die Tachyonenmatrix ist mit Energie geladen und kann jederzeit aktiviert werden.«

Beverly stand auf. Es fühlte sich falsch an, noch länger im Kommandosessel zu sitzen.

Taitt sah vom Oberdeck auf sie herab. »Lieutenant Barnaby gehört zu den vom Planeten zurückgekehrten Personen. Er löst mich ab.«

Hinter ihr erschien ein älterer, erfahrener Brückenoffizier und wartete darauf, ihren Platz einnehmen zu können. Wenigstens hatte er den Anstand, die junge Frau nicht einfach beiseite zu schieben. Das wäre angesichts ihrer unleugbaren Leistungen auch nicht fair gewesen.

»Na schön«, sagte Beverly. »Bereitschaft für Öffnung des Transwarp-Kanals.«

Barnaby warf Taitt einen auffordernden Blick zu. Die junge Frau errötete, wandte sich vom Schaltpult ab und dem Turbolift zu. Noch vor einer halben Stunde hatte sie der neue Aufgabenbereich zutiefst verunsichert, und jetzt …

»Taitt!« rief Beverly. »Bitte bleiben Sie auf der Brücke. Ich brauche einen wissenschaftlichen Offizier an der rückwärtigen Station.«

Stolz verdrängte die Enttäuschung aus Taitts Gesicht.

»Ja, *Sir*«, erwiderte sie und versuchte, ihre Gefühle nicht zu zeigen – Beverly konnte sie trotzdem ganz deutlich erkennen. Taitt hielt den Atem an; vermutlich wollte sie sich auf diese Weise ein peinliches ›Danke!‹ unterdrücken. Mit einigen raschen Schritten erreichte sie die wissenschaftliche Station und hielt sich dort wie an einem Rettungsfloß fest.

Beverly Crusher drehte den Kopf und mußte sich ebenfalls festhalten – am Kommandosessel.

»Navigation«, sagte sie entschlossen. »Programmieren Sie einen Kurs zum Planeten.«

Barnaby war ebenso überrascht wie alle anderen. »Sir, Captain Picard wollte, daß wir ...«

»Daß wir Starfleet warnen. Nun, ich dachte daran, eine Sonde mit einer Kopie unseres Logbuchs durch den Dimensionstunnel zu schicken – das dürfte als Warnung völlig ausreichen. Wie dem auch sei: Derzeit habe ich den Befehl über dieses Schiff, und ich beabsichtige nicht, siebenundvierzig Besatzungsmitglieder auf dem Planeten zurückzulassen. Fähnrich Taitt, bereiten Sie eine Sonde vor und starten Sie das Ding, sobald Sie soweit sind.«

»Aye, Sir.« Taitt arbeitete bemerkenswert schnell, und schon nach wenigen Sekunden meldete sie: »Sonde wird jetzt gestartet, Sir.«

»Öffnen Sie den Kanal, Lieutenant.«

Barnaby berührte einige Schaltflächen und aktivierte damit die Tachyonenmatrix – einen speziellen Zauberstab, der ein Loch im All schuf.

Der Wandschirm zeigte, wie es in der Schwärze plötzlich waberte. Im Nichts klappte etwas auf, wie der Schnabel eines kleinen Vogels, der sich Futter erhoffte. Die Sonde erschien am unteren Rand des Projektionsfelds und glitt dem Tunnel durch Zeit und Raum entgegen.

Beverly wartete nicht, bis sie im Transwarp-Kanal verschwand.

Erneut wandte sie sich an Barnaby. »Lieutenant... Stellen Sie fest, ob sich Borg-Schiffe zwischen uns und dem Planeten befinden.«

Der Mann bediente die Kontrollen und zuckte schließlich mit den Schultern. »Die Sensoren entdecken keine Schiffe.«

»Wie schätzen Sie das Gefechtspotential des Borg-Raumers ein?«

Barnaby hätte fast laut gelacht und beherrschte sich im letzten Augenblick. »Der ersten Salve hielten unsere Schilde nur mit Mühe stand – während die Strahlen unserer Phaserkanonen den Deflektoren der Borg praktisch nichts anhaben konnten.«

»Dann müssen wir einen Weg finden, die Einsatzgruppen vom Planeten zu holen, ohne uns auf eine Konfrontation mit den Borg einzulassen.«

»Jenes Schiff, das uns angriff …«, sagte Taitt. »Wir müssen davon ausgehen, daß es sich noch in der Umlaufbahn befindet.«

Beverly sah zu ihr. Die junge Frau sprach nun zum erstenmal, ohne daß sie zuvor eine Frage oder einen Befehl gehört hatte.

Von einem Augenblick zum anderen wurde der Ärztin klar, was sie von diesen Leuten erwartete: *Ich verlange von ihnen, daß sie gegen einen Feind antreten, der unbesiegbar erscheint – unter der Führung eines ›Captains‹, der praktisch überhaupt keine Kommandoerfahrung hat.*

Ich sollte besser die richtigen Fragen stellen.

»Wie lange dauert es, bis die Borg uns entdecken und reagieren?«

»Wenn die Sensoren der Borg ebenso funktionieren wie unsere: etwa dreißig Sekunden.«

»Angesichts der vom Planeten ausgehenden elektromagnetischen Impulse können uns die Borg erst orten, wenn wir den Warptransfer beenden«, fügte Barnaby hinzu. »Allerdings brauchen wir selbst mit voller Impulskraft mindestens achtzig Sekunden, um in Transporterreichweite zu gelangen.«

Beverly merkte, daß sie mit einer unruhigen Wanderung begonnen hatte. Sie wollte stehenbleiben, überlegte es sich dann aber anders. *Ich habe ein Recht darauf, ein wenig nervös zu sein, oder?*

»Crusher an Salazar.«

»Transporterraum. Hier Salazar.«

»Wieviel Zeit brauchen Sie, um die restlichen Personen vom Planeten an Bord zu transferieren?«

»Eine Minute dürfte genügen.«

»Das ist zu lange. Geht es nicht schneller?«

Es folgte eine Pause, die alle beunruhigte. »Wenn ich den Transferfokus sofort ausrichten kann ...«, sagte Salazar schließlich. »Dann ließe sich die ganze Sache vielleicht in fünfundvierzig bis fünfzig Sekunden bewerkstelligen.«

Beverly setzte ihre Wanderung fort, hob die Stimme und wandte sich an die ganze Brückencrew. »Wir müssen irgendwie fünfzehn Sekunden gewinnen. Gibt es eine Möglichkeit, den Planeten als ... Barriere zu verwenden? Damit die Borg nicht sofort herausfinden, daß wir in der Umlaufbahn sind?«

»Wir können auf der anderen Seite des Planeten in den Orbit schwenken«, entgegnete Barnaby. Er zögerte kurz. »Und wenn wir bis zum letzten Moment warten, bevor wir den Warptransfer unterbrechen ... Dadurch bekommen wir vielleicht einige zusätzliche Sekunden.«

Taitt drehte sich um und sah ihn an. Sie musterte Barnaby jetzt mit einem ganz anderen Blick als unmittelbar vor der Ablösung. Ihr Gesicht zeigte jetzt keine Unsicherheit mehr. »Wenn die Berechnungen nicht ganz genau stimmen, rasen wir in die Atmosphäre.«

Barnaby schien eine Herausforderung darin zu sehen. »Dann muß ich bei den Berechnungen eben besonders sorgfältig sein.«

Beverly sah erst den Lieutenant und dann die junge Frau an, ließ anschließend ihren Blick durch den Kontrollraum schweifen. Die Atmosphäre hatte sich verändert, und es lag nicht nur daran, daß jetzt erfahreneres Personal die meisten Stationen besetzte.

Werden wir allmählich zu einer Crew?

»Also los«, sagte Beverly. »Wir kehren zum Planeten zurück!«

»Mehrere Berichte weisen auf ein antriebslos treibendes Borg-Schiff im Finala-System hin. Findet es und bringt die Borg an Bord zu mir.«

»So wird es geschehen.«

»Es bricht mir das Herz, wenn ich mir vorstelle, wie sie dort draußen ziellos im All driften, allein und hilflos ...«

»Sie werden sich uns anschließen und von dir einen neuen Sinn für ihre Existenz erhalten.«

Stimmen, die über Stein glitten.

Sie hallten im großen Saal wider: die Stimmen von Lore und Crosis.

Data lauschte ihnen. Zum erstenmal dachte er nun über Stimmen nach.

Bisher hatte er in den von lebenden Geschöpfen verursachten Geräuschen nur Mittel der Kommunikation gesehen. Doch Lores Stimme beeinflußte ihn. Weil er in ihr seine eigene Stimme hörte, die jene Worte sprach.

Data zögerte, bevor er den Saal betrat, und jene Stimme schuf auch in ihm Echos. *Findet es und bringt die Borg an Bord zu mir. Ich möchte. Ich verlange. Ich befehle ...*

Befehle. Befehle. Ich habe meine Befehle, Sir ...

Befehle.

Er trat um eine Ecke und versuchte, die Unsicherheit zu überwinden. Aus irgendeinem Grund fühlte er sich fehl am Platz; vielleicht ließ sich dieses seltsame Empfinden mit Bewegung überwinden.

Ja. Bewegung. Den Fokus der Aufmerksamkeit auf Lore richten.

»Bruder!« Lore wandte sich um und breitete die Arme aus.

Data erkannte eine Geste des Willkommens, doch eine emotionale Reaktion darauf blieb aus. Er reichte Lore einfach nur das VISOR, das er Geordi abgenommen hatte.

Geordi ...

»Hier ist das VISOR. Darf ich fragen, warum du es haben wolltest?«

Lore schob sich das Gerät über die Augen und trat dann einen Schritt zurück. »Weil ich dachte, daß ich damit gut aussehe.« Er lächelte.

Data neigte den Kopf ein wenig zur Seite.

»Nun, was meinst du?« fragte Lore.

Data wußte nicht, welche Antwort sein Bruder von ihm erwartete, und deshalb schwieg er.

Nach einigen Sekunden verschwand Lores Lächeln. »Ich glaube, an deinem Sinn für Humor müssen wir noch ein wenig arbeiten.« Er drehte das VISOR hin und her, betrachtete dabei die Kontaktstellen. »Um ganz ehrlich zu sein: Aufgrund der Implantate halte ich LaForge für ein ideales Testobjekt.«

Data spürte etwas, das er für Unbehagen hielt. Er zögerte kurz. »Bei den Borg, mit denen du bisher experimentiert hast, kam es zu umfassenden Hirnschäden.«

Diese Tatsache ließ sich nicht leugnen. Und mit Tatsachen war er vertraut. Doch in diesem Fall brachte sie etwas zum Ausdruck, das Lore bereits wußte, und dadurch gewannen die Worte eine zusätzliche Bedeutung – die einer Warnung?

Geordi …

Lore zuckte mit den Achseln. »Wenn wir die Menschen benutzen, um unsere Methode zu verbessern, so brauchen keine weiteren Borg zu sterben.«

Data suchte nach den neuen Emotionen, die nun zu seinem Selbst gehörten, doch er fand in erster Linie längst vertraute Eigenschaften. Er trachtete danach, Lores Hinweise mit Begeisterung aufzunehmen, sich über die bevorstehenden Experimente an den Menschen zu freuen, aber in ihm blieb alles kühl. Verlor er nun die herrliche Fähigkeit, dem eigenen Denken Gefühle hinzuzufügen, sich von emotionalen Wogen davontragen zu lassen?

Emotionen zu haben … Das war nicht leicht. Es bedeutete, daß Logik und irgendwelche Regeln keinen klaren Weg mehr wiesen. Es bedeutete, daß man wählen mußte.

Data würde sich dafür entscheiden, den Tod weiterer Borg zu verhindern.

Offenbar sah Lore etwas im Gesicht seines Bruders, denn er lächelte erneut.

Data reagierte darauf. »Ich verstehe.«

Kaum waren die Worte ausgesprochen, fragte er sich, ob sie von Lore stammten. Etwas in Lores Miene deutete darauf hin, daß er die richtige Antwort gegeben hatte.

Data öffnete den Mund, um etwas zu sagen, schloß ihn jedoch wieder, als er Geräusche hörte. Sie drehten sich beide um.

Crosis führte – zerrte – einen weiteren Borg in den Saal. Die übrigen robotischen Wesen wichen beiseite, und dadurch entstand eine Gasse. Hinter den Neuankömmlingen schoben sie sich neugierig näher.

»Was ist los?« fragte Lore.

»Dieser Borg trennte sich von der Gemeinschaft«, erwiderte Crosis empört. »Er wollte seine Gedanken vor mir verbergen.«

Lore schüttelte wie kummervoll den Kopf und schritt zu dem betreffenden Borg. »Ich habe euch alle gebeten, die ganze Zeit über mit Crosis verbunden zu bleiben. Das weißt du doch, Goval, nicht wahr?«

Goval schauderte. »Ja.«

»Seit man ihn hierherbrachte, hat er nun schon zum drittenmal die Verbindung unterbrochen!« entfuhr es Crosis. »Er sollte sterben, als abschreckendes Beispiel für die anderen.«

»Nein«, brachte Goval hervor. »Bitte ...«

Data hätte fast auf einen alten Teil seiner Programmierung reagiert – auf etwas, das ihn zum Eingreifen aufforderte –, doch Lore hob die Hand.

»Ich weiß deine Wachsamkeit zu schätzen, Crosis«, sagte er. »Wenn du die Gedanken der anderen überwachst, kann ich sicher sein, daß sie keiner Verwirrung zum Opfer fallen.«

Lore blickte Crosis in die Augen, während er sprach.

Data begriff, was sein Bruder beabsichtigte: Crosis sollte sich wichtig fühlen. Lob und Anerkennung zum richtigen Zeitpunkt – ein guter Anführer verstand, dieses Mittel richtig zu nutzen.

»Allerdings ist Goval noch nicht lange bei uns«, fuhr Lore fort. »Weißt du noch, wie du empfunden hast, als wir dich fanden? Erinnerst du dich an die Verwirrung?«

Crosis zögerte, bevor er wortlos nickte.

Lore wandte sich an Goval. »Ich weiß, wie schwer es für dich ist. Unsicherheit wohnt nun in dir. Die Gefühle sind völlig neu für dich, und sie können erschreckend wirken, nicht wahr?«

Data beugte sich ein wenig vor, und seine Lippen erzitterten. *Ja.*

»Ja«, sagte Goval. »Manchmal ... zweifle ich.«

Lore nickte. »Natürlich. Das ist vollkommen normal. Niemand macht dir deshalb Vorwürfe. Aber es gibt nur eine Möglichkeit, den Zweifel zu überwinden, dich vor Furcht und Verwirrung zu schützen: Du mußt mit den anderen verbunden bleiben, damit sie dir mit ihrer Kraft und Zuversicht helfen können.«

Eine geistige Brücke. Data suchte in sich selbst nach so etwas, aber er war kein Borg. Besser gesagt: Er war weder Borg noch Mensch, aber er tendierte mehr zur menschlichen Seite. Er blieb allein und gehörte nur deshalb zu den anderen, weil er ihre Zielstrebigkeit und Loyalität teilte.

Lore hatte von Leidenschaft gesprochen, davon, daß sie Brüder seien. Data beobachtete nun das Gesicht seines ›Bruders‹ und sah dort sein Spiegelbild, ausgestattet mit Gefühlen. So sollte er selbst aussehen.

Doch aus irgendeinem Grund blieb ihm jenes Gesicht fremd.

»Ich brauche dich, Goval«, fuhr Lore fort und hielt den Blick des Borg fest. »Ich brauche deine Hilfe, um den Borg eine Zukunft zu geben. Ohne dich kann ich es nicht schaffen. Bist du bereit, mir zu helfen?«

Das Ausmaß der ihm geltenden Aufmerksamkeit schien Goval zu überwältigen. Alle sahen ihn an: Lore, die übrigen Borg. Seine Stimme vibrierte, als er sagte: »Ja, ich ... ich helfe dir.«

»Dann mußt du stark sein«, betonte Lore. Er verlieh seiner Stimme nun einen festeren Klang. »Es ist notwendig, daß sich deine Gedanken durch Gewißheit auszeichnen. Wirst du ab sofort mit deinen Brüdern verbunden bleiben?«

»Ja. Jetzt verstehe ich.«

Lore wich zurück und lächelte stolz.

Der Schatten des Zweifels in Govals Gesicht löste sich auf, als er wieder zum Teil der Gemeinschaft wurde. Die Skepsis verschwand aus der Miene; Zuversicht und Entschlossenheit nahmen ihren Platz ein.

Data beobachtete Goval und überlegte, wie es sein mochte, sich von jemand anders beim Denken helfen zu lassen. Er wünschte sich, die damit einhergehenden Gefühle wenigstens einige Sekunden lang empfinden zu können. Nach wie vor begleitete ihn das Verlangen, neue Emotionen kennenzulernen.

Lore musterte ihn. Die Borg traten auseinander, wandten sich von den beiden Androiden ab.

»Siehst du, Bruder?« fragte Lore leise. »Ich kümmere mich um meine Anhänger. Ich brauche jeden einzelnen von ihnen und kann es mir nicht leisten, jemanden zu verlieren. Deshalb möchte ich die Experimente an Menschen durchführen.« In den Augen veränderte sich etwas. »Oder liegt dir noch immer etwas an ihnen?«

Data blieb reglos stehen und zwang sich, nicht zu reagieren. Früher war ihm das immer leicht gefallen, doch diesmal bereitete ihm die Nichtreaktion erhebliche Mühe.

»Ich muß wissen, ob ich dir vertrauen kann, Bruder«, betonte Lore.

»Natürlich kannst du das«, erwiderte Data.

Er meinte es ernst, aber Lore schien es nicht zu glauben. Ein weiteres Gefühl: Mißtrauen, das den eigenen Bestrebungen und Motiven galt. Zugegeben, seine Antwort basierte auf einer subjektiven Situationsbewertung, aber … er war immer vertrauenswürdig gewesen. Zumindest bei den Menschen.

»Gut«, sagte Lore. Ein Hauch von Herausforderung lag in seiner Stimme. »Ich möchte nämlich, daß *du* LaForge operierst.« Eine kurze Pause. »Dazu bist du doch bereit, Bruder, oder?«

Ein Test. Data interpretierte die Miene seines Substanz gewordenen Spiegelbilds. Er sollte beweisen, gewissen … Anforderungen gerecht zu werden. War das der richtige Ausdruck?

»Natürlich«, sagte er. »Ich würde jedoch vorschlagen, die Computermodelle der betreffenden Experimente zu verbessern, bevor mit den eigentlichen Operationen begonnen wird.«

»Bei der Arbeit mit lebenden Objekten lernt man viel mehr«, wandte Lore ein.

»Uns stehen nur drei Personen zu Verfügung«, gab Data zu bedenken. »Ich möchte sie nicht vergeuden.«

Lore schüttelte den Kopf. »Das sind Ausflüchte.«

»Nein, Bruder«, beharrte Data und spürte, wie der Kontakt zwischen ihm und dem anderen Androiden schwand. »Ich gebe nur der Rationalität den Vorrang.«

»Zur Hölle mit dem Rationalen!« heulte Lore. Er drehte sich um und berührte etwas an seiner eigenen Hand.

Data spürte, wie sich sein Gesicht verzerrte, als ihm jähe Energie durch Kopf und Brust zuckte. Seine Gedanken bildeten plötzlich eine neue Struktur.

Lore richtete wieder den Blick auf ihn. »Möchtest du nicht sofort anfangen, um uns dem großartigen Ziel erneut einen Schritt näher zu bringen? Oder fürchtest du vielleicht, deinen alten Freund zu verletzen?«

Ich habe keinen alten Freund, dachte Data. *Es gibt nur meinen Bruder.*

»Nein«, antwortete er. »Die Experimente sind notwendig.«

Lore trat etwas näher. »Vielleicht machen sie sogar … Spaß.«

Data staunte über das neue Empfinden, das gerade Teil seiner Wahrnehmungswelt geworden war. Er spürte zitternde Faszination angesichts der neuen Gefühle in seinem Innern. Hingebungsvoll genoß er das Emotionale, sehnte sich nach mehr.

Beide Androiden lächelten nun.

»Ja«, murmelte Data. »Vielleicht macht es tatsächlich Spaß.«

14

DIE ZELLE

»Ich glaube nicht, daß Data eine Fehlfunktion hat. Meiner Ansicht nach wird er kontrolliert«, sagte Geordi.

»Wie kommen Sie darauf?«

Jean-Luc Picard erhoffte sich Antworten vom Chefingenieur und nahm damit kaum Rücksicht auf LaForges neue Situation – ohne sein VISOR war er praktisch hilflos. Moderne Technik brachte nicht nur Vorteile, sondern konnte sich auch nachteilig auswirken – weil der Anwender von ihr abhängig war.

Geordi wirkte verunsichert. Die Hände schlossen sich so fest um den Rand der Sitzbank, daß die Knöchel weiß hervortraten. Er versuchte, sich nicht zu deutlich anmerken zu lassen, wie sehr er das VISOR vermißte.

Picard hatte einige Blinde gekannt, die nie mit einer solchen Sehhilfe ausgestattet gewesen waren, weil sie derartige Geräte aus dem einen oder anderen Grund nicht benutzen konnten. Bei jenen Personen hatte er nie die Art von Verzweiflung gesehen, die sich nun in Geordis Zügen abzeichnete.

Ich muß dafür sorgen, daß er auch weiterhin spricht, dachte Picard. *Vielleicht gelingt es uns dadurch, die eine oder andere Erkenntnis zu erlangen.*

LaForge runzelte die Stirn. »Als wir Data fragten, ob dies seine eigene Idee sei, ob er wirklich aus freiem Willen handelt ...«

»Er zögerte«, sagte Deanna Troi.

»Bis Lore ihm die Antwort vorgab«, fügte Picard hinzu.

LaForge wandte sich in die Richtung, aus der er die Stimme des Captains hörte. »Damit begnügte sich Lore nicht. Er sendete ein Signal. Eine Trägerwelle. Ich habe sie mit dem VISOR gesehen.«

»Daraufhin kam es in Datas Verhalten zu einer abrupten Veränderung«, meinte Troi. »Zorn und Haß erfüllten ihn plötzlich.«

LaForge nickte. »Vermutlich wußte Lore, daß ich die Trägerwelle sehen kann. Und deshalb forderte er Data auf, mir das VISOR abzunehmen.«

»Eine Trägerwelle«, murmelte Picard. »Und damit erzeugt er Emotionen in Data?«

Der Chefingenieur blinzelte mehrmals. Führte die trockene Luft dazu, daß seine jetzt ungeschützten Augen brannten? »Ich glaube, Lore setzt den von Dr. Soong geschaffenen Emo-Chip ein. Er hat einen Weg gefunden, einen Teil des emotionalen Potentials auf Data zu übertragen.«

»Aber Data scheint nur zu negativen Empfindungen imstande zu sein«, sagte Deanna.

»Dahinter dürfte Absicht stecken.« LaForge stöhnte leise. »Wie dem auch sei: Um die ganze Sache funktionieren zu lassen, mußte Lore zuerst Datas Ethikprogramm ganz oder wenigstens teilweise neutralisieren.«

Picard straffte die Schultern. »Wie läßt es sich reaktivieren?«

Geordi zuckte mit den Achseln, und erneut schlossen sich seine Hände krampfhaft fest um den Rand der Sitzbank. Vielleicht dachte er jetzt daran, wozu er in der Lage gewesen wäre, wenn ihm die Ressourcen der *Enterprise* – und natürlich sein VISOR – zur Verfügung gestanden hätten.

»Wenn ich einen synchronisierten Kedion-Impuls senden könnte, und zwar mit der richtigen Frequenz ...«, überlegte LaForge laut. »Er würde eine Reinitialisierung und den Neustart von Datas Subsystemen bewirken.«

Picard nickte. »Das erneut aktivierte Ethikprogramm

könnte zwar nicht verhindern, daß Lore Emotionen in Data stimuliert, aber vielleicht ist er dadurch wieder bereit, uns zuzuhören.«

Sie mußten jede Chance nutzen, wie klein sie auch war. Das gab ihnen einen Ansatzpunkt, ein Etappenziel. Und es verhinderte, daß sie die Hoffnung verloren.

»Ich glaube, es ist einen Versuch wert«, ließ sich Troi vernehmen.

Picard und die Counselor wechselten einen stummen Blick, bevor sie beide zu Geordi sahen, der erneut blinzelte. Zwar konnte er seine Umgebung nicht mehr visuell erkennen, aber er erinnerte sich an ihre Beschaffenheit: grauer Boden, graue Wände, Sitzbänke aus Kunststoff und im Zugang ein Kraftfeld, das sie daran hinderte, den Raum zu verlassen. Nirgends auch nur ein einziger stromleitender Gegenstand.

»Hat jemand eine Ahnung, wie wir unter den gegenwärtigen Umständen einen Kedion-Impuls erzeugen sollen?« fragte LaForge.

Picard verlagerte das Gewicht vom einen Bein aufs andere, als sich dumpfer Schmerz in seinem Rücken regte. Er seufzte – eine Enttäuschung mehr. Vielleicht hatten sie eine Lösung des Problems gefunden, doch ihnen fehlten die notwendigen Mittel, um sie zu realisieren.

Ist es so weit mit uns gekommen? Hängen wir so sehr von Technik ab, daß wir Probleme nur mit ihr lösen können? Es muß irgendeine andere Möglichkeit geben, Datas Ethikprogramm neu zu initialisieren ...

Das Summen des Kraftfelds im Zugang verstummte plötzlich. Picard drehte sich um.

Data kam herein, winkte ihn und Troi mit seiner Waffe zurück. Er griff nach LaForges Arm.

Deanna wollte vortreten, aber der Captain hielt sie fest.

»Wohin bringen Sie ihn?« fragte er.

»Das geht Sie nichts an«, erwiderte Data schlicht.

Er zog Geordi von der Sitzbank. Selbst wenn der Chefingenieur versucht hätte, Widerstand zu leisten: Gegen die Kraft des Androiden konnte er überhaupt nichts ausrichten.

»Data!« Picard sprach jetzt in einem beschwörenden Tonfall. »Warten Sie! Lassen Sie uns darüber reden …«

Im Zugang erschienen wieder die Schlieren des Kraftfelds.

»Wohin bringen Sie ihn?« fragte der Captain.

»Das braucht Sie nicht zu interessieren.«

Picard trat so dicht an die energetische Barriere heran, daß er ihre Wärme im Gesicht spürte. »Nehmen Sie mich mit, Data!«

Zorn verdrängte das Erstaunen darüber, daß er dem Zweiten Offizier der *Enterprise* nicht mehr vertrauen konnte. Schlimmer noch: Er mußte befürchten, daß Data seinem besten Freund irgend etwas antat. Immer stärker wurde in Picard der Drang, den Lauf der Ereignisse in eine andere Richtung zu lenken, mit brutaler Gewalt, wenn es notwendig sein sollte. Fast hätte er dem Verlangen nachgegeben, die Hand durchs Kraftfeld zu schieben, das sich zwischen ihm und einer Situation erstreckte, die er nicht kontrollieren konnte.

Vor der nächsten Korridorecke blieb Data noch einmal stehen und drehte sich um. Noch immer hielt er LaForge fest – wie ein Opferlamm, fand der Captain – und richtete einen durchdringenden Blick auf die beiden ehemaligen Gefährten in der Zelle.

»Sie kommen noch früh genug an die Reihe«, sagte der Androide.

Das Klettern war so anstrengend, daß Riker glaubte, unterwegs lösten sich ihm Arme und Beine aus den Gelenken.

Dieser Eindruck wurde so stark, daß er einige Male tatsächlich in Versuchung geriet, sich umzudrehen und nach abgefallenen Gliedmaßen Ausschau zu halten.

Während der Starfleet-Ausbildung hatte er natürlich

den einen oder anderen steilen Hang erklommen, aber damals war er ein achtzehn Jahre junger Mann gewesen, der mit offenen Augen davon träumte, einmal Kommando-Offizier zu werden. *Dieses Ziel habe ich inzwischen erreicht, aber ich bin längst keine achtzehn mehr,* dachte er. Die Knie angeschlagen, abgeschabte Ellenbogen, völlig überforderte Lungen... Nur die Entschlossenheit, den Captain und die anderen zu retten, sorgte dafür, daß er den Weg fortsetzte.

Riker spuckte Staub, der vom weiter oben kletternden Worf aufgewirbelt wurde. *In Bewegung bleiben,* dachte er immer wieder. *In Bewegung bleiben.* Ein weiterer kleiner Felsvorsprung für den Fuß, ein weiterer kleiner Riß für die bereits blutigen Finger. Noch ein Grasbüschel, an dem man sich festhalten konnte. Und danach wieder eins.

Plötzlich traf ihn etwas an der Schulter, und aus einem Reflex heraus preßte er sich so fest an die Felsen, daß er kaum mehr atmen konnte. Er glaubte zunächst, daß der Klingone unvorsichtig gewesen war und einen Stein losgetreten hatte. Doch irgend etwas hielt ihn davon ab, ärgerliche Worte an Worf zu richten. Einige Sekunden verharrte er, nur um ganz sicher zu sein.

Der Boden vibrierte leicht. Schritte!

Riker rührte sich nicht von der Stelle, spähte nach oben und stellte fest, daß Worf zwischen einigen Büschen und Sträuchern verschwunden war.

Er versuchte, noch mehr zu erkennen, ohne den Kopf zu bewegen.

Oben knirschten Schritte. Zwei Personen. Vielleicht auch drei.

Schwarze Stiefel. Gepanzert. Borg-Stiefel.

Riker sah nur einen von ihnen, aber das genügte ihm.

Unter seinen Füßen gab etwas nach, und die Schwerkraft zerrte an ihm. Einmal mehr verharrte er in völliger Reglosigkeit und hoffte inständig, daß nicht auch die Hände den Halt verloren. Nein, nicht ausgerechnet jetzt. Nur noch zehn Sekunden länger...

Die Schritte bewegten sich gleichmäßig über den Bergkamm hinweg. Gras seufzte. Kleine Steine regneten herab. Er kniff die Augen zu und unterdrückte nur mit Mühe den Reflex, sich abzuwenden – dadurch hätte er riskiert, von den Borg entdeckt zu werden.

Staub geriet dem Ersten Offizier in die Augen. Er kniff sie zu und hoffte, daß Tränen das Brennen aus ihnen vertrieben. Der Wunsch, sie zu reiben, war fast überwältigend.

Die Muskeln in seinen Beinen erlahmten allmählich, aber Riker wußte: Er durfte ihnen jetzt keine Pause gönnen. Sie mußten auch weiterhin einen großen Teil seines Körpergewichts tragen – bis die Borg verschwanden.

Oben zwischen den Büschen bewegte sich etwas. Worf? Will holte tief Luft, um ihm eine Warnung zuzurufen – gerade noch rechtzeitig klappte er den Mund wieder zu.

Der Klingone erschien zwischen den Sträuchern. Zuerst zögerte er immer wieder und hielt Ausschau, richtete sich schließlich auf, sah nach rechts und links ...

Er griff nach Rikers Armen und zog den Ersten Offizier hoch.

Die Borg waren nicht mehr in der Nähe.

Riker klopfte sich Schmutz von der Kleidung.

»Wir haben den Ort gefunden, Commander!« Worf streckte den Arm aus.

Riker blinzelte mehrmals, trat einige unsichere Schritte vor und blickte über die zerklüftete Landschaft. Weiter vorn ragte ein Gebäude auf. Es handelte sich nicht um eine Art restaurierte Ruine oder dergleichen, sondern eher um eine moderne Festung. Vermutlich stammte das Bauwerk von einem anderen Volk, nicht von den Borg – die hatten es nur übernommen.

Sein Herz klopfte heftiger. Wenn doch nur die *Enterprise* im Orbit gewesen wäre ... *Dann könnten wir uns in das Gebäude beamen und dort eine schnelle Sondierung vor-*

nehmen, um den Captain und die anderen zu finden. Einige Sekunden lang stellte sich Riker vor, wie sie Picard und seine Begleiter befreiten, um im Anschluß daran die Situation unter Kontrolle zu bringen.

Kontrolle – darum ging es ihm. Er wollte auf irgendeine Weise die Entwicklung der Dinge kontrollieren. Warum hatte er sich nicht zur *Enterprise* transferiert, als das möglich gewesen war? Vielleicht hatte er die falsche Entscheidung getroffen. Das Resultat: Jetzt saß er nicht etwa im Kommandosessel, sondern befand sich auf dem Planeten. Ihm standen nicht die Sensoren und Waffen eines Starfleet-Schiffes zur Verfügung, sondern nur ein armseliger Phaser und die Hilfe eines Klingonen.

Er wollte gerade seufzen – als ihn etwas veranlaßte, die Luft anzuhalten.

Stimmen! Und wieder Schritte.

Riker und Worf liefen über den Kamm. Ihr Ziel: einige Bäume und Büsche, hinter denen sie sich verstecken konnten. Eigentlich seltsam... Auf diesem Planeten gab es jede Menge Pflanzen, aber wenn man welche brauchte, machten sie sich plötzlich rar.

Der Erste Offizier bahnte sich einen Weg durchs Dickicht und zuckte jedesmal zusammen, wenn ein Zweig knackte.

Und dann...

Plötzlich stieß er gegen eine massive Gestalt, die sich keinen Zentimeter bewegte, als er gegen sie prallte.

Er taumelte, stieß gegen Worf...

Anschließend starrten sie beide. Etwas anderes blieb ihnen auch gar nicht übrig. Sie starrten und bewunderten die dämonische Symmetrie der drei Borg, deren Waffen auf sie gerichtet waren.

Will Riker stand wie angewurzelt und beobachtete jene drei Wesen, die sie mit solchem Geschick überrumpelt hatten. Die Borg erwiderten den Blick und rührten sich ebenfalls nicht.

Eine sonderbare Begegnung zwischen Feinden. Riker

ahnte, daß sie sich jetzt Antworten auf einige Fragen erhoffen durften.

Vielleicht ergeben sich sogar Vorteile für uns, fuhr es ihm durch den Sinn, obwohl solche Gedanken kaum einen Sinn zu haben schienen. Wie dem auch sei: Die Entwicklung der Situation gelangte hier und jetzt an einen entscheidenden Punkt.

Das ist doch verrückt, dachte er. *Bin ich so erschöpft, daß ich den Captain vergessen habe? Wenn uns die Borg nicht sofort umbringen ... Nun, vielleicht bin ich doch nicht so verrückt.*

»Was wollt ihr?« fragte er laut. »Warum schweigt ihr?«

Die Borg blieben auch weiterhin stumm.

Riker versuchte es noch einmal. »Führt einer von euch das Kommando?«

Er sah zu Worf und vermied es im letzten Augenblick, die Borg aufzufordern, ihn zu ihrem Anführer zu bringen. Wenn alles nicht so verdammt ernst gewesen wäre, hätte man die ganze Sache ins Lächerliche ziehen können. Mensch trifft Alien. Und nun?

Begann ihre Suche hier oder ging sie zu Ende? Die Borg hatten noch immer nicht geschossen, und das gab ihnen eine Chance.

Riker beobachtete die drei Borg, denen sie praktisch hilflos ausgeliefert waren, und ganz bewußt entschied er, die Situation unter Kontrolle zu bringen. Selbst wenn er mit dem Leben dafür bezahlte: Er wollte die robotischen Geschöpfe zwingen, aktiv zu werden.

DIE ZELLE

»Spüren Sie wirklich Emotionen bei Data?«

»Wie bitte?«

»Sind Sie ganz sicher, daß die Gefühle tatsächlich in ihm existieren? Vielleicht zwingt man ihn zu behaupten, daß er nun ein emotionales Potential hat. Oder er unterliegt so vollständig einem fremden Einfluß, daß die Entität namens Data derzeit überhaupt nicht existiert.«

Picard unterbrach seine unruhige Wanderung und sah zu Deanna Troi. »Ihre empathischen Fähigkeiten sind jetzt mehr als nur nützlich, Counselor. Ihnen kommt mehr Bedeutung zu als jemals zuvor – sie sind praktisch unsere einzigen Waffen. Bitte erklären Sie mir genau, welchen Eindruck Sie in diesem Zusammenhang von Data gewonnen haben. Existieren wirklich Emotionen in ihm?«

Deanna zögerte kurz. »Er hat zweifellos Gefühle, Sir.« Es fiel ihr schwer, die richtigen Worte für das zu finden, was sie beim Androiden gespürt hatte. Und dem Captain fiel es schwer, auf eine Antwort zu warten.

»Hinzu kommt eine seltsame, fast perverse Art von Freude angesichts der Präsenz von Emotionen«, fuhr die Counselor schließlich fort. »Es ist berauschend für ihn. Allerdings gibt es bei ihm kein breites Spektrum an Gefühlen.«

»Wie meinen Sie das?«

»Der Zorn kommt und geht. Das gilt auch für Neid und Haß. Aber wenn diese Empfindungen verschwinden, so nimmt nichts anderes ihren Platz ein. In uns allen existiert eine Art Ebbe und Flut von Emotionen. Wenn der Zorn nachläßt, untersuchen wir seine Ursachen mit Hilfe der Vernunft. Diese Fähigkeit fehlt Data.«

»Aber er *hat* Gefühle?«

»Ja. Es handelt sich dabei nicht um künstliche Reaktionen, die von einem externen Faktor hervorgerufen werden.«

Picard schöpfte plötzlich neue Hoffnung und schnippte mit den Fingern. »Dann haben wir vielleicht die Chance, weitere Emotionen auszulösen. Oder ihn auf eine andere Weise zu beeinflussen – indem wir Erinnerungen und Gefühle stimulieren, die in Datas Speichermodulen für Verhaltensweisen auf Aktivierung warten. Nun gut.« Er wandte sich an die Counselor. »Ich erteile jetzt neue Anweisungen.«

Troi stand auf und fragte sich, welche Befehle der Captain hier in dieser Zelle geben konnte.

»Nutzen Sie jede Möglichkeit, um Einfluß auf Data auszuüben«, sagte Picard. »Vielleicht gelingt es uns, etwas in ihm zu berühren. Mit bestimmten Schlüsselworten. Wir müssen soviel wie möglich mit ihm reden. Ohne ihm zu verraten, wo sich die *Enterprise* und die übrigen Einsatzgruppen befinden.« Er setzte einen Fuß vor den anderen und blieb erst stehen, als er wieder die Wärme des Kraftfelds spürte. »Hoffentlich denkt LaForge daran und spricht mit Data.«

»Er hat von uns allen die größten Aussichten, den alten Data zu erreichen«, erwiderte Deanna.

»Ja«, murmelte Picard. »Mit jeder verstreichenden Sekunde wird die Situation schlimmer. Unter Lores Kontrolle sind die Borg noch gefährlicher als vorher – wegen ihrer Unberechenbarkeit. Data verfügt über umfassende Informationen in Hinsicht auf Starfleet und die Föderation. Wenn es Lore irgendwie schafft, auf jene Daten zuzugreifen ...«

Troi schauderte. »Denken Sie nicht einmal daran.«

»Wir müssen eine solche Möglichkeit in Betracht ziehen, Counselor. In diesem Zusammenhang ist folgendes interessant: Offenbar hat Lore jene Informationen noch nicht bekommen, was bedeutet, daß etwas in Data Distanz wahrt. Und wenn Beverly inzwischen zur Föderation zurückgekehrt ist ... Bald müßten die ersten Schiffe eintreffen.«

Picard trat fort von der energetischen Barriere im Zugang der Zelle, näherte sich Deanna und senkte die Stimme.

»Counselor ... Ich beabsichtige, mich zwischen Lore und die Föderation zu stellen, wenn sich eine Gelegenheit dazu ergibt.«

Troi runzelte die Stirn. »Soll das heißen, Sie wollen sich opfern? Captain …«

»Ja, dazu bin ich bereit – um Data und Lore aufzuhalten. Das ist meine Verantwortung, und ich muß sie wahrnehmen. Falls ich nicht überlebe, so wenden Sie sich bitte mit folgender Botschaft an Starfleet: Ich empfehle, den ganzen Planeten zu vernichten. Wir dürfen nicht zulassen, daß die hiesigen Borg in ihrem gegenwärtigen Zustand überleben – das gilt auch für Commander Data. Es brächte unsere ganze Zivilisation in Gefahr.«

Tiefe Besorgnis zeichnete sich in Deannas Miene ab. Sie schien bereit zu sein, dem Captain zu widersprechen. »Meinen Sie damit einen massiven Angriff?«

»Nein«, entgegnete Picard sofort. Seine Stimme klang ein wenig heiser, als er hinzufügte: »Ich spreche mich dafür aus, alles Leben auf dieser Welt zu eliminieren. Lores Borg wollen die Föderation vernichten. Vielleicht ist dies unsere einzige Chance, eine interstellare Katastrophe zu vermeiden.«

Wände und Decke aus Stein. Das Gefühl, in der Zeit zurückzukehren, sich von einem Berg verschlingen zu lassen.

Felsen säumten den Tunnel, der ganz offensichtlich von Maschinen geschaffen worden war. Wann? Riker wußte es nicht. Es fehlten visuelle Anhaltspunkte, da ein großer Teil des Tunnels im Dunkeln verborgen blieb. Der Boden war trocken. Hier und dort standen Frachtbehälter – sicheres Zeichen dafür, daß sich hier jemand aufhielt. Was die Luft betraf … Sie roch nach nichts, bot überhaupt keine Hinweise.

Der Erste Offizier hatte es den Borg überlassen, aktiv zu werden, und dies war nun das Ergebnis: Sie schritten durch einen Tunnel und erreichten schließlich eine Kammer, in der einige andere Borg warteten. Ihre Blicke …

In den Augen zeigte sich nicht etwa Gleichgültigkeit oder Haß, sondern Neugier und Besorgnis.

Besorgnis? Riker blinzelte mehrmals, um einen Rest von Sand aus den Augen zu verbannen. Vielleicht sah er noch nicht richtig …

Links trat ein Borg hinter den anderen hervor.

Will Riker schnappte nach Luft, als er die Gestalt zu erkennen glaubte. Die Überraschung war enorm.

»Hugh?« brachte er hervor.

»Was machen Sie hier, Commander Riker?« fragte der Borg.

Der Erste Offizier hielt unwillkürlich den Atem an. Er bildete es sich also nicht ein – es stand tatsächlich Hugh vor ihm.

Als eine Antwort ausblieb, fügte der Borg hinzu: »Hat die Besatzung der *Enterprise* nicht schon genug Schaden angerichtet?«

Riker und Worf starrten. Diesmal regte sich keine Furcht in ihnen – sie waren verblüfft.

»Was soll das denn heißen?« fragte Riker.

»Hier sind die Wände alt und brüchig«, sagte Hugh. »Bitte kommen Sie mit.« Er deutete zu einem anderen Tunnel und setzte sich in Bewegung.

Riker warf dem Klingonen einen kurzen Blick zu und nickte.

Worf ging los, und der Erste Offizier folgte ihm. Weitere Borg schlossen sich ihnen an, aber sie trugen keine Waffen.

Nach etwa zweihundert Metern erreichten sie eine kleinere Kammer, und dort wartete Hugh auf sie. Er senkte die Stimme, und es war sehr seltsam, einen Borg leise sprechen zu hören. Es ging ihm um Sicherheit – um seine eigene und auch die seiner Freunde.

»Wir leben hier«, erklärte Hugh. »Damit meine ich mich selbst und jene Borg, die sich vom Kollektiv getrennt haben. Und auch von Lore. Als ich mit der Individualität zurückkehrte, die Sie mir gaben, fiel es mir sehr schwer, wieder Teil des Kollektivs zu sein. Ich empfand es als sehr seltsam, so viele Stimmen zu hören, nachdem ich die des eigenen Selbst vernommen hatte. Ich fürchtete, mich zu verlieren.«

Hugh zögerte, und sein Gesichtsausdruck wies deutlich darauf hin, wie wichtig das Individuelle für ihn geworden war. Er wirkte menschlich, selbst im Körperpanzer eines Borg – er erweckte den Eindruck, ein Gefangener darin zu sein.

»Meine Präsenz wirkte sich auf andere Borg aus. Sie lernten, sich von den vielen Stimmen abzuschirmen, um den eigenen Gedanken zu lauschen.«

»Wenn man bedenkt, wie Borg-Schiffe organisiert sind ...«, sagte Riker voller Mitgefühl. »Daraus müssen sich ziemlich negative Folgen ergeben haben.«

Hugh nickte. »Gemeinsame Entscheidungen wurden unmöglich. Dinge blieben unerledigt. Es dauerte nicht lange, bis unsere Raumer mehr oder weniger hilflos im All trieben. Ich gelangte allmählich zu dem Schluß, daß es schlecht für uns ist, ein eigenes Bewußtsein zu haben. Es erwies sich als sehr schmerzhaft für uns, selbst zu denken. Die Individualität offenbarte sich als große Gefahr.« Er sah Riker an. »Und als eine schwere Bürde.«

»Sie kann tatsächlich eine Last sein«, räumte der Erste Offizier ein. »Aber sie ist auch etwas Herrliches.«

»Uns brachte sie in erster Linie Leid, Commander«, erwiderte Hugh.

»Glauben Sie, wir sind für das verantwortlich, was mit den Borg geschah?« fragte Worf.

Hughs Blick bohrte sich in die Augen des Klingonen. »Sie schickten mich mit dem Wissen zurück, ein Individuum zu sein«, sagte er, und Zorn zitterte in seiner Stimme. »Bestimmt war Ihnen klar, daß ich meine Erfahrungen an die anderen weitergeben würde.«

»Wir wußten, daß eine solche Möglichkeit existierte«, gestand Riker.

»Dann ist es Ihre Schuld, daß Lore nun über uns herrscht!«

»Diesen Vorwurf halte ich für absurd«, brummte

Worf. »Lore ist eine einzelne Person. Wie kann er sich die Borg gegen ihren Willen unterworfen haben?«

»Sie ahnen nicht, in welchem Zustand wir uns befanden, als er uns entdeckte«, zischte Hugh.

Angespannte Stille folgte. Der Borg vor Riker und Worf rang mit sich selbst – er versuchte, ruhig zu bleiben, nicht die Beherrschung zu verlieren. Einst war er fast eine Maschine gewesen, und jetzt überwogen die Eigenschaften eines biologischen Wesens. Das eine brachte ihm ebensowenig Frieden wie das andere.

»Vor meinem Aufenthalt an Bord der *Enterprise* bildeten die Borg ein Kollektiv, eine Gemeinschaft mit zentralem Ich«, sagte Hugh leise. »Die Stimmen in unseren Köpfen… Sie formten eine glatte, saubere Melodie. Doch nach meiner Rückkehr veränderten sich die Stimmen, und Disharmonisches störte die Melodie. Zum erstenmal gab es bei den Borg Meinungsverschiedenheiten, die unsere Funktion beeinträchtigten. Einige von uns kämpften gegen andere oder zogen sich in Isolation und Apathie zurück.« Wieder eine kurze Pause. »Manche verhungerten.«

Riker widerstand der Versuchung, eine Grimasse zu schneiden. »Und dann kam Lore?«

Demütigung projizierte einen Schatten auf Hughs bleiches Gesicht. Er sah abrupt auf. »Wahrscheinlich können Sie sich gar nicht vorstellen, wie es uns erging. Wenn man so verwirrt ist und voller Furcht steckt, wie es bei uns der Fall war… Dann heißt man jede Stimme willkommen, die Veränderung verspricht.«

»Selbst wenn sie Herrschaft beansprucht?« fragte der Klingone.

»Genau das entsprach unseren Wünschen«, erwiderte Hugh scharf. »Wir brauchten jemanden, der uns einen Weg aus dem Chaos wies. Lore versprach Klarheit und Zielstrebigkeit. Damit erwies er sich als unwiderstehlich.«

Scham gab seiner Stimme einen rauhen Klang und trübte die Augen.

Worf holte Luft, um etwas zu sagen, doch Riker warnte ihn mit einem stummen Blick. Hugh wandte sich von ihnen ab, trat tiefer in die Höhle.

Sie folgten ihm und beschränkten sich zunächst auf die Rolle von Zuhörern.

»Zu Anfang erschien uns Lore wie ein Retter«, fuhr Hugh fort. »Durch eine *vollkommen* künstliche Natur zu einem überlegenen Volk zu werden... Diese Vorstellung faszinierte uns sehr. Lore schuf Ordnung. Er beendete das Chaos, das ich mitgebracht hatte. Wir führten seine Anweisungen *gern* aus. Er gab uns den Auftrag, hier auf diesem Planeten eine Basis einzurichten. Anschließend schickte er einige von uns ins All, um andere Borg hierherzuholen, damit sie an der versprochenen Zukunft teilhaben konnten.«

Riker duckte sich unter einem Felsen hinweg, der ein ganzes Stück weit aus der Decke ragte. »Eine Zukunft, in der die Borg ebenso künstlich sind wie Lore?«

»Ja«, bestätigte Hugh, und ein Hauch Abscheu erklang nun in seiner Stimme. »Prothesen für Arme oder Augen zu entwickeln – so etwas ist nicht weiter schwer. Aber das Bewußtsein einer Person auf ein artifizielles Gehirn zu übertragen... Damit sind weitaus mehr Schwierigkeiten verbunden. Nun, Lore hatte den Borg etwas in Aussicht gestellt, und er wußte: Um unsere Loyalität zu gewinnen und zu behalten, mußte er sein Versprechen einlösen. Deshalb begann er mit Experimenten. Hier sehen Sie das Ergebnis.«

Sie betraten eine Höhle, in der zwei Borg mit dem Rücken an der Wand saßen.

Auf den ersten Blick schienen sich diese beiden robotischen Geschöpfe kaum von den anderen zu unterscheiden – abgesehen vielleicht von dem Umstand, daß sie recht lässig saßen. Doch als Riker näher kam, stellte er fest, daß die vermeintliche ›Lässigkeit‹ in Wirklichkeit mangelnde Kontrolle über den Körper war.

Allem Anschein nach litten die beiden Borg an umfassenden Nervenschäden. Einer von ihnen erbebte immer wieder und kippte allmählich zur Seite, ohne sich wieder aufrichten zu können. Dem anderen fehlte ein Arm, und der Blick des einen Auges reichte ins Nichts.

Hugh trat auf sie und half dem ersten Borg wieder in eine aufrechte Position. »So ist es besser, Trossin, nicht wahr?«

Die deforme Gestalt nickte und lächelte sogar.

Es entsetzte Riker, was mit dieser Zivilisation geschehen war – obgleich es sich um den Feind handelte.

Hughs Blick glitt zu ihm. »Lore meinte, einige wenige von uns müßten dem Wohl der vielen geopfert werden. Nun, diese beiden Borg wurden von den anderen so behandelt, als seien sie bereits tot. Jemand nahm Trossins Auge und Kalins Arm. Bei uns ist so etwas auch vorher üblich gewesen, und deshalb tolerieren meine Artgenossen ein derartiges Verhalten. Im Gegensatz zu mir. Ich begriff, daß Trossin und Kalin nicht mehr lange überleben konnten, und deshalb brachte ich sie hierher.«

Er trat fort von den beiden Borg, blieb zwischen Riker und Worf stehen.

»*Dies* ist das Ergebnis meiner Begegnung mit der *Enterprise,* Commander«, sagte er. »Jetzt wissen Sie, warum ich mich über Ihre Ankunft nicht sehr freue.«

Riker sah sich in der Kaverne um: eine kleine Gruppe von Borg-Rebellen, die in Höhlen Zuflucht suchten und hofften, sich gegen eine große Übermacht behaupten zu können. Er lehnte es nach wie vor ab, sich in irgendeiner Weise verantwortlich zu fühlen, aber er verstand Hughs Empfindungen. Unter den gegenwärtigen Umständen mußte er Emotionen und Individualität tatsächlich eher für einen Fluch als einen Segen halten.

»Sie sind nicht auf Lore hereingefallen«, sagte Riker. »Sie haben seine Pläne als falsch erkannt und versuchen, ihn irgendwie an der Verwirklichung seiner Absichten zu hindern. Vielleicht ist auch das ein Ergebnis der Begegnung mit uns.«

Daraufhin bestimmte Nachdenklichkeit den Ausdruck in Hughs grauer Miene. Trotz seiner Bitterkeit versuchte er, keine wichtigen Aspekte zu übersehen. Darüber hinaus konnte er nicht leugnen, daß zumindest ein Teil der Schuld bei ihm lag – er selbst hatte den Borg das Chaos gebracht. Daraus ergaben sich widerstreitende Empfindungen, die Hugh innerlich nicht zur Ruhe kommen ließen. Außerdem: Die Emotionen waren für ihn noch immer so neu, daß er sich fragte, ob er ihnen trauen durfte.

Er seufzte und erschauerte kurz. »Es läßt sich nicht ausschließen. Aber verzeihen Sie mir bitte, wenn ich darauf verzichte, Ihnen zu danken.«

Riker zögerte einige Sekunden lang. Er wußte, daß er seine Worte jetzt mit besonderer Sorgfalt wählen mußte – immerhin sahen sie sich hier einem ganz neuen Teil der Borg-Gesellschaft gegenüber, mit dem sich diplomatische oder vielleicht sogar freundschaftliche Beziehungen herstellen ließen.

»Hugh ...«, begann er schließlich. »Ich bitte Sie nicht, mein Freund zu sein, aber vielleicht können wir uns gegenseitig helfen. Es wird nicht mehr lange dauern, bis Starfleet-Schiffe in diesem Sonnensystem eintreffen, und es befinden sich noch immer einige Einsatzgruppen auf dem Planeten. Helfen Sie uns, den Captain und seine Begleiter zu retten. Dann bieten wir Ihnen unsere Hilfe im Kampf gegen Lore an.«

Hugh schüttelte abrupt den Kopf. »Was nützt eine solche Vereinbarung? Lores Schiffe werden die Starfleet-Einheiten vernichten, und Ihre Leute können es nicht mit den Borg aufnehmen.«

»Wie sieht die Alternative aus?« fragte Riker. »Wollen Sie hier in diesen Höhlen warten, bis noch mehr Abtrünnige zu Ihnen stoßen?«

»Wir bleiben bestimmt nicht allein. Viele sind von Lore enttäuscht, aber noch fürchten sie ihn zu sehr, um offen aufzubegehren.«

Riker biß sich auf die Lippe, um nicht auf die vielen Beispiele in der menschlichen Geschichte hinzuweisen: Immer wieder war es kleinen Gruppen von Kämpfern und Revolutionären gelungen, sich gegen einen weit überlegenen Gegner durchzusetzen. Nun, er hatte keine Zeit, um Revolutionslieder zu singen oder jene Heldengeschichten zu erzählen, die praktisch alle terranischen Kinder kannten. Hugh ahnte, daß es für die individuellen Borg durchaus eine Zukunft gab, doch er wußte beim besten Willen nicht, wie man sie erreichen konnte.

Der Erste Offizier begriff, daß es praktisch nichts mehr zu sagen gab. »Wir sind hierhergekommen, um unsere Gefährten zu retten. Ich möchte Ihnen keine weiteren Schwierigkeiten bereiten ...«

Er winkte Worf zu und wandte sich zusammen mit ihm zum Gehen.

Hinter ihnen erklang Hughs Stimme. »Bitte erzählen Sie mir von ... meinem Freund.«

Riker drehte sich um. »Von Ihrem Freund?« wiederholte er überrascht.

»Von dem Menschen namens Geordi.«

»Da gibt es nicht viel zu berichten. Wir glauben, daß er im Gebäude gefangengehalten wird.«

Hughs Gesichtsausdruck veränderte sich – Sorge erschien in den Zügen des Borg. Er blickte durch die Höhle und sah in Richtung seiner Artgenossen. »Ich kann Ihnen nicht helfen«, sagte er unsicher. »Wir dürfen nicht riskieren, entdeckt zu werden.«

»Na schön«, meinte Riker. »Dann müssen wir eben auf Ihre Hilfe verzichten. Aber zeigen Sie uns wenigstens, wie man in das Gebäude gelangt und es wieder verläßt.«

15

DIE ZELLE

Jean-Luc Picard sah zu dem Borg-Wächter auf der anderen Seite des Kraftfelds, wich dann in den rückwärtigen Bereich der Zelle zurück und legte sich dort hin. Er gab Troi ein unauffälliges Zeichen.

Sie nickte.

Der Captain drehte den Kopf zur Seite und gab vor zu schlafen. In Wirklichkeit lauschte er aufmerksam.

Deanna trat zur energetischen Barriere.

»Darf ich Sie etwas fragen?«

Sie sprach mit ruhiger, sanfter Stimme, und Picard hoffte, daß der Wächter aufmerksam zuhörte.

»Was ist mit den Ureinwohnern dieses Planeten geschehen?« erkundigte sich die Counselor, als sie zu dem Schluß gelangte, daß sie nur mit klaren Fragen hoffen durfte, Antwort zu bekommen.

»Es handelte sich um biologische Lebensformen«, erwiderte der Wächter. Das für Borg typische Summen und Rasseln untermalte jedes einzelne Wort. »Sie waren schwach und fehlerhaft. Der Eine befahl uns, sie zu vernichten.«

Picard fühlte, wie die Anspannung in ihm wuchs. Er starrte an die graue Wand und hoffte, daß Troi das Gespräch fortsetzte.

»Wissen Sie, woher der Eine stammt?« fragte die Counselor.

Stille. Darauf wußte der Wächter keine Antwort.

»Überlegen Sie«, forderte Deanna ihn auf. »Der Eine wurde nicht geboren, wie Sie und ich. Jemand konstruierte ihn.«

»Sein Konstrukteur muß sehr klug gewesen sein.«

»Der Konstrukteur des Einen war eine biologische Lebensform.«

Darauf reagierte der Borg sofort. »Das ist unmöglich.«

Deanna unternahm den nächsten logischen Schritt. »Warum hat man ihm ein menschliches Erscheinungsbild gegeben?«

Picard hätte ihrer Hartnäckigkeit am liebsten applaudiert. Aber er mußte still liegenbleiben, um den Borg weder zu verunsichern noch Argwohn in ihm zu wecken.

Der Wächter schwieg nun. Aus Betroffenheit?

Picard gab der in ihm brennenden Neugier gerade genug nach, um ein wenig den Kopf zu drehen und zum Kraftfeld zu sehen.

Der Borg starrte am Eingang der Zelle vorbei ins Leere. Ganz offensichtlich war er tief in Gedanken versunken.

»Ein fehlerhafter Organismus schuf den Einen«, betonte Deanna mit kühler Eleganz. »Deshalb kann er nicht perfekt sein.«

»Er ist der Eine.«

Die Counselor fügte ihrer Kette aus Argumenten ein weiteres Glied hinzu. »Da er nicht perfekt ist, sind die Borg auch nicht verpflichtet, seine Anweisungen zu befolgen. Oder?«

Dem letzten Wort kam kaum mehr als rhetorische Bedeutung zu.

Picard schöpfte neuen Mut. Er beobachtete nun etwas, das er noch vor kurzer Zeit für unmöglich gehalten hätte. Die Borg waren keine Roboter, trotz ihres Aussehens und Verhaltens. *Es sind nie Roboter gewesen,* dachte der Captain. *Nicht einmal* bevor *Hugh ihnen Individualität brachte.*

Er sah den Zweifel im Gesicht des Wächters, den Zwiespalt, ein Dilemma, in dem Wünsche und Sehnsucht wuchsen. Wo es Zweifel gab, existierte auch Hoffnung. Die neuen Borg glaubten, sich für den richtigen

Weg entschieden zu haben. Diesem Punkt kam bei ihnen große Bedeutung zu. Sie strebten die *richtige* Perspektive an, das *richtige* Verhalten. Und um dieses Ziel zu erreichen, brauchten sie eine Definition des *Richtigen.*

Picard erkannte einen Schimmer von Leben, der ihm einen Ansatzpunkt bot – wenn er die nötige Vorsicht walten ließ. In den Augen des verwirrten Borg leuchtete das Verlangen nach den Rechten, mit dem alle intelligenten Wesen geboren wurden: das Recht auf Anerkennung; das Recht, einen eigenen Lebensweg zu beschreiten; das Recht, *nicht* so zu sein wie alle anderen; das Recht auf eine eigene Meinung; das Recht, für die eigene Ansicht einzutreten, auch auf die Gefahr hin, daß es dadurch zu Konflikten kam. Picard wußte: Er sah nun, wie wahre individuelle Intelligenz entstand. Es würde nicht mehr lange dauern, bis keine kollektiven Borg mehr existierten.

Ich hoffe nur, daß es schnell genug passiert. Schnell genug für die Föderation – und auch für uns.

Das Geräusch näher kommender Schritte unterbrach den Captain bei seinen Überlegungen und erinnerte den Borg an seine Wächterpflichten.

Picard stand auf und trat zum Kraftfeld, als Lore vor dem Zugang der Zelle erschien.

»Wo ist Geordi?« fragte er und versuchte, seine Stimme nicht zu scharf klingen zu lassen. »Was haben Sie mit ihm angestellt?«

Lore ignorierte ihn und betätigte eine Taste des Kontrollfelds in der Wand. Die energetische Barriere zischte kurz, verschwand – und erschien zwischen Picard und Troi.

Verdammt! fluchte der Captain in Gedanken. *Mit so etwas hätte ich rechnen sollen. Erneut habe ich es versäumt, sein Verhalten vorherzusehen. Und jetzt …*

»Hallo, Deanna.«

Troi wich ein wenig von dem Androiden fort, nur ein oder zwei Schritte weit. Sie schien sich nicht zu fürchten – zumindest *noch* nicht.

Picard musterte die Counselor: dunkle Augen, lockiges schwarzes Haar, eine Schönheit, die nun zu einem Fluch wurde. Er sah subtile Veränderungen in ihrer Miene, als sie sich auf die Starfleet-Ausbildung und persönlichen Erfahrungen besann.

»Wie schön Sie sind«, sagte Lore. Es klang fast wie ein Echo von Picards Gedanken.

Besorgnis erfaßte den Captain, als er sich dem Kraftfeld näherte. »Lassen Sie Deanna in Ruhe.«

Lore schenkte ihm keine Beachtung und verkürzte die Distanz zu Troi. »Sie brauchen nichts vorzutäuschen. Es ist mir nicht entgangen, auf welche Weise Sie mich ansehen. Alle haben es bemerkt.«

»Sie irren sich, Lore«, erwiderte Deanna mit fester, emotionsloser Stimme.

Erneut wich sie zurück und versuchte, einen gewissen Abstand zu wahren. Zuviel verriet Furcht. Und zuwenig kam einer Einladung gleich.

Doch ganz gleich, wie sich die Counselor verhielt – Lore ließ sich bestimmt nicht davon abhalten, sich das zu nehmen, was er haben wollte.

»Ich glaube nicht, daß ich mich irre«, sagte Lore. Ein unheilvolles Grinsen erschien in dem Gesicht, das ein verzerrtes Spiegelbild von Datas Gesicht zu sein schien. »Keine Sorge. Ich beabsichtige nicht, Ihnen irgendein Leid zuzufügen.«

Picard schob sich vor, und dadurch kam es zu einem Kontakt mit der energetischen Barriere – sie knisterte heiß über Haut und Kleidung. Der Versuch, auf die andere Seite zu gelangen, wäre sinnlos gewesen.

»Lassen Sie Deanna in Ruhe«, wiederholte er.

Lore bedachte ihn mit einem durchdringenden Blick. »Eifersüchtig, Captain? Die Counselor gehört jetzt mir, und daran können Sie nichts ändern.«

Unmutsfalten bildeten sich in Trois Stirn. »Was auch immer Sie mit mir anstellen – ich *gehöre* Ihnen nicht.«

Lore drehte sich zu ihr um, und seine Züge offenbarten Verbitterung. Er mußte sich nun der Erkenntnis stellen, daß es einen Unterschied gab zwischen der Eroberung des Körpers und der des Herzens. »Ihnen scheint nicht ganz klar zu sein, welche Ehre ich Ihnen erweise.«

»Es ist mir völlig gleich«, entgegnete Deanna. »Ich kann noch immer für mich selbst denken und vergöttere Sie nicht.«

Sie gewann das Duell, und Lore schien bereit zu sein, sie deshalb umzubringen.

Er streckte die Hand nach ihr aus, und Troi rammte ihm beide Fäuste ins Gesicht.

Der Androide blinzelte überrascht, als die Counselor zur Wand zurückwich. Erneut lächelte er – oder versuchte es wenigstens. Es wurde kaum mehr als eine Grimasse daraus. »Das gefällt mir«, behauptete er. »Woher wußten Sie, daß ich so etwas mag?«

»Lügner«, erwiderte Deanna. »Sie können mich nicht einschüchtern, und ich werde Ihnen nie gehören. Mit Gefühlen kenne ich mich viel besser aus als Sie – in dieser Hinsicht haben Sie überhaupt keine Chance gegen mich.«

Picard wollte Deanna auffordern, auf derartige Provokationen zu verzichten – obgleich sie zweifellos recht hatte. Über Emotionen und wie auch immer beschaffene emotionale Manipulationen wußte sie weitaus mehr als Lore.

Ein Mitglied seiner Crew geriet in Gefahr – und er konnte nicht helfen. In diesen Sekunden wünschte sich Jean-Luc nichts sehnlicher, als auf die andere Seite des Kraftfelds zu gelangen, um dem Androiden die künstliche Haut vom Leib zu ziehen.

Lore sah Deanna stumm an. Nach einer Weile drehte er sich zum Zelleneingang um und musterte den dort stehenden Borg. Der Wächter beobachtete das Geschehen wie ein neugieriges Kind – er spürte, daß irgend etwas geschah, ohne genau zu wissen, worum es dabei ging.

Picard erinnerte sich an die mentalen Verbindungen

zwischen den Borg. Es bedeutete: Durch die Augen des Wächters nahmen auch alle anderen an den aktuellen Ereignissen teil.

Einmal mehr preßte sich der Captain ans Kraftfeld. »Sie möchten nicht, daß die Borg sehen, auf welche Weise sie sich Deanna unterwerfen müssen«, sagte er. »Das stimmt doch, oder?«

Die Bitterkeit kehrte in Lores Miene zurück. Er wollte bei seinen Gefolgsleuten auch weiterhin als perfekt gelten.

»Irgendwann kommt ein geeigneter Zeitpunkt«, sagte er. »Sie sind sehr intelligent, Captain Picard. Ihr Bewußtsein mag einfach strukturiert sein, aber trotzdem mangelt es Ihnen nicht an Intelligenz.« Lore wandte sich wieder an Deanna und zwickte sie ins Kinn. »Ich komme zu Ihnen zurück – da können Sie sicher sein. Und ich werde Sie ganz für mich haben, zur richtigen Zeit.«

Er sammelte seinen ganzen Stolz, drehte sich abrupt um und ging fort.

Der Borg-Wächter betätigte einige Tasten auf dem Kontrollfeld, und daraufhin glühte das Kraftfeld wieder im Zugang der Zelle.

»Ist alles in Ordnung mit Ihnen?« fragte der Captain leise.

»Natürlich«, erwiderte Troi so ruhig, als sei sie nur kurz von einem Trottel belästigt worden. »Ist Ihnen etwas aufgefallen, Sir?«

»Und ob. Lore fürchtete, seinen gottartigen Status zu verlieren. Er hat die Dinge nicht annähernd so weit im voraus geplant, wie er den Anschein zu erwecken versucht. Er überblickt nur die nächsten Minuten und hat eine eher vage Vorstellung von der Zukunft.«

»Was bedeutet: Er ist nicht vor Überraschungen gefeit«, sagte Deanna.

Picard nickte langsam, drehte sich zum Kraftfeld um und starrte in den Korridor.

»Überraschen wir ihn«, hauchte er.

»Einige der hiesigen Tunnel erstrecken sich bis unter das Gebäude. Mehrere von ihnen stehen nicht nur mit dem System der Ambientenkontrolle in Verbindung, sondern auch mit den Fluren des Bauwerks.«

In Hughs Stimme gab es nur noch einige wenige Reste des robotischen Summens. Er war kein gewöhnlicher Borg mehr, und was auch immer geschah: Er konnte nie wieder zu seiner früheren Existenz zurückkehren.

Will Riker behielt diese Gedanken für sich, als er an einem Felsvorsprung vorbeitrat.

»Zeigen Sie uns den entsprechenden Bereich«, grollte Worf, der den Abschluß bildete. »Wenn wir eine einigermaßen klare Vorstellung vom inneren Aufbau des Gebäudes gewinnen können ... Dann wären wir imstande, einen Plan für die Befreiung unserer Gefährten zu entwickeln.«

»Sie haben keine Möglichkeit, sich gegen Lore durchzusetzen«, meinte Hugh. »Ein solches Unterfangen ist völlig aussichtslos.«

Riker trat an seine Seite. »Aussichtslos wird etwas erst, wenn man die Hoffnung verliert. Das sollten Sie eigentlich wissen. Immerhin haben Sie sich dem Einfluß von Lore länger als sonst jemand widersetzt – eine bemerkenswerte Leistung.«

»Und wenn schon«, murmelte Hugh. »Lore weiß, daß wir geflohen sind. Früher oder später entdeckt er dieses Höhlensystem, und dann läßt er uns alle umbringen.«

»Wenn die Situation wirklich so hoffnungslos ist – warum geben Sie dann nicht auf?« fragte Riker.

Hugh ging mit hängenden Schultern, schwankte immer wieder von einer Seite zur anderen. Das Licht der Lampe in seiner rechten Schulter strich über die Wände. »Ich weiß es nicht«, sagte er schlicht.

»Wir bezeichnen so etwas als Risiko«, erklärte Riker. »Und als Trotz. Die Freiheit hat einen Preis. Das wissen

Sie – auch wenn Sie sich dessen vielleicht nicht bewußt sind. Alle lebenden Geschöpfe wissen es, und Sie sind ebenfalls lebendig.«

Hugh drehte nicht den Kopf. Er preßte die Lippen zusammen, und in den Wangen mahlten die Muskeln. Einige Sekunden lang schien er nach den richtigen Worten für eine Antwort zu suchen – ohne sie zu finden. Er blieb in Bewegung, setzte so schwer einen Fuß vor den anderen, als müßte er die Last seines individuellen Bewußtseins hinter sich herziehen.

»Sie haben sich geirrt, was uns betrifft«, fuhr Riker fort. »Wir hatten die Möglichkeit, Sie als Werkzeug zu benutzen, um die Borg zu vernichten. Aber wir entschieden uns dagegen.«

Hugh musterte den Menschen.

Riker beugte sich vor und sprach nun besonders eindringlich.

»Das Kollektiv griff die Föderation an und brachte Tausende um, bevor wir das Grauen beenden konnten. Es sind noch immer nicht alle Schäden behoben. Wir hätten Sie mit einem speziellen Computervirus ausstatten können, zu dem Zweck, alle Borg zu desaktivieren – und dadurch die Gefahr für uns zu beseitigen. Im umgekehrten Fall wäre das Kollektiv sicher bereit gewesen, eine so gute Gelegenheit zu nutzen, meinen Sie nicht?«

»Warum haben Sie darauf verzichtet?« Im matten Licht wirkte Hughs Gesicht noch grauer und schrumpeliger.

»Weil es falsch gewesen wäre!«

Das Herz schlug Riker nun bis zum Hals empor. Er glaubte, das Pochen ganz deutlich zu hören, wie einen Trommelschlag. Er brauchte Hugh als Verbündeten. Gleichzeitig ging es ihm darum, eine wichtige Botschaft zu übermitteln. Wenn er beim Versuch starb, den Captain und die anderen zu befreien... Vorher wollte er einen Punkt klären, der für ihn eine große Rolle spielte.

»Wir haben versucht, uns für das *Richtige* zu entscheiden«, sagte er. »Und dazu mußten wir über den Horizont unserer eigenen Interessen hinausblicken. Wenn Sie keine Unterschiede zwischen uns und Lore erkennen, so halten Sie nicht aufmerksam genug Ausschau. Sie als ein Instrument heimtückischer Vernichtung zu verwenden ... So etwas hätte gegen unsere wichtigsten moralischen Prinzipien verstoßen. Für den Beschluß, Sie ohne das Computervirus zurückzuschicken, bezahlte Captain Picard mit vielen schlaflosen Nächten und scharfer Kritik von Starfleet. Er nahm es hin. Als Sie zu einem Individuum wurden, gaben wir Ihnen die Freiheit zurück – damit Sie ein individuelles Leben führen konnten. Es entsprach *Ihrem* Wunsch. Was wünschen Sie sich jetzt? Welcher Gesellschaft sollen die neuen Borg angehören?«

Riker versuchte, Einzelheiten in Hughs Gesicht zu erkennen, während das blasse Lampenlicht hin und her zuckte. »Zwischen diesem und jenem zu wählen, Hugh ... Das gehört zum *Leben.*«

Einige Sekunden später seufzte der Erste Offizier und trat zurück. »Hugh, mein Freund ... Ich glaube, wir vertrauen Ihnen mehr als Sie sich selbst.«

Zum zehnten Mal versuchte Geordi, die Arme zu heben – um erneut an die Riemen erinnert zu werden, die ihn an eine schräge Plattform fesselten. Dabei handelte es sich nicht um eine Liege, eher um eine Art geneigten Untersuchungstisch. Der Chefingenieur fühlte sich in die Lage eines Geschöpfs versetzt, das darauf wartete, von einem neugierigen Biologen seziert zu werden. Entsetzen prickelte in ihm.

Es sorgte dafür, daß er nur ganz flach atmete, wodurch er aber nicht genug Sauerstoff bekam. Er trachtete danach, tief Luft zu holen und neuen Mut zu fassen, doch das fiel ihm sehr schwer. Er war allein und gefesselt, konnte überhaupt nichts sehen. Und sein bester Freund hatte von Experimenten gesprochen.

Wie sollte man sich unter solchen Umständen entspannen?

Er bemühte sich, mit Nase und Ohren Informationen über seine Umgebung zu gewinnen, doch im Lauf der letzten Jahre hatte er sich zu sehr an das VISOR gewöhnt. Es funktionierte soviel besser als normale Augen, daß er die übrigen Wahrnehmungssinne kaum mehr verwendete. Was sich nun als Fehler erwies.

Warum hatte er sich nicht die Zeit genommen, um zu lernen, auch ohne das Gerät zurechtzukommen? *Weil ich immer zu beschäftigt gewesen bin,* dachte LaForge. *Weil mir die* Enterprise *ständig Sicherheit bot.* Er hatte sich um das Schiff gekümmert, und dafür beschützte es ihn. Warum unter solchen Umständen die Möglichkeit erwägen, einmal ohne das VISOR auskommen zu müssen?

Jetzt blieb vor seinen Augen alles schwarz.

Ein Geräusch. Weilte jemand in der Nähe?

Schritte? Das VISOR hatte ihn auf die infraroten Emissionen von Personen hingewiesen – darum war der Hörsinn nie in dem Sinn nötig gewesen.

»Data?« fragte er zaghaft. »Ist da jemand?«

Einige Sekunden lang herrschte gespenstische Stille, begleitet von dem Empfinden, nicht allein zu sein.

Dann: »Geordi.«

»Captain!« Wie war Picard aus der Zelle entkommen? Erforderte diese Frage überhaupt eine Antwort? *Er ist hier, und nur darauf kommt es an.*

»Pst«, zischte Picard leise. »Wir holen Sie hier raus.«

»Beeilen Sie sich«, hauchte Geordi. »Data war eben noch hier. Er wollte nur etwas holen ...«

»Zu spät.« Die Stimme des Androiden.

LaForge schnappte nach Luft und hielt den Atem an. *Data hat mich zum Narren gehalten und Picards Stimme nachgeahmt.*

»Lore meinte, ich müßte meinen Sinn für Humor weiterentwickeln«, sagte Data. »Was halten Sie davon?«

Das Entsetzen in dem Chefingenieur dehnte sich rasch aus. Die Hinweise auf ›Experimente‹ waren scheußlich genug, aber Data quälte ganz bewußt sein Opfer und sprach in diesem Zusammenhang von ›Humor‹.

Geordi wollte zur Seite rutschen, als sich der Androide näherte, aber die Riemen ließen ihm kaum Bewegungsspielraum. »Ich glaube, Sie sollten noch etwas mehr daran arbeiten.«

Data stand jetzt neben der Plattform. Geordi spürte seine Präsenz – und er spürte, wie ihm der Schweiß ausbrach.

Etwas zischte leise, unmittelbar neben dem Kopf. An der Schläfe mit dem Kontaktpunkt fürs VISOR. Das Zischen wiederholte sich und schien im Innern des Schädels zu vibrieren.

»Was machen Sie da?« fragte LaForge mit zittriger Stimme.

»Ich neutralisiere Ihre Schmerzrezeptoren«, erklärte Data schlicht.

Geordi schluckte. Den Schmerz konnte man zwar eliminieren, aber die Furcht blieb. »Was stellen Sie mit mir an?«

Es klickte und klackte, als Data einen Apparat beiseite stellte und nach einem anderen griff.

»Ich implantiere Nanokortenid-Fasern in Ihrer Hirnrinde. Sie sollen Ihre neuralen Aktivitätsmuster feststellen und nachahmen.«

Etwas geschah. Geordi fühlte Druck an der Seite des Kopfes und dachte dabei an einen Zahnarzt, der in einem betäubten Zahn bohrte. Er wußte, daß sich Schreckliches anbahnte – das sich nun wiederholende Zischen kam der Stimme des Unheils gleich.

Schweiß strömte ihm übers Gesicht, tropfte vom Kinn auf den Hals. Die Hände zitterten und zerrten vergeblich an den Riemen.

»Nach der Implantation aller Fasern zerstöre ich Ihre Hirnzellen, um herauszufinden, ob das künstliche neurale Netzwerk imstande ist, kognitive Funktionen zu übernehmen.«

»Data, hören Sie mir zu!« Geordi keuchte und versuchte, in einem einigermaßen normalen Tonfall zu sprechen. »Lore kontrolliert Sie. Er sendet eine Trägerwelle, die sich irgendwie auf Ihre positronische Matrix auswirkt.«

»Wenn der Vorgang erfolgreich ist«, fuhr der Androide ungerührt fort, »erfahren Ihre kognitiven Fähigkeiten eine erhebliche Verbesserung.«

In LaForge wuchs die Verzweiflung. »Kümmert es Sie gar nicht, daß Sie manipuliert werden?«

»Allerdings besteht eine Wahrscheinlichkeit von fast siebzig Prozent, daß Sie dieses Experiment nicht überleben.«

Noch mehr Druck. Wieder das Zischen. Bewegung am Schädel, wie ein leichtes Kratzen. Geordi biß die Zähne zusammen, und Schwäche erfaßte ihn. Nach wie vor umgab ihn undurchdringliche Finsternis. Wenn er doch nur in der Lage gewesen wäre, wieder zu sehen! Er wollte nicht, daß Verstümmelung und Tod einfach so zuschlugen, ohne eine visuell erfaßbare Form ...

»Solche Wahrscheinlichkeiten gefallen mir nicht sonderlich«, murmelte er.

Kurze Stille. »Sie geben Anlaß zu Besorgnis«, kommentierte Data.

Besorgnis ... Gab es in dem Androiden vielleicht noch etwas, das dem Chefingenieur Geordi LaForge nicht mit kalter Gleichgültigkeit begegnete?

Fieberhaft suchte er nach einem logischen Weg, den eventuell existierenden Rest von Freundschaft zu stimulieren. Wenn ihm das gelang ...

»Allerdings stehen mir auch Counselor Troi und Captain Picard zur Verfügung«, meinte Data. »Woraus folgt: Wenigstens bei einem von Ihnen müßte das Experiment erfolgreich sein.«

Die Wahrheit traf LaForge wie ein Schlag mitten ins

Gesicht. Er hatte sich getäuscht: Es gab nichts, das Data daran hindern konnte, artifizielle Nervenfasern im Kopf seines besten Freunds zu implantieren.

Der freundliche, zuverlässige, anständige, ethische Data. Auf keinen Fall hätte er zugelassen, daß man ihn, Geordi, verstümmelte und folterte.

Doch jener Data existierte nicht mehr.

LaForge biß die Zähne noch fester zusammen. Der Druck am Kopf nahm zu, schien jede Hoffnung zu verspotten und Öl ins Feuer der Furcht zu gießen.

16

»Hilfe!« – Der Schrei hallte durch die Korridore des Gebäudes und hätte selbst das ausgeglichenste Bewußtsein in Aufruhr versetzt. Untermalt wurde er vom Knistern einer energetischen Entladung.

Der Borg-Wächter drehte sich abrupt um, zögerte kurz und näherte sich dann der Zelle.

Darin lag einer der Gefangenen auf dem Boden und rührte sich nicht – Picard.

»Er hat versucht, das Kraftfeld zu durchdringen«, sagte die Frau namens Troi. Sie kniete neben dem Reglosen. »Dadurch kam es zu einem Nervenschock! Wenn er stirbt, gibt Lore Ihnen die Schuld!«

Der Wächter reagierte fast sofort. Die Stimme der Frau hatte ihn schon einmal beeinflußt, und er vertraute ihr.

Er deaktivierte das Schirmfeld im Zugang, betrat die Zelle und beugte sich über Picard.

Was dann geschah, begriff der Wächter überhaupt nicht.

Silbrige Flüssigkeit tropfte aus losgerissenen Schläuchen, als er zu Boden sank.

Der Captain rollte sich zur Seite, stand auf und warf ein Schlauchsegment beiseite. Er begann unverzüglich mit einer Untersuchung des Borg, hantierte am mechanischen Arm, löste die Waffe daraus und reichte sie Troi.

Der älteste Trick im Universum – so alt, daß Picard sich fast geschämt hatte, es damit zu versuchen. Doch er führte zum Erfolg.

Was die These der Counselor bestätigte: Als unabhängige, individuelle Wesen hatten die Borg noch so wenig Erfahrung, daß sie vielen Dingen mit Naivität begegneten. Das mochte einer der Gründe dafür sein, warum Lore sie beherrschte.

Picard fügte dieses Detail den anderen Informationen hinzu, die sie inzwischen über das Verhalten der neuen Borg gesammelt hatten. Irgendwann konnten sie daraus vielleicht einen Plan schmieden, der sich direkt gegen Lore richtete.

»Stellen Sie fest, ob der Korridor leer ist«, wandte sich der Captain an Deanna.

Troi eilte durch den Zugang zur nächsten Ecke, beugte sich vor und ... erstarrte.

»Lassen Sie die Waffe fallen, wenn Sie nicht wollen, daß ich ihm das Genick breche.«

Picard erhob sich abrupt, als er die vertraute Stimme hörte. Deanna wich rückwärts in die Zelle zurück; Data folgte ihr. Mit einer Hand hielt er Geordi am Arm fest, und die andere umklammerte seinen Hals.

Der Captain hätte fast laut gestöhnt, als die Counselor der Aufforderung des Androiden nachkam. Sich auf keinen Fall von der Waffe trennen – so lautete die erste Regel in einer derartigen Situation.

Andererseits: Sie war auf so etwas nicht vorbereitet. Ihr hatte sich die Chance geboten, Data zu zerstören und damit die Gefahr für den interstellaren Völkerbund zu halbieren. Der Preis dafür: das Leben nur einer einzigen Person. Eine erstaunliche Gelegenheit.

Aber die Aufgabe einer Counselor bestand darin, Trost zu spenden und geistige Wunden zu heilen. Sie tötete nicht. Und sie begriff nicht, daß sie alle entbehrlich waren. Geordi hätte das verstanden, ebenso wie der alte Data – es gehörte zur Kommando-Ausbildung.

LaForge schien dem Tode bereits näher zu sein als dem Leben. Troi hatte instinktiv auf den Anblick reagiert – obwohl sie vom Captain in aller Deutlichkeit darauf hingewiesen worden war, daß sie Datas Pläne *um jeden Preis* vereiteln mußten.

Nun, jetzt ließ es sich nicht mehr ändern. Die Waffe lag unerreichbar auf dem Boden.

Picard preßte die Lippen zusammen und schwieg, als Troi an seiner Seite verharrte. Nebeneinander standen sie und beobachteten, wie Data den halb betäubten LaForge in die Zelle zerrte und in ihre Richtung stieß.

Sie fingen Geordi auf und halfen ihm zu einer Bank. Er konnte sich kaum aus eigener Kraft auf den Beinen halten, und kalter Schweiß klebte an seiner Haut. Die Augen waren geöffnet, und in ihrem blinden Weiß zeichneten sich die roten Linien winziger geplatzter Adern ab.

»Was haben Sie mit ihm angestellt?« fragte Picard.

Data ignorierte ihn. »Ich komme später wieder, um ihn erneut zu holen.«

Er drehte sich um. Zwei Borg waren ihm gefolgt, und mit einem Wink forderte er sie auf, den Wächter fortzuschaffen.

Der Androide trat nach dem Strahler, und die Waffe rutschte durch den Korridor.

Unmittelbar darauf erschien wieder die energetische Barriere im Zugang.

Soviel zu dem Fluchtversuch. Sie waren nicht einmal drei Meter weit gekommen.

Troi beugte sich über den Chefingenieur. »Haben Sie Schmerzen, Geordi?«

»Nein«, murmelte LaForge. »Ich bin nur ein wenig … benommen.«

Picard verlor keine Zeit und kam sofort wieder zur Sache. Er öffnete die Hand und zeigte Troi einen kleinen, schwarzen und silbrigen Mechanismus. »Es ist mir gelungen, diesen Transceiver aus dem Kom-System des Wächters zu lösen. Das Sende- und Empfangsgerät verwendet synchronisierte Impulse.«

Geordi hob den Kopf. »Vielleicht können wir es modifizieren, um ... einen Kedion-Impuls zu erzeugen und ... Datas Ethikprogramm neu zu starten.«

»Ich nehme die Veränderungen vor, und Sie erläutern mir, worauf es dabei ankommt.«

»Hoffentlich genügt die Zeit. Wenn Data schon in wenigen Minuten zurückkehrt, um mich erneut zu holen ...« Geordi sprach mit großer Mühe und versuchte, klar zu denken. »Es geht um folgendes. Zuerst müssen die Modulationsschaltkreise neu strukturiert werden, um die Initialisierungskomponenten zu neutralisieren ...«

Picard hörte aufmerksam zu und trachtete danach, alles zu verstehen und so schnell wie möglich zu arbeiten. Sie konnten sich jetzt keine Fehler mehr leisten. Eins stand fest: Wenn sie die von Lore geplante Zukunft verhindern wollten, so genügte es nicht, daß sich jemand von ihnen auf den Boden legte und schwere Verletzungen vortäuschte.

Der Captain konzentrierte sich so sehr auf die Aufgabe, daß er vergaß, wieviel Zeit verstrich. Dieses Stück Borg-Technik beanspruchte seine ganze Aufmerksamkeit – vielleicht stellte es ihre einzige Chance dar. Nach und nach veränderte er das Schaltsystem des kleinen Geräts. Er leistete keine besonders elegante Arbeit, aber das war auch nicht nötig – es kam nur darauf an, daß der richtige Impuls gesendet werden konnte.

Der Rest spielte keine Rolle.

ENTERPRISE

»Ich möchte offiziell protestieren, Dr. Crusher.«

Die Schärfe in Barnabys Stimme wies darauf hin, daß er es ernst meinte. Rote Flecken hatten sich auf seinen Wangen gebildet, und in den Augen blitzte es.

Beverly Crusher musterte den Mann und fühlte dabei die Blicke aller Anwesenden auf sich ruhen.

Sie konnte ihre Überraschung nicht verbergen. »Tatsächlich?«

»Ja.«

»Na schön. Ich höre.«

Er verlagerte das Gewicht vom einen Bein aufs andere, und einige Sekunden lang rang er mit sich selbst. Dann gab er sich einen inneren Ruck. »Sie haben Anweisungen erhalten. Und derzeit schenken Sie ihnen keine Beachtung. Ich glaube, es gibt da einige Dinge, die Sie unberücksichtigt lassen.«

Ärger regte sich in Beverly. »Ich denke an siebenundvierzig *Dinge*, die Sie offenbar vergessen haben, Lieutenant.«

Crusher und Barnaby standen auf dem Oberdeck der Brücke. Es fand nun eine Konfrontation statt, die sich schon seit einer ganzen Weile anbahnte.

»Wenn Sie von Captain Picard nicht ausdrücklich zu seiner Stellvertreterin ernannt worden wären, hätte ich jetzt das Kommando über die *Enterprise*«, sagte Barnaby.

»Darum geht es Ihnen also, wie?« zischte Beverly.

Der Lieutenant winkte ab. »Nein! Ich will nicht den Befehl über das Schiff! Ich meine etwas anderes. Wenn der Captain nicht Ihnen das Kommando gegeben hätte, so nähme jetzt ein anderer Offizier Ihren Platz an – jemand, der an solche Aufgaben gewöhnt ist. Es war natürlich sein Recht, Sie zu wählen. Und bestimmt steckte keine Laune dahinter. Indem er die Verantwortung Ihnen gab, übermittelte er eine klare Botschaft. Er beauftragte Sie, die *Enterprise* in Sicherheit zu bringen, Doktor. Und dieser Aufgabe werden Sie nicht gerecht.«

Beverly schüttelte den Kopf. »Ich wünschte, Sie würden sich etwas klarer ausdrücken. Der Captain gab mir das Schiff und meinte: ›Von jetzt an treffen Sie die Entscheidungen.‹ Und genau das mache ich.«

Sie wollte sich abwenden, doch Barnaby hielt sie am Ellenbogen fest. »Bitte hören Sie mir zu. Und denken Sie über die Situation nach. Wir benutzen die Transwarp-Kanäle nicht jeden Tag, oder? Vielleicht hat die Sonde den Transfer gar nicht geschafft. Oder es kam zu einer Fehlfunktion. Es wäre falsch, sich auf solche Apparate zu verlassen, wenn es um das Überleben der Föderation geht. Sie sind einfach nicht zuverlässig genug. Was ist, wenn Borg auf der anderen Seite des Raum-Zeit-Tunnels warteten und die Sonde zerstörten? Oder wenn Starfleet die von ihr übermittelte Nachricht für einen Trick hält und sich eine Woche Zeit läßt, um darüber zu beraten? Die Mitteilung wird erst dann glaubhaft, wenn wir ihr unsere Stimmen und Gesichter hinzufügen.«

Der Zorn wich aus Barnabys Zügen. Offenbar hatte er ihn nur benötigt, um genug Mut zu sammeln, Dr. Crusher anzusprechen. Jetzt ging es ihm vor allem darum, sie zu überzeugen.

»Der Captain gab uns den Befehl zum Rückzug aus gutem Grund«, betonte er. »Er hatte dabei mehr im Sinn als das Leben von siebenundvierzig Personen. Er überließ Ihnen das Kommando, weil er damit rechnete, daß Sie sich nicht auf einen Kampf gegen die Borg einlassen. Sie sollen andere Schiffe zu Hilfe holen, damit wir alle eine echte Chance haben. Wenn die *Enterprise* zerstört wird oder dem Feind in die Hände fällt ... Es wäre ein wunderbares Weihnachtsgeschenk für die Borg.«

Beverly starrte den Lieutenant groß an, und eine seltsame Taubheit erfaßte sie. *Daran habe ich wirklich nicht gedacht. Im Gegensatz zu Jean-Luc.*

»Stellen Sie sich den Tatsachen, Doktor«, sagte Barnaby. »Der Captain beauftragte Sie nicht damit, sich um die ganze *Situation* zu kümmern. Er gab Ihnen nur das Kommando über den *Rückzug*.«

Den meisten Ärzten wuchs früher oder später ein ziemlich dickes Fell. Es war eine ganze Menge nötig, um einen Doktor in Ohnmacht fallen zu lassen oder auch nur Übelkeit in ihm zu wecken.

Beverly spürte nun, daß sie beides riskierte. Barnaby

hatte recht. Sie führte den Befehl über die *Enterprise* wie ein Arzt, nicht wie ein Captain.

Ihre Aufgabe bestand darin, Leben zu retten. Darum ging es ihr immer: dem Tod ein Schnippchen schlagen, Leben bewahren und erhalten. Sie hatte es nie für möglich gehalten, daß es unter bestimmten Umständen besser war, Personen sterben zu lassen.

Ich bin nie vor eine solche Wahl gestellt worden.

»Diese hier sollen leben, und jene dort müssen sterben.« Wie konnte es jemand ertragen, derartige Entscheidungen zu treffen?

Picard hatte ihr den Befehl über das Schiff gegeben – was sich angesichts ihres derzeitigen Verhaltens als Fehler erwies. *Barnaby hat recht,* fuhr es Beverly durch den Sinn. *Jean-Luc überließ mir das Kommando, damit ich zur Föderation zurückkehre und Starfleet benachrichtige. Er glaubte, daß ich stark genug dafür bin.*

Nichts hatte sie auf eine derartige Situation vorbereitet – sah man von einigen Notfall-Kursen an der Starfleet-Akademie ab.

Jähe Übelkeit stieg in ihr empor. Am liebsten hätte sie Barnaby das Kommando übergeben – um dann in die Krankenstation zu fliehen und sich dort mit den Dingen zu beschäftigten, die ihr vertraut waren.

Alle sahen sie an. Alle warteten darauf, daß sie tatsächlich die Brücke verließ.

Aber Jean-Luc hatte sie nicht zu seiner Stellvertreterin ernannt, damit sie sich wohl fühlte. Außerdem: Ein Captain mußte sich keinen kollektiven Entscheidungen beugen. Das Kommando lag nicht bei einer Gruppe, sondern bei einer einzelnen Person. Selbst wenn jemand nur vorübergehend den Befehl hatte ... Es bedeutete, daß die betreffende Person eigene Entscheidungen treffen konnte.

Beverly ballte die schweißfeuchten Hände.

»Ich habe das Kommando«, sagte sie fest. »Ich bestimme, wohin wir fliegen. Und wenn sich meine Anweisungen als falsch herausstellen ... Wenn ich tot bin, brauche ich keine Untersuchungskommission zu fürchten.« Sie nickte Barnaby zu. »Ihre Einwände sind zur Kenntnis genommen und werden in Erwägung gezogen. Kehren Sie nun zu Ihrem Posten zurück.«

Hohe Warpgeschwindigkeit konnte berauschend wirken. Insbesondere bei einer Ärztin, die kaum Gelegenheit bekam, so etwas direkt zu erleben.

Beverlys Gedanken glitten fort, und ihre Aufmerksamkeit galt dem Wandschirm, als die *Enterprise* durchs All raste.

Das Projektionsfeld zeigte ihr erhabene Schönheit. Warum mußte drohende Gefahr einen Schatten auf solche Pracht werfen?

Ihre Hände schwitzten noch immer, als sie sich dem rückwärtigen Teil der Brücke zuwandte. Barnaby stand nun neben ihr, und zusammen mit ihm trat die Ärztin an Taitts Station heran. Dort leuchtete eine graphische Darstellung auf dem Monitor.

»Die Sensoren orten das Schiff der Borg noch immer nicht«, sagte die junge Frau. »Ich versuche, die Interferenzen herauszufiltern.«

»In neunzehn Sekunden gelangen wir in Transporterreichweite«, meldete Barnaby.

»Jetzt reagieren die Sensoren auf etwas.« Nervosität verlieh Taitts Stimme einen fast schrillen Klang. »Da ist das Schiff!«

Sie deutete auf den Monitor, der nun die Umlaufbahn des Borg-Raumers präsentierte.

Beverly zeigte zur anderen Seite des Planeten. »Wir schwenken dort in den Orbit.«

Barnaby nickte. »Navigation, neuer Kurs: null fünf zwei Komma sieben.«

»Aye, Sir«, bestätigte der Navigationsoffizier, ohne seine Skepsis zu verbergen.

»Ende des Warptransfers in … acht Sekunden«, verkündete Barnaby.

»Hoffentlich bekommen wir dadurch Zeit genug«, sagte Beverly.

Barnaby antwortete nicht darauf. »Notmanöver für Geschwindigkeitsreduzierung in fünf Sekunden... drei... zwei...«

»Achtung!« entfuhr es Beverly.

»Eins!«

Die *Enterprise* schüttelte sich und heulte, als ein gewaltiges Bewegungsmoment praktisch von einem Augenblick zum anderen auf ein Minimum reduziert wurde. Mehrere Brückenoffiziere verloren den Halt und fielen zu Boden. Taitt rutschte aus dem Sessel und stieß an Beverlys Fußknöchel. Die Ärztin hielt sich mit beiden Händen an der Konsole fest, und dadurch blieb sie auf den Beinen.

Barnaby kniete, griff nach einem Arm der jungen Frau und verhinderte, daß sie nach vorn zur taktischen Station rollte.

Beverly hatte zunächst das Gefühl, sich erbrechen zu müssen. Abgelöst wurde dieses Empfinden von Benommenheit und dem Eindruck einer Gewichtsverschiebung, als sich die Gravitationssysteme der veränderten Situation anpaßten.

Taitt kroch zu ihrem Platz zurück.

»Wir haben es geschafft!« platzte es aus ihr heraus. »Standardorbit, Sir! Das Borg-Schiff befindet sich auf der anderen Seite des Planeten und schwenkt gerade auf Abfangkurs!«

»Brücke an Transporterraum«, sagte Beverly. »Beginnen Sie mit der Evakuierung!«

Barnaby eilte zu den Sensorkontrollen. »Die Borg erreichen Gefechtsdistanz in zweiunddreißig Sekunden.«

»Treffen Sie alle notwendigen Vorbereitungen für die Aktivierung der Schilde.« *Diese Anweisung hätte ich schon vor zehn Minuten geben sollen,* dachte die Ärztin.

»Captain Picards Gruppe läßt sich noch immer nicht lokalisieren«, teilte ihr Barnaby mit. »Außerdem fehlt jetzt jede Spur von Commander Riker und Lieutenant Worf.«

Beverly widerstand der Versuchung, nach irgend etwas zu schlagen. »Crusher an Salazar. Bericht!«

»Wir beamen gerade die letzten Gruppen an Bord«, sagte der Transporterchef. »Doch bei sechs Personen läßt sich kein Transferfokus ausrichten.«

»Versuchen Sie es auch weiterhin!«

Beverly wußte, daß sie Salazar nicht extra dazu auffordern mußte. Sie wünschte sich, ihm helfen zu können. Empfand ein Captain auf diese Weise? Stellte sich bei ihm oft das Gefühl der Hilflosigkeit ein? Drängte es ihn manchmal danach, überall im Schiff gleichzeitig zu sein und alles selbst zu erledigen? Belastete es ihn, selbst in einem Notfall Verantwortung delegieren zu müssen?

Auf dem Wandschirm glitt das feindliche Schiff hinter dem Planeten hervor.

»Die Borg erhöhen das energetische Niveau ihrer Waffensysteme«, warnte Barnaby leise.

»Jetzt oder nie, Salazar«, murmelte Beverly. Sie blickte zum großen Projektionsfeld und blieb entschlossen, dem Transporterchef soviel Zeit wie möglich zu geben.

Barnaby richtete sich ruckartig auf, und seine Hände zuckten von der Konsole fort, als hätte er sich verbrannt. »Die Borg eröffnen das Feuer!«

17

»Die Backbord-Warpgondel ist getroffen!« Das Schiff erbebte und kreischte wie ein lebendes Wesen, das verletzt worden war und Schmerzen erlitt. Es neigte sich nach links, und dem Navigationsoffizier gelang es erst nach einigen Sekunden, die Fluglage wieder zu stabilisieren.

Welch seltsames Gefühl: zu spürten, wie die viele tausend Tonnen schwere *Enterprise* erzitterte, wie der eben noch Sicherheit verheißende Boden kippte …

Beverly hielt sich fest, um nicht das Gleichgewicht zu verlieren. »Navigation – bringen Sie uns fort von hier!«

»Wir haben unser Warppotential verloren«, erwiderte Barnaby.

»Ausweichmanöver!« rief die Ärztin. »Volle Impulskraft.«

Auf dem Wandschirm war zu sehen, wie der Planet rasch schrumpfte. Auch mit Impulskraft ließen sich beeindruckende Beschleunigungsmanöver durchführen.

»Die Kapazität der Schilde ist auf achtzig Prozent gesunken«, meldete Taitt. Sie war blaß – die einzige Farbe in ihrem Gesicht stammte von den blauen Augen.

»Phaser abfeuern.« Beverly versuchte, beherrscht zu klingen. Wenn ihre Stimme ruhig blieb … Dann verhielten sich Schiff und Crew so, wie sie es wollte. Es ging nun darum, nicht die Kontrolle zu verlieren.

Die Phaserkanonen spuckten destruktive Energie ins All, reagierten so schnell auf Beverlys Order, daß die Ärztin verblüfft blinzelte.

»Direkter Treffer«, sagte Barnaby. »Keine Schäden am Borg-Schiff.«

Keine Schäden. Keine Schäden? Wie war so etwas möglich?

Ein Blitz traf die *Enterprise,* und sie erbebte einmal mehr.

»Kapazität der Schilde bei dreißig Prozent«, meldete Taitt.

Beverly drehte sich und ließ den Blick über die Brücke schweifen. Sie wußte nicht genau, wer welche Instrumente im Auge behielt. »Status des Warptriebwerks?«

»Noch immer nicht einsatzfähig«, antwortete Barnaby. Er sah zum Borg-Schiff. »Wir können ihnen nicht entkommen.«

Auch die Ärztin wandte ihre Aufmerksamkeit dem Projektionsfeld zu. Ärger vibrierte in ihr. Mit der Absicht, einige wenige Personen zu retten, brachte sie nicht nur die etwa tausend Besatzungsmitglieder der *Enterprise* in Gefahr, sondern auch Millionen von Föderationsbürgern. Und eigentlich basierte ihr tollkühner Plan auf dem egoistischen Wunsch, sich gut zu fühlen, eine Heldin zu sein. Wen wollte sie retten? Siebenundvierzig Männer und Frauen, die wesentlich kompetenter waren als sie, die sich zusammenschlossen, um mit ihrer Notausrüstung zu überleben – bis zehn oder mehr Starfleet-Schiffe kamen, um die Borg zu erledigen und sie zu retten.

Allerdings ... Vielleicht kam gar keine Hilfe. Weil man in der Föderation überhaupt nichts von den hiesigen Vorgängen wußte. Vielleicht war die *Enterprise* das einzige Starfleet-Schiff weit und breit – und es flog jetzt auch noch in die falsche Richtung, verfolgt von den Borg.

Beverly fühlte Schuld, Zorn und Verzweiflung wie Fesseln an den Händen. Bei ihren heroischen Bestrebungen hatte sie es versäumt, sich des enormen Risikos bewußt zu werden. *Ich bin zu sehr Ärztin, um Captain zu sein.*

Sie seufzte.

Wir können den Borg nicht entkommen. Und wir können sie uns auch nicht mit Phasern und Photonentorpedos vom Leib halten. Es muß noch eine andere Möglichkeit geben. Etwas, das mächtiger ist als die Borg …

»Navigation, ändern Sie den Kurs.« Beverly zögerte unsicher und rief sich das Koordinatensystem für Kursangaben ins Gedächtnis zurück. Sie hoffte, daß die Brückencrew angesichts ihres langen Schweigens nicht auch den Rest des Vertrauens in sie verlor. »Neue Kursdaten: drei vier vier Komma sechs. Volle Impulskraft.«

Diese Worte sorgten dafür, daß sich die Blicke aller Anwesenden auf sie richteten.

Verwirrung und Bestürzung lösten Vertrauen ab.

»Sir«, brachte Taitt hervor, »auf diesem Kurs fliegen wir direkt in die Sonne.«

DIE ZELLE

Zwei von Data ausgeschickte Borg hatten Geordi fortgebracht.

Der Androide war nicht persönlich gekommen, um LaForge zu holen. Ein Umstand, der Anlaß zu neuer Sorge bot.

Picard dachte immer wieder daran, als er an dem Transceiver arbeitete.

Er saß mit dem Rücken zum Kraftfeld, und Deanna stand am Zugang – um den Captain vor neugierigen Blicken zu schützen.

Picard fühlte sich auf eine zermürbende Weise allein. Außerdem wußte er nicht genau, ob er die richtigen Veränderungen vornahm: Im großen und ganzen gesehen wirkte die Technik einigermaßen vertraut, aber einige Details waren sehr fremdartig.

»Ich habe alle von Geordi erwähnten Komponenten

modifiziert«, sagte er zu Deanna. »Jetzt brauchen wir das Gerät nur noch zu aktivieren.«

»Woher wissen wir, ob es funktioniert?« erwiderte die Counselor.

»Die Sendereichweite beträgt etwa siebenhundert Meter; wir können also sicher sein, daß der Impuls Data erreicht. Ob er sein Ethikprogramm reinitialisiert ... Das läßt sich nur anhand seines Verhaltens feststellen.«

Troi drehte sich um. »Merkt er nicht, daß etwas mit ihm geschieht?«

»Das bezweifle ich«, meinte Picard. »Die Sache betrifft ein Programm von Tausenden. Außerdem arbeitet es gewissermaßen im Hintergrund.«

Alles klang so simpel, daß der Captain fürchtete, irgend etwas übersehen zu haben.

Er trat zur energetischen Barriere im Zelleneingang und warf einen Blick in den Korridor – niemand zu sehen. Rasch legte er das kleine Sende- und Empfangsgerät auf den Boden und schob es mit der Stiefelspitze zum Kraftfeld.

Der Transceiver berührte den dunstigen Schleier und glühte.

»Hoffentlich liefert das Schirmfeld genug Energie für den Kedion-Impuls«, sagte Picard.

ENTERPRISE

»Die Datenbanken müßten Informationen über einen sogenannten Metaphasen-Schild enthalten.«

Beverly wollte so klingen, als wüßte sie genau, worum es ging, doch ein Rest von Heiserkeit blieb in ihrer Stimme.

»Ich kenne das Projekt«, sagte Barnaby. »Commander LaForge entwickelte ein Programm für den Einsatz des speziellen Schilds ...«

»Ich weiß«, sagte Beverly. »Er hat mir davon erzählt.«

Sie hoffte, daß sich die Brückenoffiziere mit der verrückten Idee anfreundeten, wenn sie erfuhren, daß sie vom Chefingenieur stammte. *Oder will ich nur Verantwortung und Schuld mit ihnen teilen?* Wie auch immer: Die Ärztin hatte auf eine mögliche Lösung für das Problem hingewiesen.

Das Borg-Schiff zeigte sich in imposanter Größe auf den Bildschirmen, und es schwoll weiter an. Beverly beobachtete, wie die Männer und Frauen an den Konsolen Informationen über die Metaphasen-Abschirmung aus den Datenbanken abriefen und die richtigen Computer damit programmierten.

»Der neue Schild sollte uns in die Lage versetzen, in die Korona der Sonne zu fliegen – und dorthin können uns die Borg nicht folgen.«

Barnaby berührte Schaltflächen; sein Gesicht zeigte Ernst und Konzentration. »Jener Schild ist nie getestet worden. Wir wissen nicht, ob die neue Abschirmung den Belastungen in der solaren Korona standhält.«

»Ich schätze, das wird sich bald herausstellen.«

»Sir ...«, warf Taitt ein. »Die Temperatur der Außenhülle steigt weiter und erreicht jetzt zwölftausend Grad. Die Strahlung beträgt zehntausend Rad.«

In der Stimme der jungen Frau zitterte keine Panik mehr. Sie hatte sich mit der fast aussichtslosen Situation abgefunden. Die gegenwärtigen Umstände verlangten, jedes Mittel zu nutzen: Es war besser, in die Sonne zu fliegen, als den Borg einen Sieg zu gönnen.

Das Schiff der Verfolger feuerte. Die *Enterprise* wurde getroffen und neigte sich zur Seite. Dem dumpfen Donnern gesellte sich das Heulen überlasteter Stabilisierungssysteme hinzu.

»Bericht!« rief Beverly.

»Keine Strukturschäden«, sagte Taitt heiser. »Kapazität der Deflektoren bei achtundsechzig Prozent.«

»Lieutenant ... Starten Sie das Metaphasen-Programm. Uns bleibt keine Wahl.«

»Aye, Sir«, erwiderte Barnaby grimmig.

Sie hatten sich selbst in die Ecke manövriert: Entweder funktionierte die Abschirmung, oder sie verwandelten sich schon sehr bald in Asche.

In Beverly regte sich neuerlicher Zorn. Ja, es war besser, in der Korona zu brutzeln, als von den Borg erwischt zu werden. Sie hatte ihre Befehle mißachtet und einundvierzig Personen gerettet – vielleicht nur deshalb, um sie zusammen mit der übrigen Crew sterben zu lassen. *Aber wenigstens habe ich mich nicht wie ein Borg verhalten und einfach nur Befehle ausgeführt,* dachte sie.

Eine Erkenntnis, die angesichts des unmittelbar bevorstehenden Todes nur wenig Trost bot.

»Die Temperatur der Außenhülle erreicht kritischen Wert!« meldete Taitt. »Wir können der Hitze nicht mehr lange standhalten ...«

Barnaby unterbrach sie. »Ich hab's jetzt: Metaphasen-Schild wird aktiviert.«

Das Atmen fiel Beverly immer schwerer. Die *Enterprise* opferte einige ihrer Systeme, um mehr Energie für die Ambientenkontrolle einzusetzen. Das Schiff kämpfte gegen die Zerstörung an – alle an Bord spürten es. Aber es konnte nur noch einige Sekunden dauern, bis ...

»Temperatur der Außenhülle sinkt.« Taitts Blick galt auch weiterhin den Anzeigen. »Siebentausend Grad, und nimmt weiter ab!« Sie flüsterte fast, doch der Triumph in ihrer Stimme war deutlich zu hören.

Beverly genoß den Sieg, als sie zum Wandschirm sah: Das Schiff der Borg war nur noch ein kleiner Fleck im Gleißen der Korona.

»Navigation, Kurs halten«, sagte sie.

»Die Borg verfolgen uns nicht mehr«, meldete Barnaby.

»Relativgeschwindigkeit null.«

Taitt drehte sich um. »Sir, die Borg bleiben in der Nähe. Offenbar warten sie darauf, daß wir die Korona wieder verlassen.«

Beverlys Blick glitt erneut zum Projektionsfeld. Dort flackerte und glühte die solare Atmosphäre, bereit dazu, sie innerhalb eines Sekundenbruchteils verdampfen zu lassen, wenn die Metaphasen-Abschirmung versagte. *Es gibt also doch etwas, das wir können und die Borg nicht.* Sie hatten nun etwas Zeit gewonnen.

»Die Frage lautet: Wie lange hält der Schild?« murmelte Dr. Crusher.

IM LABORATORIUM

»Die letzte Faser ist implantiert. Sie sind ein sehr kooperatives Testobjekt gewesen.«

Sprach da jemand? Wer?

»Geordi? Hören Sie mich?«

»Data? Sind Sie das?«

»Ja.«

Er hätte Furcht empfinden sollen. Aber erstaunlicherweise war das nicht der Fall.

LaForge lag wieder auf der schrägen Plattform. Kühl preßte sie sich ihm an Schulterblätter und Hüften, saugte die Wärme aus dem Leib.

»Ich habe nachgedacht, Data ...«

Erneut spürte er Druck am Kopf: Etwas schob sich in den Schädel, zupfte dort an Nervenenden. Ein medizinisches Untersuchungsgerät summte und sondierte ihn. LaForge mußte jetzt praktisch jeden Augenblick damit rechnen, daß Data sein Gehirn einfach ›abschaltete‹. Vielleicht kam es gleich zu einer Entladung, die alle Gehirnzellen verbrannte ...

Das Sprechen bot eine letzte Chance. Irgendwo in dem Durcheinander aus Programmen und externen Kontrollen verbarg sich der andere, der frühere Data. Geordi klammerte sich an dieser Überzeugung fest. Er hatte nie die Vorstellung akzeptiert, daß der Androide nur eine Maschine war. Das hielt er für absurd. Genausogut hätte er versuchen können, mit einem Turbolift Freundschaft zu schließen. Nein, Data stellte mehr dar als nur einen wenn auch sehr komplexen Apparat. Andere Leute sahen eine Art hochmodernen Roboter in ihm, aber sie wußten nicht: In Data existierte etwas, das sich weder messen noch mit Technik allein erklären ließ – eine Güte, zu der keine Maschine fähig war; eine Brüderlichkeit, die für einen Turbolift unerreichbar blieb.

Du steckst irgendwo da drin, Data. Ich weiß es. Und wenn die Reinitialisierung funktioniert … Dann gelingt es mir vielleicht, dich zu finden. Damit meine ich jenen Data, den ich kannte, bevor Lore mit seinen Manipulationen einen anderen schuf. Das Leben begann nicht erst, als sich die beiden Androiden-Brüder begegneten. Daran werde ich Data erinnern.

»Ich dachte an einige gemeinsame Erlebnisse«, sagte Geordi laut. »Zum Beispiel der Segelausflug auf dem Devala Lake. Wissen Sie noch?«

»Meine Gedächtnisspeicher enthalten alle Einzelheiten des betreffenden Tages«, erwiderte Data.

LaForge lächelte. »Sie wollten schwimmen. Aber als Sie aus dem Boot sprangen, sanken Sie bis zum Grund!«

Datas Stimme klang viel zu neutral, um Hoffnung zu wecken. »Ich hatte nicht genug Schwimmkraft, um zur Wasseroberfläche zurückzukehren.«

Geordi lachte und behielt die Erinnerungen in seinem inneren Fokus. Der Umstand, daß Data es versäumt hatte, vor dem Sprung über Bord seine Schwimmfähigkeit zu prüfen … So etwas ließ sich nicht erklären, wenn das Verhalten des Androiden allein von Programmen bestimmt wurde. Eine von vielen kleinen Anomalien, die man bei einer Maschine nicht erwartete.

»Sie mußten mehr als einen Kilometer weit über den Grund gehen, um zum Ufer zu gelangen«, sagte Geordi. Vor dem inneren Auge stellte er sich die entsprechende Szene vor und grinste.

»Einen Kilometer und sechsundvierzig Meter«, meinte Data.

»Es dauerte zwei Wochen, um das Wasser aus Ihren Servomechanismen zu entfernen.«

Neuerlicher Druck, diesmal an einer anderen Stelle. Artifizielle Nervenfasern, durch die Schädeldecke ins Gehirn eingeführt. Schrecklich …

»Es ist seltsam, Data«, sagte er und hoffte, sich selbst abzulenken. »Sie sind imstande, Haß und Zorn zu fühlen. Sie empfinden es sogar als angenehm, grausam zu sein. Aber Humor und Anteilnahme … So etwas bleibt Ihnen fremd.«

»Meine Weiterentwicklung dauert an.«

Die Antwort kam ein wenig zu schnell. Geordi zögerte. »Aber warum sollten in Ihnen zuerst die negativen Emotionen entstehen? Das ergibt doch keinen Sinn. Vielleicht … will Lore nicht, daß Sie auch positive Gefühle kennenlernen. Weil er weiß, daß Sie dann nicht mehr bereit wären, seine Pläne zu unterstützen. Der Data, den ich früher kannte, hätte es gewiß abgelehnt, bei so etwas mitzuwirken.«

»Mein Bruder will nur das Beste für mich.«

Geordi versuchte sich aufzurichten, doch die Riemen hinderten ihn daran. »Lore benutzt eine Trägerwelle, um Ihnen Gefühle zu übermitteln, die wie eine Droge wirken.« Müde sank er zurück. »Er gibt Ihnen nur die Emotionen, die seinem Zweck dienen. Die anderen hält er zurück, um Sie unter Kontrolle zu halten. Wenn Sie mir nicht glauben … Starten Sie das Autodiagnose-Programm. Sie möchten doch die Wahrheit herausfinden, oder?«

»Ich beginne jetzt mit der Bestrahlung Ihrer Hirnzellen.«

Dieser kühler Hinweis des Androiden erschütterte Geordis letzte zarte Hoffnung. Er begriff plötzlich, daß ihm keine Chance mehr blieb. Selbst wenn es Troi und Picard gelungen war, die notwendige Modifikationen am Transceiver vorzunehmen: Entweder funktionierte das kleine Gerät nicht richtig, oder der Kedion-Impuls blieb ohne Wirkung. Wieder wurde sich LaForge der Nähe des Todes bewußt: Sein bester Freund war in eine willfährige Marionette verwandelt worden und schickte sich an, ihn umzubringen.

Entsetzen packte den Chefingenieur.

»Wenn Sie jemals wieder zu dem Data werden, der Sie vorher waren ... Vielleicht können Sie sich nie vergeben, was Sie mir jetzt antun.«

Diese neue Taktik versprach nicht viel Erfolg, stellte nur einen letzten, verzweifelten Versuch dar.

Stille herrschte. Data antwortete nicht.

Noch vor einer Stunde wäre Geordi bereit gewesen, die Stille als ein positives Zeichen zu interpretieren, aber jetzt nahm er sie nicht zum Anlaß, erneut zu hoffen. Er glaubte sein Schicksal besiegelt.

Schließlich erklang Datas Stimme, und LaForge zuckte unwillkürlich zusammen.

»Ich empfange anomale Daten vom neuralen Netz. Es müssen erst noch weitere Untersuchungen stattfinden, bevor das Experiment fortgesetzt werden kann.«

Neben Geordi bewegte sich etwas. Er neigte den Kopf zur Seite und lauschte, wollte etwas hören, das die Furcht aus ihm vertrieb. Einmal mehr bedauerte er, nicht den Arm ausstrecken zu können.

»Jemand wird kommen und Sie in die Zelle zurückbringen«, verkündete Data.

»Durch die Schächte des Ambientensystems gelangen wir ins Gebäude, und dort suchen wir den Raum, in dem der Captain festgehalten wird.«

Worf sprach ernst, und seine tiefe Stimme hallte von der niedrigen Höhlendecke wider.

Riker hätte am liebsten gesagt: »Wir können von Glück sagen, daß es im Gebäude Klimaschächte gibt, die uns genug Platz bieten.« Aber er verzichtete lieber auf spöttische Bemerkungen. Worf war derzeit sicher nicht zum Scherzen aufgelegt.

Ich bin es ebensowenig.

»Nach der Betäubung des Wächters müssen wir uns beeilen«, sagte er. »Die anderen Borg wissen sofort, was mit ihm geschehen ist.«

»Wenn ihnen klar wird, daß wir hier sind ...«, ließ sich Hugh vernehmen. »Vielleicht schneiden sie Ihnen den Fluchtweg ab.«

»Das Risiko müssen wir eingehen.«

Riker drehte sich um und spähte durch die Höhle.

Hugh musterte ihn. Die Schläuche seines Lebenserhaltungssystems pulsierten auffallend schnell – ein deutliches Zeichen von Nervosität. Die Worte des Ersten Offiziers hatten den Groll aus ihm verdrängt und dafür Zweifel hinterlassen.

Der skeptische Anführer der abtrünnigen Borg wirkte plötzlich so jung wie ein Teenager, der sich nicht entscheiden konnte. Selbst wenn er in der Lage gewesen wäre, noch mehr Hilfe zu gewähren – es mangelte ihm an Bereitschaft.

Hugh verstand Rikers stumme Bitte und wandte den Blick von ihm ab. Seine graue Miene schien sich ein wenig zu verdunkeln.

»Viel Glück, Commander«, sagte er.

Eine abwechslungsreiche Landschaft erstreckte sich außerhalb des Gebäudes: links Wald, rechts Felsen, Büsche und Sträucher. Vögel zwitscherten im Sonnenschein, und Insekten summten.

Der Planet besaß eine atembare Atmosphäre, bildete damit – im kosmischen Maßstab – eher eine Ausnahme, nicht die Regel. Data hielt Ausschau und nahm eine automatische Analyse vor. Einige Pflanzen ähnelten terranischen Trompetenbäumen, wilden Mandarinen, Efeu, Hopfen, Korkeichen, Kiefern und Fichten. Hinzu kamen viele verschiedene Farne und Pilze, unten denen der Androide Äquivalente von Bovisten und einigen Blätterpilzen erkannte.

Irgendwo in der Ferne gab es eine größere Wasserfläche.

Datas olfaktorische Sensoren registrierten die Gerüche des Wachstums und des Lebens, was Erinnerungen stimulierte.

Einige Dutzend Meter entfernt arbeiteten Borg-Gruppen im Auftrag des Einen. Vermutlich ging es um Experimente und Tests.

Der Androide verzichtete auf Spekulationen. Lore würde ihm alles sagen, was er wissen mußte.

Er näherte sich seinem Ebenbild, das im Zugang des Gebäudes stand und alles beobachtete.

»Sieh nur, Bruder. Es ist ja so einfach.« Lore vollführte eine Geste, die nicht nur den arbeitenden Borg galt, sondern der ganzen Welt. »Schon bald könnten feindliche Schiffe am Himmel erscheinen, aber jene Geschöpfe dort verhalten sich so, als bestünde überhaupt keine Gefahr. Weil sie wissen, daß ich sie beschütze. Ich sage dir, Bruder: Als Anführer trägt man eine weitaus größere Last, als du dir vorstellen kannst.«

»Für gewöhnlich stelle ich mir nichts vor«, erwiderte Data. »Weil die Ergebnisse meistens nicht sehr präzise sind.«

Lore legte ihm den Arm um die Schultern. »Ich bin sehr froh, daß du hier bist, um mir zu helfen. Nur dir kann ich voll und ganz vertrauen. Wir sind miteinander verwandt. Eine engere Beziehung gibt es nicht.«

Data gab dem Wunsch nach, etwas mehr Distanz zwischen sich und seinem Bruder zu schaffen – er trat ein wenig zur Seite. »Vor kurzer Zeit habe ich ein Diagnose-Programm gestartet und festgestellt, daß mein positronisches Gehirn von externen Emissionen beeinflußt wird.«

Lore zögerte, und sein übertriebenes Lächeln verblaßte. »Warum hast du den Einsatz eines Diagnose-Programms für erforderlich gehalten? Vertraust du mir nicht?«

»Eine meiner Angewohnheiten besteht darin, alle Systeme in regelmäßigen Abständen zu überprüfen. Das empfehle ich auch dir.«

Data sprach die Wahrheit. Seine Programmierung veranlaßte ihn dazu; Lügen waren nicht vorgesehen.

Doch bestimmte Dinge unerwähnt zu lassen ... Es bedeutet nicht, daß man log, oder?

Er vernahm Echos seines Lebens bei den Menschen, die keine so klar gezogenen Grenzen kannten. Ja, er erinnerte sich an alles, aber ... Die Erinnerungen kamen einzelnen Bildern gleich, blieben ohne den geringsten emotionalen Inhalt.

Bei den mannigfaltigen Interaktionen mit biologischen Individuen hatte er häufig das Empfinden der Zufriedenheit kennengelernt.

Woraus sich die Frage ergab: Warum blieben die Erinnerungsbilder nun statisch?

Lore musterte ihn mit zusammengekniffenen Augen. »Ich habe dir aus einem ganz einfachen Grund nichts davon gesagt – weil du glauben solltest, daß alles aus dir selbst kommt. Ich dachte, dann fühlst du dich besser. Die Emissionen dienen dazu, deine emotionale Entwicklung zu beschleunigen, indem sie stimulierende Fluktuationen in deinem Gehirn auslösen. Ich möchte dir helfen, Bruder – auf jede erdenkliche Weise.« Eine kurze Pause. »Hast du bei LaForge Fortschritte erzielt?«

Data runzelte die Stirn und spürte, wie sich sein Gesichtsausdruck veränderte. Er wollte über die Veränderungen in seinem Innern sprechen, über die Gefühle, doch jetzt mußte er das Thema wechseln.

Das entsprach nicht seinen Wünschen. Ihm lag viel mehr daran, über seine eigene Rolle bei den aktuellen Ereignissen zu diskutieren – und über die seines Bruders.

Lores Blick hielt ihn fest.

»Noch läßt sich nicht bestimmen, ob die Nanokortenid-Fasern wie vorgesehen funktionieren«, erwiderte Data.

»Ich fürchte, daß keiner der drei Gefangenen die Experimente überlebt.« Lore seufzte und zeigte beiläufiges Bedauern. »Aber es ist ihre eigene Schuld, nicht wahr? Sie hätten nicht hierherkommen sollen.« Er schüttelte den Kopf und blickte zu den Borg-Arbeitern. »Was dachten sie sich nur dabei?«

Data hörte, wie sein Bruder mit einer Stimme sprach, die Dutzende von verschiedenen Klangfarben kannte. Seine eigene Stimme war genauso beschaffen, aber er beherrschte nur wenige Modulationen. Bei Lore hörte es sich nach einem Menschen an.

Was dachten sie sich nur dabei?

»Sie kamen wegen mir«, sagte Data und starrte über die Landschaft.

»Menschen sind so sentimental.«

Eine schlichte Antwort.

Jähe Sorge erfaßte Data, und er blickte gen Himmel. »Ich habe sie verraten. Wenn sie sterben, so bin ich... dafür verantwortlich.«

Lore drehte ruckartig den Kopf und musterte Data auf eine Weise, die in diesem den Wunsch weckte zurückzuweichen. »Warum sagst du das? Ist mit deiner Programmierung etwas nicht in Ordnung? Vielleicht sollte ich deine Systeme kontrollieren.«

»Das möchte ich nicht«, erwiderte Data sofort. »Ich kümmere mich selbst darum.«

Lore richtete einen argwöhnischen Blick auf ihn. »Ich glaube, mir ist ein Fehler unterlaufen. Vielleicht habe ich dir zu viele Emotionen gegeben.«

Data wandte sich halb ab, aber irgend etwas hinderte ihn daran, den Zugangsbereich des Gebäudes zu verlassen.

Lore hob die Hände und klappte einen Fingernagel zur Seite. Darunter wurden Schaltkreise sichtbar.

Derartige Technik stellte für Data etwas ganz Normales dar und sollte ihn deshalb nicht erschrecken. Doch diesmal reagierte er so darauf wie ein empfindsamer Mensch auf den Anblick von Blut.

»Vielleicht ist es besser, dir einige Gefühle zu nehmen.« Lore berührte die Schaltkreise.

Hitze brannte durch Datas Kopf, am Hals entlang und über die Schultern, erreichte anschließend die Gliedmaßen. Etwas lähmte ihn und brachte eine seltsame Art von Leere. Beweglichen Teilen des Körpers schien es plötzlich an Schmiermittel zu fehlen. Hinzu kam ein unerklärlicher Energieverlust …

»Wie fühlt es sich an?« fragte Lore.

Data öffnete den Mund, in dem alles trocken zu sein schien. »Es … gefällt mir nicht …«

»Ah.« Sein Bruder nickte. »Dir sind also mehr Emotionen lieber?«

»Ja …«

»Sie bereiten dir Freude.«

»Ja. Bitte … gib mir mehr.«

Kalte Leere. Und sie breitete sich aus, schwächte Arme und Beine, wuchs wie Nebel in den Datenspeichern. Data sehnte sich nach mehr … nach *etwas* …

»Na schön«, meinte Lore. »Du sollst etwas mehr bekommen.«

Erneut berührte er einen der Schaltkreise im offenen Finger.

Eine emotionale Flut strömte durch Data und schien so an ihm zu zerren, als hätte sich die Gravitation des Planeten plötzlich erhöht. Schimmernde Gedanken huschten durch die mentale Sphäre, blieben ohne Ordnung.

Er versuchte, ihnen eine Struktur zu geben, doch die Flut war zu stark. Und sie brachte keine Wärme, sondern Kälte. Jener Zorn, nach dem er vergeblich gesucht hatte … Jetzt brodelte er wieder in Data – ein Geschenk seines Bruders.

Herrlicher Zorn. Neid. Das Verlangen, grausam zu sein. Solche Gefühle wogten nun in ihm. Zusammen mit dem elektrischen Strom flossen sie durch seine Schaltkreise. Er fühlte sich leicht erregbar und wollte provoziert werden. Dieser Wunsch gewann rasch an Intensität: Alles in ihm verlangte nach einer Herausforderung.

»Danke«, sagte er und ging los, um nach jemandem zu suchen, den er hassen konnte.

»Keine Ursache«, sagte Lore, als sein Ebenbild im Gebäude verschwand. »Ich hoffe, damit werden die Dinge für dich klarer.«

Er wartete, bis er das Geräusch von Datas Schritten auf dem steinernen Flurboden nicht mehr hörte, bevor er Crosis heranwinkte.

Als sich der Borg näherte, schüttelte Lore den Kopf und blickte auch weiterhin in den Korridor.

»Ich mache mir Sorgen um meinen Bruder, Crosis«, sagte er. »Ich glaube nicht, daß er wirklich Teil unserer großartigen Zukunft werden möchte.«

18

Die elektronischen Filter absorbierten den größten Teil der Lichtflut, aber trotzdem fiel es Beverly schwer, den Blick länger als nur für einige Sekunden auf den Wandschirm gerichtet zu halten. Die flirrende Korona schien nach einem Weg durch den speziellen Schild zu suchen, und vielleicht gelang ihr das auch: Es wurde immer wärmer im Kontrollraum der *Enterprise*. Wie lange dauerte es noch, bis die Kompensationssysteme ausfielen?

Die Ärztin fürchtete, in Ohnmacht zu fallen, wenn es nicht bald kühler wurde.

»Temperatur der Außenhülle steigt«, erklang es von der Steuerbordseite.

Barnaby stand neben Beverly an der rückwärtigen Station und bot ihr eine seiner bitteren Wahrheiten an. »Der Metaphasen-Schild wird instabil, Sir.«

Kein Wunder. Nichts – weder Magie noch Wissenschaft – konnte ihnen die Möglichkeit geben, für unbegrenzte Zeit in den oberen Schichten einer solaren Atmosphäre zu verweilen. Es grenzte an ein Wunder, daß die *Enterprise* noch immer existierte.

»Können Sie ihn wieder stabilisieren?« fragte Beverly.

»Nein«, sagte Barnaby. »Uns bleiben noch drei oder vier Minuten. Dann müssen wir von hier verschwinden.«

»Ist das Warptriebwerk inzwischen wieder einsatzbereit?«

»Die letzte Meldung aus dem Maschinenraum versprach uns Warppotential in einer halben Stunde.«

Ernste Stille folgte diesen Worten.

Mit Impulskraft allein können wir den Borg nicht entwischen, dachte Picards Stellvertreterin betroffen.

»Sir?« begann Taitt zaghaft. »Ich habe eine Idee …«

Beverly trat auf sie zu: »Heraus damit.«

»Vielleicht könnten wir eine solare Eruption auslösen, die das Borg-Schiff zerstört«, meinte Taitt.

Barnaby stieß Beverly fast beiseite. »Wie?«

Die junge Frau drehte nervös ihren Sessel. »Wir müßten einen hochenergetischen Partikelstrahl in die Oberfläche der Sonne schicken. Die dadurch bewirkte Instabilität in der Photosphäre *sollte* zur Folge haben, daß supraflüssiges Gas ins All geschleudert wird. Wichtig ist, daß wir mit dem Strahl die richtige Stelle treffen – damit die Eruption das Borg-Schiff erreicht.«

Barnabys Kinnlade klappte nach unten. Er starrte Taitt groß an und schüttelte mehrmals den Kopf.

Beverly beobachtete die Reaktion des Lieutenants und versuchte, sie zu beurteilen. Unter den gegenwärtigen Umständen war keine Idee verrückt genug, um sie nicht in Erwägung zu ziehen. Trotzdem hielt es die Ärztin für vernünftig festzustellen, wie ein erfahrener Offizier auf den Vorschlag reagierte.

»Woher wollen Sie wissen, ob es funktioniert?« fragte sie Taitt.

Nur eine Sekunde später begriff sie die Dummheit ihrer Worte. Selbst wenn es nicht klappte … Na und? Das Ende kam so oder so, in wenigen Minuten. Warum nicht etwas ausprobieren, das absurd erschien?

Eine ganze Sonne stand ihnen zur Verfügung. Und nicht einmal die Borg konnten es mit der energetischen Macht eines so gewaltigen Fusionsreaktors aufnehmen.

»Während der Ausbildung an der Starfleet-Akademie habe ich mich auf Solardynamik spezialisiert und dabei unter anderem die Möglichkeit untersucht, Eruptionen auszulösen«, sagte Taitt.

Beverly musterte sie wortlos, während ihr der Schweiß über die Schläfen rann.

»Entschuldigen Sie bitte, aber wir sind hier nicht an der Akademie«, wandte Barnaby ein. »Und die Untersuchungen eines Studenten müssen sich nicht unbedingt in einen ausführbaren Plan verwandeln lassen.«

Taitt beugte sich ein wenig vor und wich dem Blick des Lieutenants nicht aus. »Die Traktorstrahlprojektoren sind bereits von mir rekonfiguriert worden, so daß sie den Partikelstrahl erzeugen können. Außerdem habe ich berechnet, welche Stelle der Sonnenoberfläche getroffen werden muß, damit die Eruption das Borg-Schiff trifft.«

Ihr Tonfall bestätigte Beverlys Überlegungen. *Warum nicht? Was haben wir zu verlieren?*

»Wenn Ihnen bei den Berechnungen ein Fehler unterlaufen ist ...«, stöhnte Barnaby. »Dann könnten *wir* von der Eruption getroffen werden.«

»Wir sollten uns also vergewissern, daß die Formeln keinen Fehler enthalten«, erwiderte Taitt.

In ihrer Stimme erklang trotzige Aggressivität. Die Hitze auf der Brücke hatte die übliche Zurückhaltung der jungen Frau verdunsten lassen, und hinzu kam folgende Erkenntnis: Wenn sie keine andere Lösung des Problems fanden, mußten sie die Korona verlassen und sich dem Borg-Schiff zum Kampf stellen – ohne Warppotential konnten sie nicht fliehen.

In einer solchen Situation waren klare, offene Worte angebracht.

Beverly straffte die Schultern. »Also los.«

»Ja, Sir!« sagte Taitt sofort.

Barnaby ließ sich von der neuen Hoffnung anstecken, eilte zu seinen Kontrollen und stellte eine Verbindung mit Taitts Konsole her. Er überprüfte und unterstützte ihre Bemühungen, setzte Berechnungen dort fort, wo die junge Frau zögerte, fügte Daten hinzu, maß Entfernungen und solare Reaktionen, traf Vorbereitungen dafür, daß sich die Macht der Sonne wenigstens dieses eine Mal ihrem Willen fügte.

Sie alle wußten von dem unerhörten offensiven und defensiven Potential der Borg-Schiffe. Nahm man eines unter Beschuß, entstanden keine Schäden. Statt dessen wurde man selbst unter Beschuß genommen – und verlor durch die erste Salve fünfzig Prozent Schildkapazität. Borg-Raumer hatten die Föderation angegriffen und fast gewonnen, dabei ein Starfleet-Schiff nach dem anderen zerstört …

»Es dauert zu lange, zu lange«, murmelte Beverly ungeduldig, während sie das Borg-Schiff auf dem Wandschirm beobachtete. Es zeigte sich als vager Schatten hinter dem Gleißen der Korona.

»Wir sind gleich soweit«, brachte Taitt mühsam hervor. Sie setzte nicht nur ihre berufliche Laufbahn aufs Spiel, sondern auch ihr Leben – das Leben der ganzen Crew.

»Berechnungen abgeschlossen«, meldete Barnaby. »Ich hoffe …«

»Feuer«, sagte Beverly.

»Partikelstrahl wird projiziert!«

Die *Enterprise* erzitterte, als kostbare Energie vom Metaphasen-Schild abgezweigt und für einen Strahl eingesetzt wurde, der die solare Korona durchdrang und sich, dünn wie eine Nadel, in die Sonnenoberfläche bohrte.

Die Reaktion erfolgte unverzüglich. Der riesige Ofen im All spuckte Feuer, dem nichts standhalten konnte, das *alles* verbrannte. Die Eruption traf das Borg-Schiff, ließ es innerhalb einer Mikrosekunde verglühen.

Schneller als von Phaserstrahlen verursachte Zerstörung. Schneller als ein Gedanke.

»Sie hat es geschafft!« entfuhr es Barnaby. »Der Borg-Raumer existiert nicht mehr!«

Beverly konnte es noch immer kaum fassen. Sie starrte

zum Wandschirm, beobachtete das grelle Schimmern, bis ihre Augen schmerzten. War es wirklich vorbei? So schnell?

Wie vielen Borg hat meine Anweisung das Leben gekostet? fragte sich Beverly. Auf einer rationalen Ebene begriff sie natürlich, daß sie gar keine andere Wahl gehabt hatte, doch der ärztliche Instinkt sträubte sich gegen diese Erkenntnis. Tausendfaches individuelles Leben war gerade ausgelöscht worden. *Weil ich befohlen habe, den Partikelstrahl einzusetzen.*

Empfand ein Captain auf diese Weise? Wie gelang es ihm, mit dem Kummer fertig zu werden? Oder verlor er solch ein Gefühl während der Kommandoausbildung?

Tränen warteten darauf, vergossen zu werden, doch Beverly hielt sie zurück. Sie durfte den Brückenoffizieren keine Schwäche zeigen – bereits zu viele Fehler gingen auf ihr Konto.

Um den Gesichtsausdruck unter Kontrolle zu halten, biß sie die Zähne zusammen und hielt für einige Sekunden den Atem an.

Plötzlich konnte sie es gar nicht mehr abwarten, die *Enterprise* wieder Jean-Luc zu überlassen, in der Krankenstation Zuflucht zu suchen und dort zu überlegen, warum sich jemand das Kommando über ein Raumschiff – und die damit einhergehende Verantwortung – wünschte.

»Navigation!« rief sie. »Bringen Sie uns zum Planeten zurück! Volle Impulskraft!«

Ihre Kehle fühlte sich so wund an, als sei sie ebenfalls von einer Eruption getroffen worden.

Eins stand fest: Fortan würde sie jedem widersprechen, der behauptete, eine Sonne sei keine lebende Entität.

»Die Lage hat sich zugespitzt. Wir können nicht länger hoffen, etwas zu unseren Gunsten zu manipulieren. Unsere Überlebensaussichten sind praktisch auf Null gesunken. Dadurch verändert sich alles. Es darf uns jetzt nicht mehr um die eigene Rettung gehen.«

Jean-Luc Picard stapfte mit wachsendem Zorn durch die Zelle. Hitze brodelte in ihm. Schon seit einer halben Stunde empfand er auf diese Weise – vorausgesetzt, er hatte sich ein einigermaßen zuverlässiges Zeitgefühl bewahrt. Immer wieder gewann er den Eindruck, an einem metaphorischen Bratspieß zu stecken.

Vor dem Kraftfeld ging er auf und ab, auf und ab, bis ihm schwindelig wurde. Die Emissionen der nahen energetischen Barriere richteten ihm die Haare an den Armen auf und schufen ein warnendes Prickeln in ihm.

Hinter Picard saß Troi auf einer Sitzbank, neben dem liegenden LaForge. Der Captain sah in die Richtung des Chefingenieurs und stellte fest, daß er aufmerksam zuhörte. Alle Starfleet-Offiziere wußten: Irgendwann konnte es notwendig werden, sich selbst zu opfern.

Geordi war schwach, doch in seinem dunklen Gesicht zeigte sich nicht nur Erschöpfung, sondern auch Entschlossenheit.

Troi blieb in die Stille der Verzweiflung gehüllt.

»Unsere erste Pflicht besteht nun darin, das Krebsgeschwür hier und jetzt auszumerzen, bevor es ins stellare Territorium der Föderation wuchern kann«, betonte Picard. »Wir müssen jedes Mittel nutzen, um Lore und Data aufzuhalten. Eins sollte uns klar sein: Wie wenig uns die gegenwärtigen Ereignisse auch gefallen mögen – im Grunde genommen ist es eine gute Sache, daß wir drei hier in Gefangenschaft gerieten.«

Der Captain blieb stehen und wandte sich seinen Gefährten zu. Er wollte ganz sicher sein, daß sie ihn verstanden. Schon vor Stunden hätte er ihnen alles erklären sollen.

Troi musterte ihn, und Leid schimmerte in ihren großen dunklen Augen. Auch LaForge sah zu Picard und wartete.

»Wir hätten tagelang auf der Oberfläche des Planeten unterwegs sein können, ohne von Lores Plänen zu erfahren«, fuhr der Captain fort. »Als die *Enterprise* aufbrach, um zur Föderation zurückzukehren und Starfleet zu benachrichtigen ... Wir hätten uns irgendwo in den Tälern dieser Welt verirren können, und dann wären wir kaum in der Lage gewesen, den bald eintreffenden Soldaten zu helfen. Statt dessen sind wir hier. Vielleicht ereilt uns der Tod. Aber noch leben wir, haben sowohl ein klares Ziel vor Augen als auch die Chance, es zu erreichen. Ja, wir haben eine historische Chance: Wir können die galaktische Katastrophe verhindern, bevor sie beginnt.«

Picard holte tief Luft, ballte die Fäuste und stand dann wie erstarrt.

»Was auch immer geschieht: Wir müssen Data und Lore einen Strich durch die Rechnung machen. Diesen Befehl erteile ich hiermit. Denken Sie daran, wenn wir getrennt werden.«

Stille folgte den bedeutungsvollen Worten des Captains.

»Aye, Sir«, bestätigte LaForge. In seiner Stimme ertönte auffallende Bereitschaft, die Anweisung zu befolgen. Sie schien ihn mit Erleichterung zu erfüllen.

Troi starrte an die Wand über der Schulter des Chefingenieurs. »Ja, Captain.«

»Gut«, sagte Picard. »Man hat uns aus gutem Grund in dieser Zelle untergebracht. Früher oder später holt man uns ab, und dann ...«

Das Kraftfeld hinter ihm knisterte und verschwand.

Der Captain drehte sich um und wich zurück, als Data im Zugang erschien. Er hielt eine Waffe in der rechten Hand.

Picard verspürte den jähen und fast unwiderstehlichen Wunsch, sich auf den Androiden zu stürzen. Doch die bittere Wahrheit lautete: Data war kräftig genug, um sie alle drei mit einer Hand hochzuheben und an die nächste Wand zu schleudern.

Etwas regte sich in Picard, als er zwischen den Androiden und seine beiden Gefährten trat. Das neue Empfinden erfüllte ihn, kam auch in seiner Haltung zum Ausdruck. Die von ihm selbst formulierten Worte schienen nun zurückzukehren und die eigene Entschlossenheit zu stimulieren. Bisher hatte er es versäumt, im Zentrum der Ereignisse zu stehen. Das sollte sich jetzt ändern.

»Sie bringen Geordi um«, sagte er. »Eine weitere Behandlung überlebt er nicht.«

Data verharrte und maß ihn mit einem durchdringenden Blick.

Vielleicht sah er in dem Captain, was Picard gerade selbst entdeckt hatte: den Mut, als erster für seine Crew zu sterben. Wenn diesmal jemand fortgebracht werden sollte, so kam dafür nur Jean-Luc Picard in Frage.

Er hatte bestimmt nicht damit gerechnet, daß sein Wunsch einfach so in Erfüllung ging. Data winkte mit der Waffe und erwiderte: »Ich bin nicht wegen Geordi gekommen, sondern wegen Ihnen.«

Erleichterung durchströmte den Captain. Ganz gleich, was sich nun anbahnte: Er befand sich wieder im Mittelpunkt des Geschehens; vielleicht konnte er wie ein Katalysator wirken, um alles zu einem raschen, wenn auch nicht unbedingt friedlichen Ende zu bringen.

Er sah zu Troi und LaForge zurück.

Geordi richtete sich halb auf, und deutlich waren die aus seinem Schädel ragenden Nanokortenid-Fasern zu sehen – jede einzelne von ihnen glitzerte im Licht, das vom Korridor her in die Zelle fiel. Der Chefingenieur wußte, was Picard bevorstand, und tiefe Besorgnis prägte sein Gesicht.

Deanna Troi schluckte einige Male und schwieg auch weiterhin.

Picard wies die beiden Offiziere mit einem stummen Blick darauf hin, daß die neue Mission jetzt begann.

Halten Sie sich an den Befehl, mahnten seine Augen. *Gemeinsam verändern wir die Zukunft.*

Deanna nickte.

Ganz offensichtlich hatte sie die Botschaft empfangen. Sie würde zusammen mit LaForge darüber nachdenken, sobald der Captain fort war. Und zweifellos schöpften sie dann den notwendigen Mut.

Picard sah nicht noch einmal zurück, als er durch den Zugang der Zelle in den Korridor trat und Data hinter ihm das Kraftfeld reaktivierte. Er genoß es, mit zielstrebigen Schritten zu gehen, so als wüßte er genau, welchen Ort es nun aufzusuchen galt.

»Erinnern Sie sich an den Starfleet-Eid, Data?« fragte er und blickte auch weiterhin nach vorn.

»Ja, natürlich«, erwiderte der Androide.

»Sie verstoßen dagegen, und zwar laufend. Ist Ihnen das klar?«

Data zögerte. »Ja«, gestand er schließlich.

»Sie haben mehrere Verbrechen begangen und sollten deshalb vor ein Kriegsgericht gestellt werden«, fuhr Picard fort. »Allerdings weiß ich, daß Sie unter dem Einfluß einer fremden Kraft stehen. Deshalb bin ich bereit, mildernde Umstände einzuräumen.«

»Gut.«

Eine schnelle Antwort, die verärgert klang.

Also waren nicht nur mechanische Dinge im Spiel, sondern auch Emotionen.

Picard hatte nie daran gezweifelt, daß Data auch Gefühle empfinden konnte – ohne Manipulationen durch Lore, ohne ein ethisches Programm, ohne irgendwelche externen Einflüsse. Jedes Wesen, das individuell und unabhängig denken konnte, veränderte sich aufgrund der eigenen Gedanken und entwickelte die Fähigkeit, komplexe Konzepte aus Richtig und Falsch zu entwickeln – mit allen subjektiven Abstraktionen dazwischen – sowie auf dieser Grundlage zu handeln.

Der Captain wußte auch, daß seine Crew diese Fähigkeit in Data gespürt hatte; andernfalls wäre sie kaum bereit gewesen, so eng mit ihm zusammenzuarbeiten.

Sie stecken irgendwo da drin, Data, dachte Picard. *Ihr Selbst reicht tiefer, als es die Programmierung allein erklären könnte. So war es immer.*

»Noch ist es nicht zu spät«, sagte Jean-Luc, als Data ihn in den Borg-Saal führte. »Vielleicht erholt sich Geordi, wenn Sie die Fasern entfernen.«

»Ausgeschlossen«, erwiderte Data und forderte Picard mit einem Wink auf, den Weg fortzusetzen.

»Warum? Weil Lore auf den Experimenten besteht?«

»Weil sie einem guten Zweck dienen.«

»Gut und schlecht, richtig und falsch«, sagte Picard. »Das sind Funktionen Ihres Ethikprogramms.«

»In der Tat.«

Der Captain blieb stehen und richtete einen durchdringenden Blick auf Data. »Was hält jenes Programm von der Art und Weise, in der Sie mit Geordi verfahren? Und wie beurteilt es Lores Verhalten gegenüber den Borg?«

Der Androide reagierte nicht mit Worten, blieb jedoch stehen. Die Waffe in seiner Hand zitterte, und er kniff die Augen zusammen, als er über die Fragen nachdachte.

»Das Ethikprogramm teilt Ihnen mit, daß solche Dinge falsch sind, nicht wahr? Wie kann etwas Falsches einem guten Zweck dienen?«

Data wich beiseite und wirkte ein wenig verunsichert. »Sie wollen mich verwirren.«

»Nein. Es geht hier nicht um Verwirrung, sondern um Wahrheit. Ihr Ethikprogramm widersetzt sich den destruktiven Emotionen, die Lore in Ihnen weckt.«

Eine Mischung aus Schmerz und Kummer zeichnete

sich in Datas Miene ab, und er ließ die Waffe noch etwas mehr sinken.

Ein weiterer Zentimeter ...

»Da sind Sie ja, Captain.«

Datas Stimme – nein, die seines Bruders Lore – zerstörte Picards Hoffnungen.

Lore schritt in den Saal, gefolgt von den Borg.

»Danke dafür, daß Sie gekommen sind«, sagte er. »Sie sollen mir bei einer sehr wichtigen Zeremonie helfen.«

Crosis und die übrigen Borg bezogen an den Wänden Aufstellung, beschränkten sich auf die Rolle stummer Beobachter.

Lore wandte sich an Data und sprach lauter.

»Es wird Zeit, daß du deinen Zweifel überwindest, Bruder. Es wird Zeit, die Tür zu deiner Vergangenheit zu schließen und dich ganz der großen Aufgabe zu widmen, die vor uns liegt. Ich muß wissen, ob ich mich auf dich verlassen kann.«

Er hob die Hand und deutete auf den Menschen.

»Beweise deine Loyalität, indem du Captain Picard tötest«, verlangte Lore.

19

»Ich glaube nicht, daß wir den Captain jemals wiedersehen.«

Geordis Worte brachten Deanna neuerlichen Kummer, als sie den Chefingenieur daran zu hindern versuchte, seine ganze Körperflüssigkeit auszuschwitzen.

Eigentlich konnte sie nur dafür sorgen, daß er still liegenblieb.

Sie wußte: Er sehnte sich danach, aufzuspringen und die letzte Anweisung des Captains auszuführen, einen heldenhaften Tod zu sterben und die beiden Androiden im Namen der Föderation ins Jenseits mitzunehmen.

»Vielleicht verändert sich die Situation«, sagte Deanna.

»Sie träumen«, erwiderte LaForge. »Sie wissen nicht, was mit Data los ist. Ich hab's gespürt. Er zögert nicht, allen Befehlen Lores zu gehorchen. Mein Freund Data existiert nicht mehr. Wenn ich jetzt das Geschöpf töten müßte, das sich Data nennt ... Ich glaube, ich wäre dazu imstande.«

»Es tut mir leid, daß Sie auf diese Weise empfinden, Geordi. Das klingt gar nicht nach Ihnen.«

»Es klang auch nicht nach Data«, erwiderte der Chefingenieur. »Sie haben den Captain gehört. Er hat recht. Wir müssen eine Aufgabe erfüllen. Jeder von uns weiß, daß es einmal dazu kommen kann. Die meisten haben Glück und geraten nie in eine derartige Situation. Bei uns sieht die Sache leider anders aus.«

Troi schüttelte den Kopf und runzelte die Stirn. »So habe ich Sie noch nie sprechen gehört.«

»Ich bin Starfleet-Offizier, Deanna«, sagte Geordi. »Es spielt keine Rolle, daß ich die meiste Zeit über mit Schaltkreisen und dergleichen beschäftigt bin. Sehen Sie nur, was der neue Data mit mir angestellt hat... Ich möchte nicht, daß so etwas auch anderen Leuten zustößt. Wenn ich mir vorstelle, daß es Ihnen so ergehen könnte...« Er schauderte. »Ich bin bereit, alle notwendigen Opfer zu bringen.«

Deanna seufzte schwer. »Ach, Geordi...«

Sie wußte nicht, was sie sagen sollte. Mit ihren empathischen Sinnen spürte sie die Entschlossenheit in LaForge, hervorgerufen von Picards Worten, begleitet von innerem Schmerz. Die Counselor teilte jene Pein, denn sie ahnte, daß der Captain recht hatte, daß tatsächlich der Zeitpunkt fürs Töten gekommen war.

Sie stellte sich die Möglichkeit des eigenen Todes vor – als es plötzlich krachte und jenseits der energetischen Barriere der halbe Korridor einzustürzen schien.

Instinktiv zogen Geordi und Deanna den Kopf ein, als Steinsplitter das Kraftfeld trafen und dort funkenstiebende Entladungen verursachten.

Troi sprang auf – und erstarrte wieder, als sie das Geräusch hastiger Schritte hörte. Es gab nichts, das sich als Waffe verwenden ließ, nicht einmal einen Stein...

Will! Und Worf! Außerhalb der Zelle!

Deanna lief zum Kraftfeld und blieb so dicht davor stehen, daß die Energie einige ihrer schwarzen Locken erfaßte.

Worf kam sofort zur Sache. »Wo ist der Captain?« fragte er, als er sich dem Kontrollfeld zuwandte, um das Schirmfeld zu deaktivieren.

»Data hat ihn fortgebracht«, erwiderte Deanna. Vor ihr verschwand das Glühen der Ergbarriere.

Will Riker eilte zu ihr; Erleichterung und gleichzeitig Sorge waren in beider Gesicht zu lesen. Dann deutete der Erste Offizier auf LaForge, der gerade versuchte, sich aufzusetzen.

»Wir haben nicht viel Zeit. Können Sie gehen, Geordi?«

»Allein schafft er es nicht«, sagte Deanna. Sie griff nach dem einen Arm des Chefingenieurs, Riker nach dem anderen.

»Im Korridor gibt es einen Luftschacht, der zu einem Tunnel unter dem Gebäude führt«, erklärte Will. »Helfen Sie Geordi durch den Schacht. Worf und ich suchen den Captain.«

Troi nickte, begegnete Rikers Blick und wußte, daß er verstand.

Beeil dich! forderten ihn ihre Augen auf.

20

DER BORG-SAAL

Picard stand vor Data und versuchte, möglichst unnachgiebig zu wirken. Er blickte starr, hielt die Schultern gerade und die Arme nach unten.

Wenn Data tatsächlich beabsichtigte, den Befehl des Größenwahnsinnigen auszuführen ... Der Captain wollte den Tod erwarten, ohne auch nur mit der Wimper zu zucken.

Falls sich Data endgültig in der Welt blinden Gehorsams und geistloser Folgsamkeit verlieren wollte – Picard beabsichtigte, ihm ein Beispiel unerschütterlicher Individualität zu geben.

Der Captain konzentrierte sich ganz auf Data, verdrängte Lore und die Borg aus dem Fokus seiner Wahrnehmung. Furchtlos musterte er den ehemaligen Zweiten Offizier der *Enterprise. Wenn er mich tötet, so soll er mir dabei in die Augen sehen ...*

Data erwiderte Picards Blick, und Verwirrung zeichnete sich in seinem Gesicht ab. Der Kontrast zwischen Lores Manipulationen und den Signalen des Ethikprogramms erlaubte ihm unabhängige Gedanken. Er war wie ein Kind, das nach langem Schlaf erwachte, um den Unterschied zwischen Traum und Realität zu bemerken – der Traum erwies sich als kälter.

Die Lippen des Androiden teilten sich. Eine Entscheidung stand unmittelbar bevor.

»Nein«, murmelte er. »Nein, es wäre falsch ...«

Crosis griff nach der Waffe, und Data starrte auf seine leere Hand hinab.

Lore wandte den Kopf. »Ich habe mir gedacht, daß du nicht dazu fähig bist. Du hast zu viele Jahre bei den Menschen verbracht.«

Wie enttäuscht wandte sich Lore von seinem Bruder ab.

Picard beobachtete das Geschehen aufmerksam genug, um die Verbindung zwischen Lore und Crosis zu erkennen. Deshalb überraschte es ihn nicht, als der Borg rief: »Packt ihn!«

Zwei andere robotische Wesen traten vor und griffen nach Datas Armen.

Lore wandte sich den Borg an den Wänden zu. »Ich habe viele Opfer von euch verlangt! Opfer, die für eine bessere Zukunft notwendig sind. Ihr sollt wissen, daß ich nur das von euch verlange, wozu ich selbst bereit bin. Ich bringe nun das größte aller Opfer: Ich töte meinen eigenen lieben Bruder.«

Er streckte einem Borg die Hand entgegen und bekam eine Waffe.

Lores Miene zeigte einen Kummer, den kein semimechanisches Wesen als geheuchelt erkennen konnte. Picard wußte, daß es sich nur um Schauspielerei handelte, aber was nützten ihm solche Kenntnisse? Sollte er damit vielleicht an die Borg appellieren?

Einmal hatte er sie verstanden – es erfüllte Picard mit Scham, das zuzugeben. Doch jene Zeit war vorbei. Diese Borg stellten eine Weiterentwicklung ihrer Spezies dar, und daher konnte er ihr Verhalten nicht vorhersagen.

Lore hob die Waffe und zielte auf Data. Der Captain spannte die Muskeln – ein automatischer Reflex, zu dem Zweck, einen Offizier vor dem Tod zu bewahren. Oder sollte er Data besser sterben lassen? Er entsann sich an den Befehl, den er Troi und LaForge erteilte hatte …

Er traf eine instinktive Entscheidung und beugte sich vor. Data sollte sehen, was die menschliche Natur zu leisten vermochte …

Aus den Augenwinkeln sah Picard einen grauschwarzen Schemen.

»Nein!« rief jemand.

Ein Borg sprang aufs Podium und stieß die Waffe mit solcher Wucht fort, daß sie aus Lores Hand flog und an die steinerne Wand prallte.

Hugh!

Crosis wirbelte mit der Absicht herum, auf Hugh zu schießen. Doch er bekam keine Gelegenheit dazu. Der helle, rote Strahl eines Starfleet-Phasers zuckte durch den Saal und traf den Borg mitten auf der Brust. Er sank zu Boden, und Dutzende von verschiedenen Emotionen huschten durch sein Gesicht, als er starb.

Picard richtete sich auf und sah... Riker und Worf standen einige Dutzend Meter entfernt in kampfbereiter Haltung. Um sie herum sprangen individuelle Borg – Freunde von Hugh – aus der Menge ihrer Artgenossen und rückten gegen Lores Anhänger vor.

Chaos brach aus. Borg gegen Borg, in einem wilden Getümmel. Die Guten ließen sich nicht mehr von den Bösen unterscheiden.

Picard beobachtete die Szene fast so, als handelte es sich um historische Aufzeichnungen. Hier fand Geschichte statt.

Die Borg entschieden über ihre Zukunft.

Zwar fühlte er sich versucht, teilzunehmen und gar einen dominierenden Einfluß darauf zu nehmen, aber er übte trotzdem Zurückhaltung und forderte sowohl Riker als auch Worf mit einem Wink auf, seinem Beispiel zu folgen. Es zischten keine Phaserstrahlen mehr, als die beiden Offiziere das Feuer einstellten, den Kampf Hugh und seinen Leuten überließen.

Die freien, unabhängigen Borg schienen zu begreifen, was auf dem Spiel stand, und sie gingen mit noch größerer Entschlossenheit gegen ihre Feinde vor. Ein fast ohrenbetäubender Lärm herrschte: Dem Heulen und Kreischen der Borg gesellte sich das Fauchen von Strahlwaffen und die knallenden Entladungen von Projektilschleudern hinzu. Picard bedeutete seinen Gefährten, in Bereitschaft zu bleiben. Zu gern hätte er den naiven Glauben geteilt, daß sich die Guten letztendlich immer durchsetzten. Doch aus bitterer Erfahrung wußte er, daß die Realität des Lebens anders beschaffen war. Deshalb warteten er und seine Begleiter mit schußbereiten Phasern.

Der Captain wandte den Blick gerade lange genug vom wogenden Durcheinander ab, um Riker zuzunicken. Der Erste Offizier vollführte eine zustimmende Geste. Gut – er hatte verstanden.

Aus den Augenwinkeln bemerkte er etwas. Worf winkte und deutete auf einen der Ausgänge.

Picard wich zwei miteinander ringenden Borg aus und runzelte die Stirn – er wußte nicht, was ihm der Klingone zeigen wollte.

Eine Sekunde später wurde ihm klar, was Worf meinte.

Data und Lore waren verschwunden.

IM LABORATORIUM

Data wußte, welchen Ort es aufzusuchen galt. Eine innere Stimme teilte ihm mit, wo er Lore finden konnte.

In seinem mentalen Kosmos vibrierten verschiedene Wünsche, Absichten und Bestrebungen. Etwas zerrte an ihm, und zwar aus mehreren Richtungen. Er konnte nicht den Ursprung aller Gedanken identifizieren, und das wollte er auch gar nicht. Es waren *seine* Gedanken – nur das zählte.

Er würde den unterschiedlichen Impulsen Widerstand leisten und lehnte es ab, sich kontrollieren zu lassen. Unabhängigkeit. So hieß die Essenz des Lebens.

»Lore!« rief Data. Er schloß die Finger fester um den Griff des Phasers, brachte es aber noch nicht fertig, die Waffe zu heben.

Der andere Androide arbeitete fieberhaft an einer Computerkonsole, die einen improvisierten Eindruck erweckte. Offenbar bestand sie aus Komponenten, die früher Teil anderer Instrumente und sogar von aufsässigen Borg gewesen waren.

Lore drehte sich um.

»Sei vorsichtig mit der Waffe, Bruder«, sagte er und trug dabei einen trügerisch freundlichen Gesichtsausdruck zur Schau. »Jemand könnte verletzt werden.«

»Womit bist du da beschäftigt?« fragte Data. Eine direkte Frage. Es ging ihm nicht um Einschüchterung; er wollte nur eine direkte Antwort.

»Ich weiß, wie wir diesen Ort verlassen können«, sagte Lore. »Ich bin bereit, dich mitzunehmen und zu vergessen, was dort drüben geschehen ist.« Er lächelte und neigte wie verschwörerisch den Kopf. »Wir brauchen niemanden. Immerhin sind wir Brüder.«

Definition: Brüder. 1) männliche Kinder mit den gleichen Eltern oder mindestens einem gemeinsamen Verwandten. 2) männliche Personen, die durch Loyalität miteinander verbunden sind, das gleiche Ziel anstreben oder Charaktereigenschaften teilen.

Eltern? Nein. Lore und er waren Produkte des gleichen Konstrukteurs. Sie hatten keinen Vater in dem Sinne, keinen Erzieher, der ihnen ein Beispiel gab, dessen Werte sie übernehmen oder auch ablehnen konnten.

Und zwischen ihnen gab es kein Band der Loyalität. Lore hatte sie einfach so zu Brüdern erklärt, ohne daß Data Einwände erhob.

Ein Fehler, wie er intelligenten Lebewesen unterlief.

Fehler konnte man berichtigen.

Data reagierte nicht auf Lores Einladung.

Der andere Androide senkte den Kopf ein wenig, und das Glitzern in seinen Augen verstärkte sich, als er einen weiteren Köder präsentierte. »Ich gebe dir den von unserem Vater hergestellten Emo-Chip. Darin sind *Erinne-*

rungen gespeichert – Erinnerungen, die unser Vater dir schenken wollte.«

Lore bewegte den Finger, und Data erbebte innerlich. Der von Lore ausgehende emotionale Strom ließ abrupt nach, und Leere dehnte sich aus.

Diesmal kämpfte er nicht dagegen an – er zog die Leere den Manipulationen vor.

Nach einigen Sekunden hob er den Phaser.

Seine Sensoren registrierten Bewegung: Lore sprang zur Seite, griff nach dem Strahler auf der Konsole und wandte sich ihm zu.

Data versuchte nicht, die Absichten seines Ebenbilds zu analysieren – er schoß.

Ein Energieblitz zuckte aus dem Lauf der Waffe, und Data spürte Zufriedenheit. Er hatte eine eigene Entscheidung getroffen, und dazu war keine Maschine fähig.

Er ließ den Auslöser nicht los und beobachtete, wie destruktive Energie in Lores Brustkasten brannte.

Überladung. Der andere Androide erstarrte, als sich Nervenbahnen auflösten. Der Kopf blieb nach oben geneigt, die Arme nach hinten. Die Beine begannen zu zittern. Elektrische Entladungen knisterten an Kopf und Schultern, als erste Systemkomponenten der Überlastung nicht mehr standhalten konnten.

Zeichnete sich Erstaunen in Lores Gesicht ab?

Das Fauchen des Phasers verklang schließlich, wich einem Zischen, das aus dem Leib des Androiden kam. Dort breitete sich die Zerstörung weiter aus.

Lore fiel, und der Aufprall führte zu einer deutlichen Erschütterung des Bodens. Ein solches Gewicht hätte man bei dieser Körpergröße nicht vermutet. Ein Körper, der sich äußerlich nicht von dem Datas unterschied.

Brüder ... Aber nur in Hinsicht auf das Erscheinungsbild.

Data kniete neben der zuckenden Gestalt. Am Kopf

hatte sich ein Verkleidungselement gelöst, und darunter wurden Schaltkreise sichtbar. Energetisches Feuer verwandelte kritische Verbindungen in Asche.

Lores Augen waren geöffnet, und es steckte noch Leben in ihnen.

Traurig sah er auf.

Data ließ sich davon nicht beeinflussen. »Ich werde dich jetzt desaktivieren«, kündigte er an.

»Dann ... mußt du ... für immer ... auf Emotionen ... verzichten ...«

Data legte den Phaser beiseite und nahm eins der Werkzeuge, mit dem er Geordi auf entsetzliche Weise gequält hatte.

Doch daran dachte er jetzt nicht. Es ging ihm nur darum, eine bestimmte Aufgabe zu erledigen.

Es galt, Lores Existenz auszulöschen.

»Ich weiß«, erwiderte er. »Aber du läßt mir keine andere Wahl.«

Die Formulierung dieser Worte fiel nicht weiter schwer, doch mit ihrem Bedeutungsinhalt sah es etwas anders aus. Er wußte inzwischen, was es mit einer ›Wahl‹ auf sich hatte – sie ermöglichte Entscheidungen. Er konnte entscheiden, Lore zu reparieren, die von ihm repräsentierte Einzigartigkeit zu bewahren, seine innere Struktur und sein geistiges Universum zu erforschen. Lore war der Schlüssel für den nächsten Schritt in Datas Evolution.

Ja, er konnte entscheiden. Und von dieser Möglichkeit machte er nun Gebrauch.

»Es ist vorbei«, sagte er.

Lore blinzelte ein- oder zweimal. Der größte Teil seiner Systeme funktionierte inzwischen nicht mehr. »Ich ... liebe ... dich ... Bruder.«

Data ignorierte externe Signale und interne Elaborationen, hielt an der getroffenen Entscheidung fest und verwendete das Werkzeug.

Die winzigen Lichter zwischen den Schaltkreisen erloschen. Lore lag völlig still. Die Augen blieben geöffnet, doch jetzt zeigte sich kein Leben mehr in ihnen.

Lore war tot.

DER SAAL

»Genug!«

Hugh trat aus dem Durcheinander der Cyborgs, und der Enthusiasmus in seiner Stimme bewies, daß er wirklich ein lebendiges, mit Gefühlen ausgestattetes Geschöpf war.

»Genug!« wiederholte er, und diesmal schienen ihn die anderen zu hören.

Captain Picard bedeutete Riker und Worf, innezuhalten und abzuwarten. Riker stand mit einem Fuß auf einem Borg, der zu Lores Anhängern gehörte, und der Phaser des Ersten Offiziers deutete auf das graue Gesicht des robotischen Wesens. Worf hielt den Arm eines anderen Gegners umklammert.

Überall um sie herum lagen tote und verletzte Borg. Hughs Gefährten – wer konnte sie von den übrigen unterscheiden? – hatten die restlichen Kämpfer Lores in eine Ecke gedrängt. Die wenigen Überlebenden schienen den Willen verloren zu haben, Widerstand zu leisten. Oder durch das Verschwinden des Anführers fehlte es ihnen plötzlich an Zielstrebigkeit.

So etwas geschähe nicht zum erstenmal.

Hughs Borg-Freunde schienen nicht recht zu wissen, wie sie sich nun verhalten sollten. Hugh stand auf Lores Plattform, ließ den Blick durch den Saal schweifen und fragte sich vermutlich, was er mit dem Sieg anfangen sollte.

Picard straffte die Gestalt und wünschte sich, die Ursache des Konflikts zu kennen. Was führte Hugh überhaupt hierher? Warum hatte er sich zum Kampf entschlossen?

Vermutlich wußte Riker Bescheid. Er und der Borg waren zur gleichen Zeit eingetroffen – allein dieser Umstand deutete auf einen Zusammenhang hin.

Picard trat zur Plattform und beschloß, der Neugier erst später nachzugeben. »Ich gratuliere zu Ihrem Erfolg«, sagte er.

Hugh drehte sich um, blinzelte und nickte.

»Captain!« Riker näherte sich, in der einen Hand den Phaser, in der anderen den Kommunikator.

»Die *Enterprise,* Sir – sie nähert sich dem Planeten!«

Die Worte klangen herrlich, aber trotzdem regte sich Ärger in Picard. »Warum ist sie hier? Sie kann unmöglich Starfleet benachrichtigt haben und wieder zurückgekehrt sein. Was hat das zu bedeuten?«

»Dr. Crusher hat bewaffnete Einsatzgruppen vorbereitet«, sagte Riker. Ihm schien nichts daran zu liegen, die Frage des Captains zu beantworten und dadurch zur Zielscheibe seines Zorns zu werden.

»Geben Sie mir Ihren Kommunikator«, verlangte Picard.

Der Erste Offizier beugte sich über mehrere übereinander liegende Borg hinweg und kam der Aufforderung des Captains nach.

»Hier Picard.«

»Crusher, Captain. Freut mich, Ihre Stimme zu hören.«

»Vielleicht ist Ihre Freude nicht mehr ganz so groß, sobald wir Gelegenheit hatten, über diese Angelegenheit zu sprechen. Ein Borg-Schiff befindet sich in der Nähe und könnte jederzeit...«

»Wir haben es neutralisiert, Sir.«

Picard zögerte und wechselte einen kurzen Blick mit Riker.

»Neutralisiert?«

»Wir haben es zerstört, Sir. Es war nicht einfach, aber die Sonne half uns dabei.«

Picard dachte zunächst an einen Scherz, begriff dann

aber, daß Beverly Crusher es tatsächlich ernst meinte. »Eine weitere Geschichte, auf die ich gespannt bin«, entgegnete er. »Bitte setzen Sie die Sensoren ein, um Troi und LaForge zu lokalisieren. Sie befinden sich irgendwo in diesem Gebäude ...«

»Ich habe sie beide gefunden, Sir«, warf Riker ein. »Und ich kann der *Enterprise* die betreffenden Koordinaten übermitteln.«

Picard bedachte den Ersten Offizier mit einem überraschten und gleichzeitig zufriedenen Blick. »Ich nehme die letzte Anweisung zurück, Dr. Crusher. Commander Riker nennt Ihnen den Aufenthaltsort der genannten Personen. Bereitschaft für Datentransfer.« Er reichte den Kommunikator zurück. »Also los.«

»Aye, Sir. *Enterprise,* hier ist Riker ...«

Der Captain trat an ihm und dem toten Borg vorbei.

Worf und die anderen Borg beobachteten, wie er sich langsam Hugh näherte.

»Danke«, sagte er. »Ihre Ankunft hat die Situation zu unseren Gunsten verändert.«

Hugh nickte erneut und wußte noch immer nicht, wie er den Sieg nutzen sollte. »Ich hätte mich Lores Anhängern nicht zum Kampf gestellt, wäre nicht einmal bereit gewesen, so etwas für möglich zu halten. Aber dann sprach *er* zu mir.«

Er deutete zum Ersten Offizier der *Enterprise,* der Dr. Crusher gerade Koordinaten übermittelte und dazu beitrug, Ordnung in das Chaos zu bringen.

Picards Ärger ließ ein wenig nach. Seine Crew wußte, worauf es ankam. Und manchmal entwickelten sich Situationen auf eine Weise, die niemand vorhersehen konnte.

Hugh blickte auf die Toten und Sterbenden hinab.

»Was ist los?« fragte der Captain.

Im grauen Gesicht des Cyborgs bewegte sich etwas. »Einst gehörten sie zu meinem Volk«, erwiderte er. »Aber jetzt kann ich keine Artgenossen mehr in ihnen sehen. Sie ähneln mir nach wie vor, doch die kulturelle Evolution verwandelte sie in Feinde. Damit kann ich mich nur schwer abfinden. Einst haben wir zusammengearbeitet und ein gemeinsames Ziel angestrebt.«

»Sie hatten nie ein gemeinsames Ziel«, widersprach Picard. »Sie teilten nur den Drang zum Erobern – das ist etwas anderes.«

Er trat näher und senkte die Stimme.

»Selbst Ameisen können zusammenarbeiten«, fuhr er fort. »Das wissen Sie aus Ihrem früheren Leben. Aber es brachte Ihnen nicht viel, einfach nur Automaten zu sein, oder? Das Kollektiv wuchs, doch nur in physischer Hinsicht. Es gab weder echten Fortschritt noch irgendwelche positiven Entwicklungen. Intelligente Individuen, die aus freiem Willen kooperieren – das ist der Schatz echter Freiheit. Wenn es einfach wäre ... dann hätte es vermutlich nicht mehr Bedeutung als die geballte Kraft des Borg-Kollektivs. Sie dürfen Teamwork nicht mit Kollektivismus verwechseln, Hugh. Es ist keineswegs verkehrt zu wählen, das eine dem anderen vorzuziehen. Ganz im Gegenteil: Nur Individualität verleiht die Fähigkeit, eine solche Wahl zu treffen.«

Falten bildeten sich in Hughs Stirn, und sein Blick blieb auf Picard gerichtet. Die Ungewißheit verflüchtigte sich, als er begriff, daß er und seine Gefährten gerade viel Mut bewiesen hatten. Er begann zu verstehen, daß er nicht mehr zum Kollektiv gehörte, daß die Verantwortung des Individuums darin bestand, individuell zu handeln. Durch eigene Entscheidung ein *Ding* zu sein – darin hätte die wahre Tragödie bestanden.

Picard überließ Hugh seinen Gedanken und wandte sich an Riker. »Was ist mit LaForge und Troi?«

Der Erste Offizier hob den Kopf. »Die *Enterprise* befindet sich in der Umlaufbahn. Der Chefingenieur und die Counselor sind an Bord. Ich ...«

Vielstimmiges Murmeln von den Borg weckte ihre Aufmerksamkeit. Picard und Riker drehten sich um ...

Und sahen Data.

Ihre Anspannung wuchs sofort, aber instinktiv warteten sie beide, um zu sehen, was nun geschah. Die Frage lautete: Welcher Data näherte sich ihnen? Der alte oder der neue?

Data offenbarte keine Anzeichen von Aggressivität.

»Lore funktioniert nicht mehr«, sagte er und zögerte kurz – suchte er nach den richtigen Worten? »Er muß demontiert werden, damit er nie wieder eine Gefahr darstellen kann.«

Ein neutrales Gesicht, die Wangen ein wenig gerötet – ein Zeichen von körperlicher oder aber von geistiger Anstrengung?

»Es freut mich sehr, daß Sie wieder bei uns sind«, sagte Picard.

Data sah ihn an. »Danke«, entgegnete er schlicht.

Der Captain hielt es für besser, derzeit nicht nach Details zu fragen. Er wandte sich erneut an Hugh.

»Was wollen Sie jetzt unternehmen?«

»Ich weiß es nicht«, erwiderte der Borg. »Wir können nicht zum Kollektiv zurück. Vielleicht sind wir nicht einmal zu einer stabilen Koexistenz imstande. Immerhin gibt es jetzt keinen Anführer mehr.«

Picard maß sein Gegenüber mit einem nachdenklichen Blick. »Ich bin mir nicht sicher, ob das stimmt.«

Hugh brauchte zwei oder drei Sekunden, um zu verstehen, was der Captain meinte. »Vielleicht lernen wir im Lauf der Zeit, als Individuen zu leben – und in einer Gruppe zusammenzuarbeiten.«

Picard nickte langsam und mit unübersehbarer Zufriedenheit. Ganz offensichtlich hatte er es hier nicht mehr mit einem Roboter zu tun.

»Viel Glück«, sagte er.

Hugh holte tief Luft. »Leben Sie wohl.«

21

BEREITSCHAFTSRAUM
DES CAPTAINS

»Herein.« Die Stimme des Captains klang nicht sehr einladend, und unter anderen Umständen hätte Beverly Crusher ihren Besuch auf einen späteren Zeitpunkt verschoben. Aber heute kam sie nicht als Bordärztin zu ihm, sondern als Captain *pro tempore.* Ihre Pflicht bestand darin, das Kommando offiziell zurückzugeben.

Schon seit einer ganzen Weile wartete sie darauf. O ja. Sie wünschte sich, Picard nicht nur die *Enterprise* zu überlassen, sondern auch die Verantwortung für eine aus rund tausend Personen bestehende Besatzung. Die Ärztin sehnte sich danach, in die Krankenstation zurückzukehren, um dort allein medizinische Entscheidungen zu treffen. Nie wieder wollte sie die schwere Bürde des Kommandos tragen müssen.

Ließ sich jene Last durch eine geschlossene Tür schieben? Nein, leider nicht.

»Herein!«

Beverly beugte sich in den Erfassungsbereich der Sensoren vor, und daraufhin glitt das Schott beiseite.

Dort saß er.

Und wirkte sehr ernst.

Beverly Crusher hatte den Captain immer für sympathisch gehalten, aber jetzt wünschte sie sich mehr: die Begegnung mit einem *freundlichen* Mann.

»Sie haben mich zu sich gebeten, Sir.«

»Ich habe Sie hierher*befohlen,* Doktor«, korrigierte der Captain.

»Ja.« Beverly seufzte. »Ich verstehe.« Sie trat an den

Schreibtisch heran und hütete sich, den Eindruck zu erwecken, Platz nehmen zu wollen. »Bitte geben Sie mir zuerst Gelegenheit zu einer Erklärung, Sir.«

Picard sah überrascht auf, und der Glanz in seinen Augen erfuhr eine subtile Veränderung. Er lehnte sich zurück und faltete die Hände auf eine Da-bin-ich-abergespannt-Weise. »Nun gut.«

»Als Sie mir das Kommando übergaben ...« Beverly mußte sich unterbrechen, um zu schlucken. »Ich glaubte zu wissen, was das bedeutet. Alle von uns haben eine Vorstellung vom Kommando, aber die Wirklichkeit sieht ganz anders aus. Wir sind davon überzeugt, praktisch von einem Augenblick zum anderen die Aufgaben einer anderen Person wahrnehmen zu können. Während der Ausbildung hat man uns eine solche Denkweise nahegelegt. Wie dem auch sei: Wer an solchen Überzeugungen festhält, muß irgendwann einsehen, sich geirrt zu haben. Was uns betrifft ... Wir fanden eine Möglichkeit, den Borg-Raumer zu vernichten, was jedoch nichts daran ändert, daß ich Ihre Befehle mißachtet habe.«

Sie zögerte, um festzustellen, welche Wirkung sie erzielte. Ein Teil der Strenge in Picards Miene hatte sich aufgelöst, und das galt auch für die Anspannung in seinen Schultern.

»Ja«, murmelte der Captain. »Das stimmt. Als regulärer Brückenoffizier müßten Sie jetzt mit einem Verweis rechnen – und könnten gleichzeitig eine Belobigung erwarten.« Er sank etwas tiefer in den Sessel.

Die Ärztin musterte ihn und sah vertraute Sorge.

»Beverly ... Ich war enttäuscht, als ich hörte, daß Sie zurückgekehrt sind. Doch vielleicht ist es meine eigene Schuld. Immerhin bekamen Sie das Kommando über die *Enterprise* von *mir*. Vielleicht wollte ich in einer sehr schwierigen Situation unterbewußt Hilfe bei Ihren sanfteren Instinkten suchen. Sie haben ausgezeichnete Arbeit geleistet – aber Sie hatten dabei auch sehr viel Glück.

Mir wäre es lieber gewesen, wenn Sie darauf verzichtet hätten, mein Schiff in Gefahr zu bringen.«

»Das mag ein Fehler gewesen sein«, sagte Dr. Crusher. »Aber, Sir ... Sie waren nicht da.«

Ein Lächeln zuckte in Picards Mundwinkeln, als er den nun festeren Klang in Beverlys Stimme hörte. »Da haben Sie recht – ich war nicht da. Und ich hätte zur Stelle sein *sollen*. Ich glaube, diese Sache ist für uns beide eine lehrreiche Erfahrung gewesen. Das nächste Mal ...«

Dr. Crusher hob abrupt die Hand. Sie hatte die Licht- und Schattenseiten eines Kommandos selbst erlebt und wußte, daß diese Tätigkeit süchtig machen konnte. »Nein. Es gibt kein nächstes Mal. Ich möchte vermeiden, daß es mir ... zu sehr gefällt, im Kommandosessel zu sitzen.«

Neuerlicher Ernst kehrte in Picards Miene zurück. Er verstand.

Dann lächelte er wieder. »Und ich gäbe sicher keinen sehr guten Bordarzt ab«, kommentierte er.

IN DER *ENTERPRISE*

Geordi LaForge schritt dankbar durch den Korridor.

Er konnte von Glück sagen. Blind geboren – aber in einem Zeitalter, in dem Blindheit kaum mehr war als ein Ärgernis. Oder sogar ein Vorteil: Man konnte sie zum Anlaß nehmen, die normalen menschlichen Sinne zu erweitern. Eines Tages mochte es viel mehr Personen geben, die ein VISOR trugen. Wenn erst einmal die Tücken des Objekts überwunden waren, wenn einem zum Beispiel nicht jeder dahergelaufene Idiot das VISOR abnehmen konnte ...

Und damit nicht genug. Welch ein Glück, daß er Freunde hatte, nicht nur Kollegen. Und welch ein Glück, daß er noch lebte.

Heute zählte er die positiven Aspekte seiner Existenz. Irgendwann ließen bestimmt auch die Kopfschmerzen nach.

Jetzt mußte nur noch eins erledigt werden.

»Welch ein Glück, daß ich es erledigen *kann*«, murmelte er und betätigte den Türmelder.

»Herein.«

Das Schott glitt beiseite, und der Chefingenieur betrat Datas Quartier.

Die Katze miaute, und er wandte sich in die entsprechende Richtung.

Der Androide sah zu ihm auf.

»Hallo, Data«, sagte Geordi. Er musterte ihn, sah im Gesicht pulsierende Farben: Sie wiesen ihn auf die verschiedenen Temperaturen der einzelnen Schaltkreise hin.

Er näherte sich.

Data saß am Schreibtisch, streichelte die Katze und betrachtete einen Mikrochip, der auf einem gläsernen Objektträger ruhte.

»Dr. Crusher meinte, daß ich bald den Dienst fortsetzen kann«, sagte LaForge.

Data verstand die Botschaft – gewisse Dinge ließen sich wieder in den normalen Zustand versetzen. »Ich bin froh, daß die von mir verursachten Verletzungen nicht permanenter Natur sind.«

Geordi wollte darauf hinweisen, daß jene Verletzungen nicht auf Datas Konto gingen. Jemand anders war dafür verantwortlich: eine von Lore gelenkte Marionette.

Doch aus irgendeinem Grund gelang es ihm nicht, entsprechende Worte zu formulieren.

Statt dessen deutete er auf den Objektträger.

»Was ist das?«

»Der Chip, mit dem mir mein Vater die Welt des Emotionalen erschließen wollte. Ich habe ihn aus Lores Körper entfernt, bevor die Demontage begann.«

Schlichte Worte – doch etwas in ihnen weckte Nervosität in LaForge. Warum lag dem Androiden so viel daran? Wenn er jetzt mit dem Feuer spielte …

Ich möchte nicht, daß du dich von dem verdammten Ding verändern läßt, dachte Geordi. *Bleib so, wie du immer gewesen bist.*

Aber er brachte es nicht fertig, sich mit einem solchen Hinweis an Data zu wenden.

»Funktioniert der Chip?« fragte er statt dessen.

»Nein«, lautete die ruhige Antwort. »Glücklicherweise wurde er beschädigt, als mich die Umstände zwangen, auf Lore zu schießen.«

»Glücklicherweise?« Verwirrt trat Geordi etwas näher. »Schon seit vielen Jahren wünschen Sie sich Emotionen.«

»Ja. Aber fast hätten mich Gefühle veranlaßt, Sie zu töten.« Data sah ihn an, stand auf und ging zu einem Tisch. »Ich darf auf keinen Fall zulassen, daß sich so etwas wiederholen könnte. Meine Freundschaft mit Ihnen ist mir zu wichtig.«

Mit gespielter Gleichgültigkeit legte er den Chip in eine Schachtel und schloß sie.

LaForge fühlte sich plötzlich schuldig. »Ich wäre kein besonders guter Freund, wenn ich Ihnen die Möglichkeit nähme, sich Ihren größten Wunsch zu erfüllen …«

Data richtete einen nachdenklichen Blick auf Geordi.

»Wer weiß? Vielleicht können wir den Chip eines Tages reparieren.« LaForge lächelte, griff nach der Schachtel und stellte sie ins nahe Regal.

STAR TREK™

in der Reihe
HEYNE SCIENCE FICTION & FANTASY

STAR TREK: CLASSIC SERIE

Vonda N. McIntyre, Star Trek II: Der Zorn des Khan · 06/3971
Vonda N. McIntyre, Der Entropie-Effekt · 06/3988
Robert E. Vardeman, Das Klingonen-Gambit · 06/4035
Lee Correy, Hort des Lebens · 06/4083
Vonda N. McIntyre, Star Trek III: Auf der Suche nach Mr. Spock · 06/4181
S. M. Murdock, Das Netz der Romulaner · 06/4209
Sonni Cooper, Schwarzes Feuer · 06/4270
Robert E. Vardeman, Meuterei auf der Enterprise · 06/4285
Howard Weinstein, Die Macht der Krone · 06/4342
Sondra Marshak & Myrna Culbreath, Das Prometheus-Projekt · 06/4379
Sondra Marshak & Myrna Culbreath, Tödliches Dreieck · 06/4411
A. C. Crispin, Sohn der Vergangenheit · 06/4431
Diane Duane, Der verwundete Himmel · 06/4458
David Dvorkin, Die Trellisane-Konfrontation · 06/4474
Vonda N. McIntyre, Star Trek IV: Zurück in die Gegenwart · 06/4486
Greg Bear, Corona · 06/4499
John M. Ford, Der letzte Schachzug · 06/4528
Diane Duane, Der Feind – mein Verbündeter · 06/4535
Melinda Snodgrass, Die Tränen der Sänger · 06/4551
Jean Lorrah, Mord an der Vulkan Akademie · 06/4568
Janet Kagan, Uhuras Lied · 06/4605
Laurence Yep, Herr der Schatten · 06/4627
Barbara Hambly, Ishmael · 06/4662
J. M. Dillard, Star Trek V: Am Rande des Universums · 06/4682
Della van Hise, Zeit zu töten · 06/4698
Margaret Wander Bonanno, Geiseln für den Frieden · 06/4724
Majliss Larson, Das Faustpfand der Klingonen · 06/4741
J. M. Dillard, Bewußtseinsschatten · 06/4762
Brad Ferguson, Krise auf Centaurus · 06/4776
Diane Carey, Das Schlachtschiff · 06/4804
J. M. Dillard, Dämonen · 06/4819
Diane Duane, Spocks Welt · 06/4830
Diane Carey, Der Verräter · 06/4848
Gene DeWeese, Zwischen den Fronten · 06/4862
J. M. Dillard, Die verlorenen Jahre · 06/4869

STAR TREK™

Howard Weinstein, Akkalla · 06/4879
Carmen Carter, McCoys Träume · 06/4898
Diane Duane & Peter Norwood, Die Romulaner · 06/4907
John M. Ford, Was kostet dieser Planet? · 06/4922
J. M. Dillard, Blutdurst · 06/4929
Gene Roddenberry, Star Trek (I): Der Film · 06/4942
J. M. Dillard, Star Trek VI: Das unentdeckte Land · 06/4943
David Dvorkin, Die Zeitfalle · 06/4996
Barbara Paul, Das Drei-Minuten-Universum · 06/5005
Judith & Garfield Reeves-Stevens, Das Zentralgehirn · 06/5015
Gene DeWeese, Nexus · 06/5019
D. C. Fontana, Vulkans Ruhm · 06/5043
Judith & Garfield Reeves-Stevens, Die erste Direktive · 06/5051
Michael Jan Friedman, Das Doppelgänger-Komplott · 06/5067
Judy Klass, Der Boacozwischenfall · 06/5086
Julia Ecklar, Kobayashi Maru · 06/5103
Peter Norwood, Angriff auf Dekkanar · 06/5147
Carolyn Clowes, Das Pandora-Prinzip · 06/5167
Diana Duane, Die Befehle des Doktors · 06/5247
V. E. Mitchell, Der unsichtbare Gegner · 06/5248
Dana Kramer-Rolls, Der Prüfstein ihrer Vergangenheit · 06/5273
Michael Jan Friedman, Schatten auf der Sonne · 06/5179
Barbara Hambly, Der Kampf ums nackte Überleben · 06/5334
Brad Ferguson, Eine Flagge voller Sterne · 06/5349
Gene DeWeese, Die Kolonie der Abtrünnigen · 06/5375
Michael Jan Friedman, Späte Rache · 06/5412
Peter David, Der Riß im Kontinuum · 06/5464
Michael Jan Friedman, Gesichter aus Feuer · 06/5465
Peter David/Michael Jan Friedman/Robert Greenberger, Die Enterbten · 06/5466
L. A. Graf, Die Eisfalle · 06/5467

STAR TREK: THE NEXT GENERATION
David Gerrold, Mission Farpoint · 06/4589
Gene DeWeese, Die Friedenswächter · 06/4646
Carmen Carter, Die Kinder von Hamlin · 06/4685
Jean Lorrah, Überlebende · 06/4705
Peter David, Planet der Waffen · 06/4733
Diane Carey, Gespensterschiff · 06/4757
Howard Weinstein, Macht Hunger · 06/4771

STAR TREK™

John Vornholt, Masken · 06/4787
David & Daniel Dvorkin, Die Ehre des Captain · 06/4793
Michael Jan Friedman, Ein Ruf in die Dunkelheit · 06/4814
Peter David, Eine Hölle namens Paradies · 06/4837
Jean Lorrah, Metamorphose · 06/4856
Keith Sharee, Gullivers Flüchtlinge · 06/4889
Carmen Carter u. a., Planet des Untergangs · 06/4899
A. C. Crispin, Die Augen der Betrachter · 06/4914
Howard Weinstein, Im Exil · 06/4937
Michael Jan Friedman, Das verschwundene Juwel · 06/4958
John Vornholt, Kontamination · 06/4986
Mel Gilden, Baldwins Entdeckungen · 06/5024
Peter David, Vendetta · 06/5057
Peter David, Eine Lektion in Liebe · 06/5077
Howard Weinstein, Die Macht der Former · 06/5096
Michael Jan Friedman, Wieder vereint · 06/5142
T. L. Mancour, Spartacus · 06/5158
Bill McCay/Eloise Flood, Ketten der Gewalt · 06/5242
V. E. Mitchell, Die Jarada · 06/5279
John Vornholt, Kriegstrommeln · 06/5312
Laurell K. Hamilton, Nacht über Oriana · 06/5342
David Bischoff, Die Epidemie · 06/5356
Diane Carey, Abstieg · 06/5416
Michael Jan Friedman, Relikte · 06/5419
Michael Jan Friedman, Die Verurteilung · 06/5444
Simon Hawke, Die Beute der Romulaner · 06/5413
Rebecca Neason, Der Kronprinz · 06/5414 (in Vorb.)

STAR TREK: DIE ANFÄNGE
Vonda N. McIntyre, Die erste Mission · 06/4619
Margaret Wander Bonanno, Fremde vom Himmel · 06/4669
Diane Carey, Die letzte Grenze · 06/4714

STAR TREK: DEEP SPACE NINE
J. M. Dillard, Botschafter · 06/5115
Peter David, Die Belagerung · 06/5129
K. W. Jeter, Die Station der Cardassianer · 06/5130
Sandy Schofield, Das große Spiel · 06/5187
Lois Tilton, Verrat · 06/5323
Diane Carey, Die Suche · 06/5432

STAR TREK™

Esther Friesner, Kriegskind · 06/5430
Melissa Scott, Der Pirat · 06/5434 (in Vorb.)
Nathan Archer, Walhalla · 06/5512 (in Vorb.)

STAR TREK: STARFLEET KADETTEN
John Vornholt, Generationen · 06/6501
Peter David, Worfs erstes Abenteuer · 06/6502
Peter David, Mission auf Dantar · 06/6503
Peter David, Überleben · 06/6504
Brad Strickland, Das Sternengespenst · 06/6505
Brad Strickland, In den Wüsten von Bajor · 06/6506
John Peel, Freiheitskämpfer · 06/6507
Mel Gilden & Ted Pedersen, Das Schoßtierchen · 06/6508
John Vornholt, Erobert die Flagge! · 06/6509
V. E. Mitchell, Die Atlantis Station · 06/6510
Michael Jan Friedman, Die verschwundene Besatzung · 06/6511
Michael Jan Friedman, Das Echsenvolk · 06/6512

STAR TREK: VOYAGER
L. A. Graf, Der Beschützer · 06/5401
Peter David, Die Flucht · 06/5402
Nathan Archer, Ragnarök · 06/5403
Susan Wright, Verletzungen · 06/5404 (in Vorb.)
John Betancourt, Der Arbuk-Zwischenfall · 06/5405 (in Vorb.)

DAS STAR TREK-UNIVERSUM, 2 Bde.,
überarbeitete und aktualisierte Neuausgabe!
von *Ralph Sander* · 06/5150

DAS STAR TREK-UNIVERSUM, Ergänzungsband
von *Ralph Sander* · 06/5151

William Shatner/Chris Kreski, Star Trek Erinnerungen · 06/5188
William Shatner/Chris Kreski, Star Trek Erinnerungen: Die Filme · 06/5450

Phil Farrand, Cap'n Beckmessers Führer durch STAR TREK – DIE NÄCHSTE GENERATION · 06/5199
Phil Farrand, Cap'n Beckmessers Führer durch STAR TREK – DIE CLASSIC SERIE · 06/5451

Diese Liste ist eine Bibliographie erschienener Titel
KEIN VERZEICHNIS LIEFERBARER BÜCHER!